講談社文庫

逆島《さかしま》断雄《たつお》

進駐官養成高校の決闘編 1

石田衣良

講談社

主な登場人物

逆島断雄　さかしま・たつお

日乃元皇国最優秀の学生が集う東島進駐官養成高校の新入生。皇室を守護する近衛四家から没落した逆島家の次男で、逆島家に伝わる千年の歴史を持つ格闘秘術の継承者。

菱川浄児　ひしかわ・じょうじ

断雄と同じ一年三組一班のメンバー。眉目秀麗、学業、スポーツ、格闘術すべてにおいて学年一位のスーパー高校生。父はエウロペ連合の元軍人。

谷照貞　たに・てるさだ

同じく三組一班のメンバー。岩のようながっしりした身体をもつ柔術の達人。超がつく硬派な頑固者。

鳥居国芳　とりい・くによし

同じく三組一班のメンバー。ナンパで、学業、格闘嫌いだが、度胸があり、どんなときにも明るさを失わない強さを持つ。

東園寺彩子　とうおんじ・さいこ

学年一の美少女。近衛四家のひとつ東園寺家の令嬢で、断雄の幼馴染み。美貌だけでなく、学力、気の強さもずば抜けている。

東園寺崋山　とうおんじ・かざん

彩子の双子の兄。断雄のクラスメイト。東園寺家の次期当主であり、幼少期より断雄に強烈なライバル意識を持つ。

逆島靖雄　さかしま・やすお

断雄の父。進駐軍師団長として南方の植民地、ウルルクの首都攻防戦を戦い、軍令を無視して玉砕。反逆罪に問われ、逆島家は近衛四家から没落した。

逆島比佐乃　さかしま・ひさの

断雄の母。夫・靖雄亡き後は、東京下町の借家にひとり住まいしている。

瑠子さま　るこさま

日乃元皇国女皇・羅子さまの次女。姉の璃子さまに次ぐ皇位継承権第二位の皇女。断雄の幼馴染みでもある。

五王龍起　ごおう・たつおき

日乃元最大の財閥にして、アジア最大の軍需企業、五王重工の御曹司。浄児に次ぐ成績優秀者。

柳瀬波光　やなせ・はこう

進駐軍内部にある超法規の警察組織、情報保全部の中尉。断雄の周辺で起こった事件の担当者として養成高校に派遣されてきた。

逆島断雄《さかしまたつお》

進駐官養成高校の決闘編 1

I

春の嵐が、開いたままの大講堂の戸口から吹きこんできた。サクラの花びらが白い儀礼用の制服に身をつつんだ新入生二五六人の頭上に降りかかる。純白の制帽に薄くれないの花びらが散っていく。

入学式は始まったばかりだった。

進駐官の儀礼用の制服は、金ボタンが前に七個、両肩には金のモールが輝いている。若者たちのあこがれの的だ。この学校の偏差値は八〇を軽く超え、全国から最優秀の学生が集まっている。

壇上では東島《とうとう》進駐官養成高校校長・狩野永山《かのうえいざん》が声を張りあげていた。胸は色とりどりの勲章でにぎやかだ。この高校の校長は進駐官としては、少将クラスにあたる名誉職だという。

「諸君は今日から未来の進駐官の卵である。一日も早くわが日乃元皇国《ひのもとこうこく》のために働く有為の人材として、世界に羽ばたいてもらいたい。

周知のとおり、世界は新たな高度植民地時代を迎えている。アメリア民主国、エウロペ連合、汎《はん》帝国の三大列強により、世界の寡占化《かせん》は進行している。資源と市場を求める戦いは日々激化しておるのだ。

わが皇国の未来もひとえにどれほどの友好領土を海外に得るかにかかっている。国家生存のための戦いは厳しさを増し、国民の全身全霊の奉仕を求めている」

狩野校長は左の腰につった短剣を抜くと、さやごと演壇のうえにおいた。ごとんと重い音をマイクが拾った。銀の鍔《つば》がぎらりとすごみのある光を放つ。新入生は息をのんで、短剣と七〇歳近いあごひげの老人を見つめていた。

この人も銀剣組だったのだ。

進駐官養成高校では、卒業時の順位が七番目までの最優秀な生徒には、女皇から銀の短剣が直接手渡されることになっていた。卒業後の進路も自由に選べる。銀剣組は常時戦時体制下にある日乃元皇国の、エリート中のエリートだった。

「えーい、面倒だ。わしはこんな儀式やあらたまったものいいなんぞ好かん。貴様ら死にたくなかったら、死ぬ気で勉強して、死ぬ気で戦術を身につけろ。

ここで三年、進駐官養成大学で四年学べば、どんなぼんくらでも進駐軍少尉として前線に放りだされる。正しい決断と統率力を示さねば、戦場で死ぬのは貴様らだけではない。大切な部下も死なせることになるのだ。皇国の未来はここにいるひとりひとりの双肩にかかっておる」

狩野校長が目を細めて、新入生を見まわした。三列目の端に直立する逆島断雄《さかしまたつお》は、鋭い視線で射抜かれた気がして、思わず身震いした。確かにあの人は、こちらをにらんでいた。

後列のどこかで人の倒れる音がした。緊張のあまり貧血を起こしたのだろう。教官が頬《ほお》を平手打ちする音が、大講堂に二度三度と響いた。

「この三年間で卒業後の進路を、それぞれ悔いなく決定するように。軍事進駐官、法務進駐官、経済進駐官、文化進駐官。大学進学時にはこの四つのうち、どれかを選ばねばならない」

校長がにやりと笑った。

「もっとも、わしが勧めるのは当然ながら、わしと同じ軍事進駐官だ。戦いは胸躍るぞ」

(嫌だな)

逆島断雄は表情を変えずに考えた。断雄が生まれた逆島家は、代々進駐官のトップを輩出する近衛《このえ》四家のうちのひとつだった。長男の継雄《つぐお》も、この高校の卒業生だ。

家族の強い意向により、自分も入学したけれど、断雄本人は人と争うことが苦手な大人しい性格だった。志望はすでに決定している。日乃元の文化を現地に宣伝、人心を慰撫《いぶ》することで、進駐政策をスムーズにすすめるのが仕事となる文化進駐官だ。

老人の挨拶《あいさつ》は続いていた。

「よいか、貴様らは今のところ、能無しの無駄飯食らいだ。授業料はタダ、寮費もタダ、食費もタダ、今、貴様らが着ている礼服もタダでくれてやった。それどころか、今日より貴様らには皇国から給料が支払われることになっておる。この望外の好待遇がどういう意味かわかるか」

老軍人は大音声《だいおんじょう》を張りあげた。

「貴様らの命は皇国のものだということだ。死ぬ気で学び、死ぬ気で励め。わしからは以上だ」

大講堂のなかは静まり返っている。狩野校長は振り返ると、深々と日乃元皇国の国旗に頭をさげた。自分の席に戻っていく。

「続いて、来賓挨拶。進駐軍作戦部、逆島継雄少佐。逆島少佐は諸君の偉大なる先輩である。敬礼！」

少佐の腰にも、銀の短剣がさがっていた。銀剣組だ。兄は幼い頃から、抜群に優秀だった。あんな人と自分を比べられるのはたまらない。断雄は背中を丸めてちいさくなった。年の離れた長男がマイクのまえに立つと、断雄は目を伏せて、頭も心も空っぽにした。

2

クラス発表は大講堂わきの掲示板に張りだされていた。全八クラスのうち二クラスは男女共学だ。断雄の三組は残念ながら、男子クラスだった。
それより問題は、自分の班のメンバーである。養成高では四人ひと組の班ですべての行動をともにする。授業や訓練、演習だけでなく寮の部屋も四人部屋だった。これからの三年間、寝ても起きても、そのメンバーと過ごすのだ。相性が悪ければ最悪の結果になるだろう。何年か前、突然、銃を乱射し、班の仲間を撃ち殺したあとで、自殺した生徒もいたという。
断雄は掲示板の三組一班のメンバーの名前をくいいるように見つめた。
菱川浄児《ひしかわじょうじ》
逆島断雄
谷《たに》　照貞《てるさだ》
鳥居《とりい》国芳《くによし》
名前だけでは、どんな人間かまったく予想がつかない。お願いだから、無神経でがさつなやつだけはこの班にいないで欲しい。

そのとき、ぽんと肩をたたかれて、跳びあがりそうになった。

「きみが逆島くんだよね。お兄さん、カッコよかったなあ」

振りむくとにやけた笑い顔だった。背は断雄よりすこし高いくらい。長い髪は後ろに流している。雰囲気がナンパだ。制服のボタンをふたつ開けている。

「ああ、ごめん。おれ、鳥居国芳、クニって呼んでくれ。それで、こっちが谷くん」

谷照貞がこくりとうなずいた。小柄だが、がっしりとした身体《からだ》つきで、とにかく肩幅が広い。力が強そうだ。こんな相手と格闘訓練はしたくない。低い声で谷照貞がいった。

「おれはテルでいい」

テルは横をむき、親指の先で示した。掲示板の隣りには、満開のサクラが枝を広げている。その枝の下で酔ったように花の雲を見あげる長身の生徒がいた。髪は漂白したような明るい茶色で、やけに肌が白かった。背が高いので、端正な礼服がよく似あっていた。

(この人にはなにかがある)

断雄は直感した。人とは違うなにか、あるいは人より優れたなにか。クニがおどけていった。

「で、彼が菱川浄児。あいつもジョージでいいってさ。驚いたことに、なんと一番なんだって」

東島進駐官養成高校は徹底した学力主義だった。一番でも成績のよい者が高く評価されるのだ。入学試験の成績は、すべての合格者に伝えられている。この高校の合格者は、地方都市なら地元の新聞に名前が載るほどの名誉である。その二五六人中の一番なのだ。

「ねえねえ、タツオって、何番？」

馴《な》れなれしくクニがいう。タツオの声がちいさくなった。

「えーっと、二七番」

「おー、すごいな。テルは何番？」

重々しく小柄でがっしりした生徒が返事をする。

「おれは五六番」

クニが天をあおいだ。額《ひたい》をたたいていう。

「みんな、すげえな。なんでおれだけ三桁《けた》なんだよ。くそっ、どうせ、おれは一五二番ですよ」

テルが腕を組んで、うなずいた。即座に暗算を済ませたらしい。

「四人の平均順位は五九番か。悪くないな。そこそこ上位を狙えそうだ。とくにクニがこれから順位をあげてくれたらな」

成績の競争は個人だけではなかった。メンバー四人の平均点で、班の順位も決定される。チームワークと戦友意識を高めるためらしい。

クニがサクラの下に立つ生徒にいった。

「なんだよ、偉そうに。そっちの一番さまは、ずっとだんまりかよ」

「気にさわったら、すまない」

この菱川浄児が、一〇〇万人を超える日之元の一五歳で一番優秀なのだ。タツオは驚きの目でルームメイトを見つめていた。ジョージは低い枝先をつまむと顔の近くにしならせて、サクラの花をのぞきこんだ。

「人は一番とか二〇〇番とか勝手に順位をつけていうけど、この花に順番なんてあるのかな。どの花もただこの瞬間を咲き誇っているだけじゃないか。ぼくは……」

春の日がさすと、ジョージの目はほとんど灰色の淡さになった。頬も血管が透けて見えるほど白い。色素欠乏症なのだろうか。

「人間には順位などつけられないと思う」

クニが叫んだ。

「なに勝手なことほざいてんだよ。進駐官の階級は絶対だろ。人に順位をつけなきゃ、指揮系統がめちゃくちゃになる。だいたい一番のやつが下のやつを憐《あわ》れむようなことというな。こっちがみじめになる」

テルが腕組みをしたままうなずいた。

「クニのいうとおりだ。人がみな平等というのは、わが皇国の思想とは相《あい》いれない。きみは教官の前ではそういうことを口にしないほうがいい」

うっすらと微笑して、ジョージがうなずいた。サクラの木を離れ、こちらにやってくる。クニがあきれたようにいった。

「おれたちの班はいかれてるな。頭のおかしな成績一番とあの逆島家の次男坊がメンバーだ。だいたいここだって、元はといえば東園寺《とうおんじ》家と逆島家のプライベートスクールだったんだろ。頭文字をとって、東島進駐官養成高校。タツオはここのオーナーの息子みたいなもんじゃないか」

タツオは歯ぎしりをしそうになった。これをいわれるから、この高校にはきたくなかったのだ。逆島家はもう昔のような近衛家のひとつではない。没落したのだ。父・靖雄《やすお》の軍令違反と反逆によって。師団長だった父は作戦部の命令に背《そむ》いて、五万人の部下とともに玉砕した。テルが低いけれど迫力のある声をだした。

「それ以上は、いうな。人の家にはそれぞれ事情がある」

なぜ、ぼくの家のことをいわれて、腹を立てたんだろう。タツオは不思議に思ったが、テルの言葉はありがたかった。この人は頼りになりそうだ。

ジョージは我かんせずといった顔で、散り始めのサクラを眺めている。

「おやおや、こんなところに裏切り者の息子がいるぞ。なにが東島進駐官養成高校だよ。さっさと看板から、島の字をはずせばいいのに」

四人の生徒が腕組みをして立っていた。中央の生徒は顔なじみだった。幼い頃からよく遊んでいた。東園寺家の長男・崋山《かざん》だ。近衛四家同士で年が同じこともあり、双子の妹・彩子《さいこ》といっしょに東園寺家の広大な敷地で秘密基地遊びをした。当時一番の泣き虫は、今は拳《こぶし》ひとつ分ほど断雄より背が高い崋山だった。崋山が苦々しくいった。

「近衛家の面汚《つらよご》しめ。タツオ、おまえがこの高校を辞めないなら、おれが絶対に追いだしてやる。ここはおまえみたいな反逆者の息子がくるところじゃないんだ」

断雄はぐっと拳を握り締め、幼馴染《おさななじ》みの屈辱の言葉に耐えた。

3

「諸君には、これからの三年間で人を殺す一〇〇通りの方法と、国を滅ぼす一〇〇通りの方法を覚えてもらう」

初めての授業は担任のその言葉で始まった。月岡《つきおか》鬼斎《きさい》の左手は金属のパーツがむきだしになった義手だった。普通はシリコンの肌をつけて外見上の違和感を和らげるものだが、この教官にはそんな意識はないらしい。

「たとえばここにある新聞だ」

月岡先生が教壇から朝刊をとりあげた。

「この新聞でも、すくなくとも三通りの方法で人を殺すことができる」

冷たい目で息を呑んで硬直している三二人の生徒を見まわした。

(こっちにこないでくれ)

逆島断雄はあわてて目を伏せた。

「逆島、前にでてこい」

進駐官養成高校ではどんなに無茶な命令でも返事はひとつだった。腹から響く声をだす。

「はいっ」

タツオは教壇の脇で直立不動の姿勢をとった。月岡先生はたたんだ新聞紙を、左手の義手にぱんぱんと打ちつけている。

「これで人を殺す方法をあげなさい」

教室中の視線が自分に集まっていた。なぜ、こういうときに選ばれてしまうのだろうか。タツオは名門の家に生まれたことが憎らしかった。

「えー、寝ている敵の顔に濡らした新聞紙をかぶせるとかでありますか、先生」

月岡鬼斎はにやりと笑った。

「呼吸を断つか。それも不可能ではない。だが、時間がかかる。その時間は本来、大切な逃走のための有余だ」

タツオは黙ってうなずいた。この教官は暗殺の技法を講義しているのだ。自分の命を守り、任務を果たして帰還するためには、一秒でも惜しい。

月岡先生は新聞紙をくるくると丸めた。両手で握りしめる。

「きつく丸めた新聞紙は棍棒《こんぼう》と変わらない強度を有する。これで敵の急所を突く。そうだ、このクラスには学年一番がいたな。菱川、人体の急所をあげろ」

菱川浄児の静かな声が無音の教室に響いた。

「人体の前面でしょうか、背面でしょうか」

先生が愉快そうに唇《くちびる》をゆがめた。

「この場合は前面でいい」

ジョージが淡々といった。

「頭頂部、頭部前面、目、こめかみ、鼻柱、喉仏《のどぼとけ》、顎の裏、首の側面、太陽神経叢《そう》、睾丸《こうがん》であります」

うなずきながらきいていた月岡が質問した。

「新聞紙による打撃にふさわしいのは、どこだ」

よどみなくジョージがこたえた。

「鼻柱、喉仏、太陽神経叢。太陽神経叢の場合は下から上に突きあげるように打突を加えます」

月岡先生が満足そうにうなずいた。クラス中が声にならない嘆声《たんせい》で満たされた。さすがに全校どころか全国の一番だ。ジョージはどんな頭の構造をしているのだろう。

「よろしい。逆島、動くな」

つぎの瞬間、月岡先生がばんと左足を踏みこんで、突進してきた。タツオは息をのんで震えあがった。丸められた硬い新聞紙の先が、みぞおちの寸前で止められている。

「打突の方法は菱川のいうとおりでいい。可能ならやや左上方を狙う。十分な力がこめられていれば、心臓障害により一撃で敵を殺せる。逆島、どうだ、瞬殺された感想は?」

かすれた声を絞りだすのがやっとだった。

「はい、先生……殺されたことにも気づきませんでした」

月岡鬼斎の顔が頰にふれるほどの距離にあった。先生はタツオにだけきこえる声でささやいた。

「逆島断雄、きみはこのままではいけない。力をたくわえ、お父上の無念を晴らせ。いいな」

意味がまったくわからない。それでも震えながらタツオはうなずいていた。父の無念？

それがどうしたというのか。父の裏切りのせいで、母も二人の兄弟も長く苦しめられてきた。

陰口をいわれるどころか、面とむかって罵《ののし》られ、唾《つば》を吐きかけられたこともある。石を投げられたこともある。そんなときさえ、ただ耐えるしかなかった。非は逆島家にあるのだ。無念は勝手に皇国を裏切り死んだ将軍にではなく、うちの家族のものだ。

「逆島、席にもどりなさい」

タツオは堅く口元を引き締めたまま、自分の席に着いた。ナンパでお調子者のクニがウインクをしてよこす。

「さて、三番目の新聞紙の使い方だが、そいつにはすこし時間がかかる。蛇腹《じゃばら》に硬く折り曲げ、メリケンサックのように拳に巻いて、敵の急所を打つ。わたしなら、先ほどと同じく一撃で生命機能を破壊できる」

馬鹿馬鹿しい。タツオのなかで逆島家の血がたぎった。逆島の逆は、逆臣の逆だという。代々の女皇の御意《ぎょい》にときに逆らいながら、国体のために忠を尽くす。そうして名誉ある近衛四家の一角を占めてきたのである。

第一、ジョージにばかりいいところを見せつけられるのは癪《しゃく》だった。自分だってエリートぞろいの進駐官養成高校の席次二七番だ。

気がつけば、タツオは手を挙げて発言していた。

「先生、新聞にはもっと有効な活用法があります」

「いってみろ」

「敵国の不正と謀略《ぼうりゃく》を暴《あば》き、わが日乃元皇国の政策と文化を宣伝することです。ひとりの敵を殺すより、ずっと価値のあることだと思います」

先生が目を光らせた。

「それは敵を殺すのではなく、国を滅ぼす方法のひとつだな。それについては次回に話す」

月岡先生は素手《すで》で人体を破壊する方法と人体の主要な攻撃目標について、詳細な講義を始めた。

「いやあ、驚いたな。タツオがあんなに勇気があるとは思わなかった。あの鬼教官にいきなり口ごたえするなんて」

4

クニが目を丸くしていた。大食堂は一年生で満員だった。東島高では食事の時間は二〇分と決められている。一時間で食堂を三回転させ、三年生までの昼食を終えるのだ。

慎重なテルが口に五穀米《ごこくまい》を押しこみながらいった。ここではなるべく素早く食事を済ませるのも点数になる。

「タツオ、無茶をするな。そうでなくとも、きみは目をつけられてる」

タツオは無邪気に顔をあげた。カツオブシとタケノコの土佐煮《とさに》がうまい。

「どういうこと?」

クニが割りこんできた。

「噂がいろいろ流れてるんだよ。ウルルクの玉砕戦で父親を亡くした生徒が、おまえを狙ってるとかさ。そのうち決闘を申しこまれるかもしれないぞ」

ジョージが無関心にいう。

「そうなると、タツオはもうすこし格闘技や剣術や射撃の訓練を熱心にやらなければいけないね。あの手のものに、きみはぜんぜんやる気がない」

クニが声をひそめた。

「まったくだ。文化進駐官志望でも、戦闘術は必要だぞ。なにより点数を稼げるからな」

「なにをこそこそしゃべってる？　裏切り者の息子」

また東園寺家の長男・崋山だった。

自分の班のメンバーを部下のように従えている。そういえば、こいつは幼い頃から人に命令するのをあたりまえとするところがあった。どこにいっても、お山の大将きどりだ。

「まだのろのろ昼飯をくってるのか。さっきの新聞攻撃は見事だったな。あのまま殺されちまえばよかったのに」

クニが箸《はし》をおいていった。

「なんなんだよ。せっかくのランチタイムに。どうしてカザンはタツオのことで、そんなにむきになるんだ」

カザンがタツオのテーブルにやってきた。食事の盆のうえで手を開く。ちぎれた古新聞が花びらのように昼食に降りかかった。

「東園寺家は代々近衛四家の第二席だった。それがこいつの裏切り者のおやじをかばったせいで、今じゃ四番目の末席だ。いいか、逆島《うら》の代わりに近衛家に名乗りをあげた戦争成金の池神《いけがみ》家にさえ追い抜かれたんだぞ。恨まずにいられるか」

池神家は巨大な軍需企業をバックにつけた新興勢力だった。誇り高い東園寺家の男である。近衛家末席は耐えがたい屈辱だろう。

カザンは苦々しげに顔をゆがめ、ペッとタツオの盆に唾を吐いた。土佐煮にねばるように粘液がかかった。クニとテルが立ちあがる。

「やるのか、おまえら」

東園寺崋山を守護するようにかこむ三人も拳を握った。一触即発の空気が大食堂に満ちた。二〇〇人を超える生徒たちがせわしなく食事をしながら、視線だけでこちらに注目している。

「それくらいで、いいじゃないか。もうよそう。仲直りだ」

ジョージがふわりと席を立ち、カザンに近づいていく。握手の右手をさしだした。

つぎの瞬間に起きたことは、すぐそばで見ていたタツオにさえよくわからなかった。

ジョージの白い手が蛇《へび》のようにカザンの手に巻きつき、気がつくと指を一本だけ握っていた。カザンの中指が手の甲のほうにありえない角度で曲がっている。

ジョージの声はまったく平静だった。

「あとすこしで骨が折れる。ぼくたち一班は静かに食事がしたいだけだ。もうむこうにいってくれないか」

「ふざけんな」

叫びながらジョージに飛びかかっていったのは、一番背の高い浦上幸彦《うらかみゆきひこ》だった。カザンは指の痛みに耐えかねて、ひざをついている。

ジョージは身体をくるりと反転させると、カザンの指を離し、すれ違いざま浦上の腰のややうえを突いた。指先だけを固めた拳だ。浦上は脇腹を押さえてしゃがみこんでしまった。腎臓への短く強い打突だった。

ジョージの手は再びカザンの手に巻きつき、先ほどと同じ中指をとっている。こちらも目にもとまらぬ速さだった。速さは力だ。敵を制圧するのは、速さだ。

ぼんやり眺めていたタツオも、そう悟った。

ジョージは座学だけでなく、格闘訓練や射撃、兵棋《へいき》演習でも、断然の一番だった。頭だけの秀才ではない。

痛みに青ざめた顔に脂汗《あぶらあせ》を浮かせて、カザンがいった。

「わかった。今日のところはこれで、引く。いいか、おれは菱川くんと争いたい訳じゃない。タツオのところが嫌になったら、うちにくるといい。きみほど優秀なら、決して悪いようにしない。将来にわたってな」

ジョージがつかんだ指にわずかに力をいれた。

「それは進駐官になってからもということかな」

「痛い……そうだ。東園寺家の側近なら、昇進も早い。勝てる戦場を選んで戦える」

「そうか、考えておく」

うっすらと笑ったジョージの顔が、かすかに紅潮していた。タツオは一番の生徒が怒るのを初めて見た。一気に指を折るつもりだ。

ジョージは本気だ。

「さっさと折りなさい」

大食堂に可憐《かれん》な声が響いた。声にはきき覚えがある。崋山の双子の妹・彩子《さいこ》だ。腰に手をあて、足をおおきく開き、戸口に立ちつくしている。

「お兄さま、東園寺家の男でしょう。そんな指など一本くれてやり、代わりに腕をもらいなさい」

ジョージは手を離すと同時に、一歩跳びさがった。四方にていねいに頭をさげていう。

「すまない。ただ静かに食事をしたかっただけなのに、無粋《ぶすい》なことをしてしまった」

脇腹を押さえた浦上をふたりがかりで両脇から支え、カザンたちが大食堂をでていった。安堵の空気が流れ、食器の音がもどってくる。

カツカツとブーツが床を打つ音が響き、タツオの前で止まった。

「逆島断雄、話がある。昼休みに射撃訓練場の裏で待ってるわ」

相変わらずわがままな姫君だった。サイコはカザンよりも、タツオよりも優秀だった。確か入学時の席次は七番。カザンはタツオよりわずかに落ちる三三番だ。

「ちょっと待ってくれ。こちらに用はない」

没落したうえに、近衛家でもなくなった自分になんの話があるのだろう。タツオは昔を思いださせるものが、みな嫌いだ。

「いいから、きなさい。わたしが大切な話があるというときは、ほんとに大切なのよ。ちいさな頃から、それくらいわかってるでしょう。あのバカ兄貴と違って、タツオは頭いいんだから。じゃあ、待ってるから」

タツオの返事もきかずに、軍靴《ぐんか》の音も高らかに大食堂をわたっていく。周囲の男子生徒の視線が集中したが、鏡のように撥《は》ね返していく。クニが低く口笛を吹いた。

「ひゅー、おっかない。でも、兄貴とは違って、ほんとに美人だな」

一〇代なかばで、近衛四家一の美貌《びぼう》とうたわれたサイコだった。頭脳のほうも、タツオやカザンよりはずっと優秀なようだ。

話すことなどなにもなかった。食欲の失せたタツオはアルミの盆をもち、視線を落としたまま大食堂の端にある返却口にむかった。

5

進駐官養成高校には三種類の射撃訓練場がある。拳銃用の一〇メートル、突撃銃用の二五メートル、狙撃銃用の一〇〇メートル訓練場だ。流れ弾の危険もあるので、普段は誰も近づくことはなかった。

昼食を終えたタツオはしかたなく訓練場裏手にある雑木林に足を踏みいれた。新緑の屋根が頭上に広がると、すっと体感温度がさがった。ここは気もちのいい場所だ。昼休みだから銃声が響くこともない。

「待ってたわ、タツオ」

東園寺彩子が腕組みをして立っていた。胸と肩にモールがついたカーキ色のジャケットは変わらないが、女子はスカートかパンツを選べるようになっている。サイコは形のいい脚が自慢なのだろう。いつも丈《たけ》を短くしたスカートだ。

「ぼくは近衛四家にはもう関係ない。放っておいてくれ」

タツオの声はひどく静かだった。

「なにその声、その目。あなた、どっちも死んでるじゃない」

ずばりと核心をついてくる。サイコの性格は幼稚園の頃から変わらない。兄のカザンではなく、サイコが男だったらと、東園寺家の使用人は陰で嘆いていた。

「死んだような目で悪かったな。だけど、逆島家はおやじのせいで、一度完全に死んだんだ。うちの兄貴みたいに、軍の内部で出世して、家を再興しようなんて、無理な話なんだよ」

サイコは冷たく値踏みするような目で、タツオを見つめている。

「だったら、あなたはなぜ進駐官養成高校になんか入ってきたの」

「まわりがうるさかったから。こんな高校いつ辞めてもいいし、辞めたら逆島家とも縁を切って、民間の仕事をしたいと思ってる」

日乃元皇国の文化を研究して、中世の文学について、一冊自分の著書をもつ。それがタツオの夢だった。文化進駐官から大学の教授に転出していく者はめずらしくない。

「腐っちゃったんだね、タツオ。知能テストでも運動テストでも、歴代の近衛四家で最高点をとっていたのに、今じゃわたしよりも順位が下になってる。どうしちゃったの？　うちの親だっていってたんだよ。タツオは近衛四家の序列を変革する逆島家中興の祖になるだろうって」

高い点をとればそれだけで満足だった無邪気な子ども時代の話だ。タツオは頭上を振りあおいだ。新緑の葉は人間の思惑などと無関係にみずみずしく空を泳いでいる。

「うちのお父さまだって口癖だった。おまえはタツオくんに嫁いで、東園寺家と逆島家を結ぶ鎖になりなさいって」

そんな縁談もタツオの父・靖雄、いや逆島靖雄中将の反逆によって幻に終わった。

「やめてくれ、ぼくはもう近衛家の一員じゃない。サイコは別な相手を探したほうがいい」

タツオをにらみつけた目がうっすら赤くなっていた。怒っているのか、あるいは涙ぐんでいるのか。

「ふざけないで、最初からそのつもりよ。誰があんたなんかと結婚するものですか」

力説する必要もなかった。今では家の格が違い過ぎて、姻戚《いんせき》関係を結ぶのは困難だろう。

「ぼくを呼びだした用件を教えてくれ」

ふて腐れたように頬をふくらませて、近衛四家随一の美少女がいった。

「用件はふたつ。ひとつはタツオに決闘を申しこもうとしている人がいる」

それならクニから話をきいていた。

「ウルルクの玉砕戦で亡くなった進駐官の息子というやつだろ」

腰に両手をあてて、サイコがつつましい胸をそらした。胸があまりおおきくないのが、彼女のコンプレックスだ。

「違うよ。狙っているのは、逆島家のネームバリュー。あなたを倒して名をあげたいのよ。それに、誰かがあなたの口を封じたがっているらしい。これは噂なんかじゃなく、確かな機密情報なんだから」

「出所は？」

サイコがそこまでいうなら、確度の高い情報なのかもしれない。没落したとはいえ、元近衛四家第三席の家名は重い。タツオは逆島家に生まれたことを恨んだ。落ちぶれてさえ命まで狙われるのだ。

「それはいえない。タツオは代理決闘人を雇っているの？」

「いや、もういない」

タツオは考えこんだ。決闘制度は日乃元皇国で法的に認められた名誉の闘いだ。相手を殺すことは勇気の証《あかし》とされ、賞賛されることはあっても、非難されることはない。

敗者の側に復讐や告訴の権利は認められていなかった。当然、名門の一族は決闘を申しこまれることが多く、代理決闘人を確保しているのが普通である。そうでもしなければ、すぐに名家も断絶してしまうだろう。

近衛四家のエリートを決闘で倒したとなれば、進駐官としての未来に箔《はく》がつく。裕福だったころ、逆島家でも優秀な軍事進駐官や特殊部隊のOBを雇い、兄弟それぞれにつけていた。名誉がほしいなら、プロの決闘人と命がけで闘い、勝利を収めた上で当人と再戦するのだ。防波堤は高く、安易に名門の子弟に決闘を申しこむ者はいない。

「だったら、タツオはいいターゲットだね」

代理決闘人のいない名家の子息は、恰好《かっこう》の標的だった。誰だって、逆島家を倒したという名誉がほしいだろう。

「なんだかいつ死んでもおかしくない気がしてきた。だけど、名誉を求める決闘と、ぼくの口を封じる暗殺では目的が違う。なぜ、狙われなきゃならないんだ」

サイコは足元に視線を落としている。弱気な顔を見るのはめずらしかった。子どものころ東園寺家の庭園で、兄のカザンが重傷を負ったとき以来かもしれない。

「わからないよ。タツオのことはわからないことが多すぎるんだもの。二番目の用件が、それに関係しているのかも。瑠子《るこ》さまからの伝言よ」

「えっ……」

皇紀二七〇〇年を超える日乃元皇国の現女帝は羅子《らこ》さまだった。女帝には皇女がふたりいて、長女が璃子《りこ》、次女が瑠子である。瑠子さまは皇位継承権第二位で、タツオやサイコとは桜花小学校の同期の幼馴染みだった。

活発な兄やカザンとは違い、大人しいタツオはよくサイコや瑠子さまとままごと遊びを楽しんだものだ。タツオは幼い頃から戦争ごっこが嫌いだった。

「瑠子さまか。もうずいぶんお顔を拝見していないけど、お元気かな」

「瑠子さまはいつも元気だよ。でも、タツオのことすごく心配してた。養成校に入ったならきっと靖雄おじさまの名誉を回復するつもりなんだね。がんばってだってさ。あと、また御苑で遊ぼうって」

名誉回復？　そういえば月岡先生も父のことを気にかけてくれていた。南の国で勝手に暴走して亡くなった父に、どんな秘密があったというのだろう。自分はなにもしらないし、父の汚名をそそごうとも思っていない。

「ぼくはぜんぜん……」

銃声はいきなりだった。

音が低い。音が鳴った方角は射撃訓練場のほうだ。着弾は太い白樺の幹だった。衝撃とほぼ同時にまた銃声が鳴った。狙撃用ライフルの亜音速弾だ。誰かが自分とサイコをスコープで狙っている。

瞬時にタツオはそこまで考えて、サイコに飛びついた。雑草の群れに押し倒す。さすがにサイコも進駐官養成高校の生徒だった。いきなり狙撃され、男に飛びつかれても、悲鳴ひとつあげない。

「どこから撃って……」

サイコが下ばえから顔をのぞかせると、再び銃声が響いた。

「ライフル用練習サイト北東の角からだ。距離は約三〇〇メートル」

またあの時間がやってきた。危機に瀕したタツオは、ときどき気まぐれにスイッチが入ることがある。すべての感覚が研ぎ澄まされ、急加速する。時間の流れ、そのものがせき止められ、あらゆるものがクリアに感じられる奇跡のような時間だ。逆島家に伝わる秘技だった。

周囲の物音がすべて克明に耳に流れこんでくる。風のそよぎ、木々の枝先の揺らぎ、遠くの校舎から聞こえる生徒のざわめき。耳元で鳴るかさりという音はタツオを恐れたバッタがシロツメクサの花を蹴った音だった。

物音だけではなかった。スーパースローで撮影したように、あたりの景色がゆっくりと流れていく。亜音速の銃弾さえ軌跡が見えそうだ。幹に当たった弾丸の衝撃で、花火のようにゆっくりと樹皮が飛び散る。

タツオは幼いころから、この能力で周囲の大人たちを驚かせてきた。神童という名は今では、菱川浄児のものだが、タツオも幼い頃そう呼ばれていた。

「頭をさげたまま、あの木の陰に隠れよう」

白樺の大木だった。戦車用の対物破壊ライフルでも使用しなければ、撃ち抜くのは不可能だ。ふたりはゆっくりと雑草のなかを匍匐《ほふく》前進し、白樺の反対側に回りこんだ。幹にもたれかかったサイコが制服についた枯葉をはたいていった。

「覚えてなさいよ。わたしの新品のジャケットをこんなにして。これ、特注品なんだから」

さすがに東園寺家のお嬢さまだった。養成高校の制服さえオーダーメイドなのだ。

タツオはつぎの銃撃を慎重に待った。狙撃は不可能と見て、あきらめたのだろうか。

そのとき午後の授業の始まりを告げる予鈴が鳴った。学校中が生徒の動きだす気配で満ちる。タツオは立ちあがり、ひょいと幹から顔をのぞかせた。

「危ないよ、タツオ」

「いいや、もうだいじょうぶ。狙撃手はいったよ。音が聞こえた」

サイコも白樺の荒れた幹から顔をだし、射撃訓練場のほうを不安げに見つめている。

「相手は慣れてるみたいだ。予鈴が鳴って、すぐにその場を離れた。でも、ぜんぜんあわてている様子がなかった。スムーズな離脱だ」

サイコが驚いた顔をする。

「見ていたの？」

「いや、でも音が聞こえた。手慣れた撤収の音だよ。ぜんぜんバタバタしていない。相手が誰か知らないけど、腕のいい狙撃手だ。いってみよう」

タツオは雑木林を抜けて、射撃訓練場にむかった。実習に使用される銃と銃弾は鍵のかかった銃器庫で厳重に管理されている。訓練場の北東の角は、人型の標的が置かれた土盛りになっている。

広げられたブランケットのうえには、五倍スコープつきの72式対人狙撃銃が投げだしてあった。銃身はまだ熱い。カートリッジには四発残っていた。72式はボルトアクションだ。排出された二発分の薬莢《やっきょう》は見あたらない。拾っていったのだろう。

狙撃銃を改めているタツオに、サイコが感心していった。

「あなたはぜんぜん変わってないね。やっぱりうちのバカ兄貴よりずっと優秀だよ。タツオ、あのね、わたしはちいさな頃から……」

サイコがなにかをいいかけたところで、野太い声が飛んだ。

「そこで、なにをしている？　東園寺と逆島か、誰の許可を得て、狙撃銃をもちだしたんだ？」

射撃の教官・森下翔梧《しょうご》だった。細い身体は四〇歳を過ぎても鞭《むち》のようにしなやかで、軍靴はぴかぴかに磨かれている。戦場で一〇〇人以上の敵を倒したという狙撃の名手だった。ほぼすべてがヘッドショットの一撃だけだという噂だ。サイコが抗議した。

「森下先生、待ってください。わたしたち、ここから誰かに狙撃されたんです」

森下教官がスコープでものぞくように目を細めた。

6

狙撃専門の森下教官は枯れ枝のように細い身体をしている。自分自身が鋼鉄の銃身のようだ。片メガネをかけているのは、利き目の右だけ酷使したせいだといわれていた。

「72式をおきなさい」

タツオは狙撃銃をブランケットのうえにそっともどした。森下教官がブーツの音を立てて近づいてきた。頭を下げて、タツオの右肩のにおいをかいだ。

「いいだろう。逆島くんだったな、今きみのクラスの担任を呼ぶ。ここで待機していなさい。すぐに実況検分と捜査を始める」

そういうと森下教官は人を呼びにいった。誰もいない射撃訓練場でサイコが声を殺していった。

「あの先生、狙撃の名手なんでしょう。ウルルクの前哨戦で、一日に二一人の敵を倒したってきいたよ。あの人が犯人なんじゃないかな。最初に現場にあらわれるなんてタイミングがよくて怪しすぎるよ」

気の強い東園寺家のお嬢さまだった。狙撃されて数分後に犯人捜しを始めている。

「いいや。あの人じゃないと思う。さっき先生はぼくの肩のにおいをかいでたよね。あのとき、ぼくも先生のにおいをかいでいた。あの人も硝煙《しょうえん》のにおいがしなかった。すくなくとも、撃ったのは先生でも、ぼくでもないよ」

廊下をばたばたと走ってくる足音が響いた。

「もう人がきちゃうね。まだ瑠子さまの伝言を半分しか伝えてなかったんだ。タツオ、いい、よくきいてね。瑠子さまがあなたにいっていた。『わたしを助けて』って」

皇位継承権第二位の瑠子さまの言葉だった。なにか深い含みがあるのかもしれないが、意味がまったくわからない。いったい誰から助けてほしいのか。没落した逆島家の自分になにができるのだろう。近衛四家をはずれた今、タツオは瑠子さまに近づくこともできない。相手は雲のうえの身分である。

射撃訓練場に森下先生と月岡先生が厳しい顔で駆けこんできた。上級生と学校の事務員も数名続いてくる。

「怪我はないか、逆島、東園寺！」

鋼鉄の義手でつかまれた肩が痛かった。月岡先生の顔が青ざめるほど真剣で、本気で生徒の身を案じているのがわかった。タツオは黙ってうなずいたが、頭のなかにあるのは瑠子さまの「助けて」という言葉だけだった。

（わたしを助けて）

皇女といっしょに育てられたタツオは、瑠子さまの優秀さをよく覚えていた。一〇〇名近い近衛四家近親の子どもたちに璃子さま、瑠子さまを加えた学業成績は、一二歳の時点ではタツオが第一位、瑠子さまが第二位だった。

皇室と宮内省にとっても、近衛四家にとっても、タツオと瑠子さまは希望の星だった。それがほんの数年前のことにすぎない。タツオは永遠に等しい時の流れを思わずにいられなかった。

学内で狙撃事件が発生し、進駐官養成高校は騒然となった。午後の授業は全校で自習となり、生徒たちのあいだでさまざまな噂が乱れ飛んだ。

反逆者であるタツオの父への恨みによる犯行。没落した逆島家をクビにされた使用人の復讐。順位を一番でもあげたい学習ノイローゼの同級生による凶行。なかにはサイコとタツオの関係に嫉妬した上級生による殺人未遂といった妄想豊かな噂さえあった。

夕方までに担任の月岡先生と森下先生が現場を検分し、二発の銃弾を回収した。現場に残されていた72式狙撃銃の発射テストと銃弾の線条痕の比較が、学内の研究所でおこなわれ、狙撃に使用されたのは、射撃訓練用のそのライフルだと証明されたが、判明したのはそこまでだった。現場に遺留品はなく、目撃者もいなかった。昼休みの最中で、誰もが自由に学内を動き回っている。犯人の特定は非常に困難だ。

タツオにとって、狙撃事件の最悪の結果は悪い意味で校内の有名人になったことだった。それでなくとも、逆島家の次男として好奇の視線を浴びている。それがサイコといっしょに狙撃されたことで、生徒の誰もがタツオの顔と名前を覚えてしまった。静かに三年間を過ごし、文化進駐官を数年つつがなく務めたのち、退官して研究者になるというタツオの計画は入学して一週間足らずで崩れ去った。

7

タツオの体育館用運動靴がなくなったのは、翌週のことだった。個人用ロッカーには四桁の数字をあわせる簡単な番号錠がついている。いつものように鍵を開け、靴を出そうとして、タツオは不思議に思った。鍵がかかっていないのだ。扉を開けて、タツオは叫んだ。

「ぼくの靴がない」

すぐに同じ班の三人が集まってくる。タツオの肩越しに空っぽのロッカーをのぞきこんだクニがいった。

「なんだよ。あと一〇分で点呼だぞ。体育の茂本《しげもと》が鬼なのは、おまえもよくわかってんだろ」

タツオの顔が真っ青になった。茂本六郎《ろくろう》教官は柔道無差別級のオリンピック強化選手だったという巨漢だ。遅刻にはひどく厳しく、一分でも遅れれば、腕立て一〇〇回と一〇キロの長距離走を命じられる。冷静なテルがいった。

「確かにここに入れたのか？　タツオ、運動靴を脱いだ場所はどこだ」

タツオは半泣きだった。自分だけならかまわない。だが、進駐官養成高校では過失は班全員の罪になる。四人で仲よく腕立てとランニングだ。しかも成績にマイナス点がつく。

「ははは、そうきたか」

軽く笑ったのは学年順位一番のジョージだった。このピンチをおもしろがっている雰囲気がある。危機に陥ったとき、快活に明るく振る舞える。ジョージにリーダーとしての資質があるのは確かだった。リーダーはてきぱきと命令をくだした。

「まだすこし時間がある。各自手分けをして探そう。タツオは教室とぼくらの部屋のベッドと机を確認してくれ。クニはゴミ捨て場、テルは体育倉庫へ。ぼくは水まわりを見る」

国から支給された腕時計を全員で確認する。クォーツ時計の黒い文字盤の中央には、国花・橘《たちばな》のレリーフが浮いている。そのしたには正五角形が二重になった五王《ごおう》重工のマークが銀色に光っていた。進駐軍の全兵器の半数と軍需物資の三分の一を納入する日乃元最大の軍需企業だ。

「あと九分だ。走れ！」

タツオは体操着に裸足《はだし》で廊下を走った。一年三組の教室まで息もせずに駆ける。

「あれ、逆島の末っ子だろ。なにあわててんだ」

別のクラスの生徒がタツオを指さして笑っていたが、そんなことは気にしていられない。無人の教室にはなにも見つからなかった。教室から広い校庭をななめに突っ切り、寮に飛びこんだ。校舎の窓からは多くの生徒が指をさしている。裸足で砂煙を立てて走っていくのだ、さぞいい見ものだろう。四人部屋ではすべてのベッドの下や洗濯袋の中まで探したが、やはり運動靴はみつからなかった。

タツオは肩を落として体育館にもどった。考えたくないが、誰かが自分を狙い撃ちして悪質ないたずらをしかけてきたのかもしれない。だが、どうして？　ここでも理由がわからなかった。

ロッカーの前には三人がそろっていた。ジョージがびしょ濡れの運動靴を手にさげている。

「体育館横の水のみ場のバケツに浸《つ》けてあった。さあ、いこう」

クニが腕時計を見た。

「全力で走れば間にあう。いくぞ」

タツオは濡れた靴に足を突っこんだ。気もち悪いなどといってはいられない。四人は全速力で駆けた。足の速いジョージとクニが先頭を競い、テルとタツオがそのあとを追った。タツオが足を着くたびに、ぐしゃぐしゃと靴のなかから水音が鳴る。

「やったー！　着いたぞ」

ジョージとクニが体育館の戸口を駆け抜けたとき、無情のチャイムが鳴った。茂本先生が竹刀《しない》を片手に仁王立《におうだ》ちしている。クラスのほかの生徒はすでにきちんと整列していた。遅れて駆けこんだタツオとテルの顔をにらんで、教官が野太い声をだした。

「チャイムが鳴ったときには、授業を受ける態勢を整え終えていないといかん。おまえたち四人は罰《ばつ》として、放課後に腕立て一〇〇回・一〇キロ走だ。わかったか？」

同時に竹刀が体育館の床を鞭のように打った。整列していた生徒のうち数人が恐怖にぴょんと飛び跳ねた。タツオの班は整列して、教官に敬礼した。

「わかりました。ご指導ありがとうございます」

進駐官養成高校では罰を受けるたびに、教官に礼をいわなければいけない。タツオはびしょ濡れの靴に腹を立てていた。自分を狙って誰かが、悪質ないたずらをやったのだ。というより、これはいじめではないだろうか。

進駐官養成高校に入学してからは、ろくなことがなかった。こんなことなら母・比《ひ》佐《さ》乃《の》や親戚の反対を押し切っても、普通の高校に進学しておけばよかった。東島に入学できる成績なら、日乃元皇国のどんな高校にもトップクラスで合格するはずだ。

「整列、女皇陛下にむかって礼」

体育館のステージ上には巨大な羅子さまの額がかかっていた。この先生はがちがちの皇道派だ。三組のクラス全員が深々とお辞儀をした。

放課後に待っている罰がひたすら憂鬱《ゆううつ》だった。タツオは腕立て伏せが苦手である。

8

校庭に描かれた楕円のトラックが一周四〇〇メートル。それを二五周して一〇キロだった。ただ走るだけではない。校舎正面に立つポールにあがった赤地に白い丸の国旗に向かって敬礼し、そのたびに「わたしたちは体育の授業に遅刻しました。申し訳ありません」と全力で謝らなければならないのだ。

一五周を過ぎたころには足も重く、声も潰《つぶ》れていた。四人は口数もすくなに走り続けていた。タツオに誰も文句をいわないのがありがたかった。クニがいった。

「おい、あれ見ろよ」

ポール近くのベンチに東園寺崋山が仲間を引き連れやってきた。タツオたちと同じ三組の生徒の顔も見える。堂上達也《どのうえたつや》とその班のメンバーだ。テルが低い声でいった。

「堂上のやつ、東園寺の手下だったのか。タツオの靴はあいつにやられたんだな」

運動靴はまだ濡れていた。にやにやと笑うカザンと堂上に腹が立ってたまらない。ジョージが息も切らさずにいった。この男の体力はそこなしだ。

「証拠はない。まともに相手をしても意味はない」

クニが怒っていった。

「なにいってんだ。意味なんかなくても、腹は立つだろ。理屈ばかりいうな」

カザンが両手をメガホンにして叫んでいる。

「さっさと走れ、ウスノロ！」

生徒たちのあざけりの笑い声が続いた。タツオたちはポールの正面で立ち止まり、直立不動で大声をだした。

「わたしたちは体育の授業に遅刻しました。申し訳ありません」

カザンがいった。

「ウスノロ、声がちいさいぞ。なんでおまえの靴は濡れてんだ？　小便でももらしたのか」

目の前が真っ赤になりそうだった。ここでカザンをぶちのめしたら、どれほど気が晴れるだろうか。ぎゅっと拳を握り締めた。

「耐えろ、タツオ。こんなやつは名家に生まれたというだけのクズだ。きみとは違う。道端に落ちてる石ころだと思えばいい。きみが戦うべき本当の相手じゃない」

ジョージの低い声はタツオとほかのふたりの怒りを奇妙なほど静めてくれた。

「速く走れ、ウスノロ」

カザンの声を背に受けながら、三組一班は無言で校庭の周回にもどった。

9

東島進駐官養成高校の朝は午前六時に始まる。各班四名が制服に着替えて廊下にならび、教官から点呼を受けるのだ。この時点でベッドメーキングも完璧にすませておかなければならない。

ベッドの整え方も他とは違っていた。シーツは角が直角になるようにぴしりと張る。豆腐《とうふ》の角のようになるまで何度でもやり直しを命じられた。上にのせる毛布と布《ふ》団《とん》の畳み方にも指定がある。

個人用のロッカーのなかも、ハンガーをかける順番まで規則で定められていた。ジャージ、制服、軍服、礼服と決められ、間違っていれば、その場で班全員に腕立て伏せの罰が待っている。

授業の開始は午前八時半だ。将来の進駐官を育てる国の専門機関とはいえ、まだ生徒たちは一五歳なので、授業の多くを占めるのは座学の一般教養だった。この高校特有のカリキュラムとして有名なのは、過去におこなわれた有名な会戦を学ぶ戦争世界史だった。３Ｄプロジェクターとインタラクティブに操作可能な戦闘データベースを備えた演習室は、養成校の誇りだった。

「各自、シミュレータを起動せよ」

月岡教官の低い声が、円形の演習室に響いた。ここは中央のアリーナをベンチが取り囲む階段教室で、二クラス六四名が収容可能である。

タツオは自分の前にあるパネルにふれた。最先端の機能を備えた演習室を寄贈した人物の名が刻まれた青銅のプレートが、机の右上にはめこまれている。逆島種雄《たねお》。タツオの祖父だった。

「今日の教材は、キリスト歴一五二九年からだ」

タツオは月岡先生の左手に目を奪われた。むきだしの金属の義手には、視線を集める磁石のような力がある。

「この会戦が、わかるもの？」

キリスト歴一五二九年のヨーロッパでなにがあっただろうか。タツオの頭脳が回転する。ハプスブルク家とオスマントルコが争っていたはずだ。だが、会戦の名前まではわからない。誰も手をあげなかった。

「菱川、答えがわかっているなら、さっさといいなさい。実際の戦場では一刻も早く解答や決断が求められることがある。謙遜《けんそん》や謙譲は進駐官の美徳ではないぞ」

タツオのとなりに座るジョージが、はいっと返事をしてからいった。

「ウィーン包囲戦です」

月岡教官は満足そうだった。体育でも座学でも演習でも抜群の成績を示すジョージは、理想の生徒だろう。東園寺崋山がうんざりした顔で、自分の子分たちと視線を交わしている。男の嫉妬《しっと》だ。

「よろしい。一五二九年九月、スレイマン大帝は大軍を率いて、オーストリアに進軍した。推定だが歩兵一二万名、輸送用ラクダ二万頭、それに攻城用の大砲多数という大戦力だ。途中にあるハンガリーの都市をつぎつぎと陥落させ、オーストリアの首都ウィーンに迫った。この時期のウィーンの状況を誰か？　そうだな、東園寺崋山」

カザンの顔は赤くなったり、青くなったりした。いそがしいやつだ。

「えーっと、一六世紀のハプスブルク家は、えーっと落ち目でしたが、えーっと」

月岡教官が自分のコンピュータにチェックをいれた。カザン、減点一。

「では、スリラン・コーデイム」

三組七班は外地人の生徒を集めたチームだった。日乃元国が進駐する友好的な占領国出身だ。スリランの肌は浅黒く、格闘訓練の授業では、強力な蹴りで好成績を収めている。スリランたちはウルルク王国からの亡命者だった。タツオの父が玉砕し首都が陥落してから、あの国は南北に分裂し、それぞれ氾帝国とエウロペ連合に占領されている。

「確か神聖ローマ帝国はフランスと戦っていました。皇帝にも余裕がなく、援軍を送ることができなかった。ウィーンはオスマン軍に対して、圧倒的に不利な戦力しかもっていませんでした」

月岡教官がパネルにふれると、ウィーンの地形図が鮮やかにアリーナに浮かび上がった。ドナウ川の流れに沿って広がるウィーンの城壁を、オスマン軍が包囲している。ドナウ川の水面もオスマンの船で占拠されていた。多くの旗がゆらめき、アリのように兵士がうごめいている。

「よろしい、スリラン。オーストリア側の戦力は、歩兵が一万六〇〇〇名、騎兵六〇〇名、皇帝から送られた優秀なスペインの狙撃兵七〇〇名だ。オスマンの大軍に比較すれば、圧倒的に不利といえる」

3Dのシミュレータ映像の大砲が、音もなく火を噴いた。城壁が崩れ、炎と土煙があがる。

「完全に包囲され、三〇〇の大砲が間断なく砲撃してくる。オスマン軍はハンガリー、セルビア、ドイツとどの国の軍と戦っても、連戦連勝。兵の士気は最高だった。スレイマン大帝は城壁内に突入した者は貴族に召し上げるという命令までだしている」

功名と血に飢えた一二万の兵。タツオはぼんやりと考えていた。五万の部下を擁して、ウルルクの首都に立てこもった父・靖雄の気もちは、あの攻防戦のときどうだったのだろうか。圧倒的な戦力に完全包囲され、集中攻撃を受ける。城壁のなかの人々を思うと、胸が苦しくなった。

月岡教官の講義は続いている。

「オスマン軍の包囲がなったのは九月二七日。不利なはずのオーストリア軍はしぶとく勇敢に戦い、そのまま一ヵ月近く首都を守り続けた。一〇月一四日には初雪が降り、オスマン軍は敗走して総崩れになった。暖かい土地に生まれた兵は寒さが苦手だったのだ。首都防衛軍は七倍の兵力の敵を打ち破り、いかに勝利を収めたか。今日の授業では、それを詳細に学んでいこう」

同じ包囲戦でも、ウィーンは勝ち、ウルルクは敗れて滅んだ。戦争とはなんと残酷で明快なのだろう。タツオは自分のパソコンにひそかにウルルク首都攻防戦と打ちこんでみた。最高性能の戦闘シミュレータには、あの戦いはどんなふうに記録されているのだろうか。

【超甲種軍事機密】

当コンピュータはアクセス権を有せず。

タツオの頭のなかが真っ白になった。なぜ、ウルルクの戦いと父・靖雄の死は、こんなふうに隠されているのだろうか。氾・エウロペ連合軍に、日乃元皇軍が完膚《かんぷ》なきまでに打ち負かされたせいなのか。タツオは納得がいかなかった。敗北からでも学べることはあるはずだ。

父は誰の目から見ても、飛び切り優秀な指揮官だった。この養成高校も首席で卒業している。軍の中枢《ちゅうすう》の作戦部に勧誘されたが、実戦を経験したいといって、南方進駐軍に志願したのだ。誰がなにを隠しているのか。タツオの胸に黒い疑惑が浮かんだ。

「では、オスマン軍到着六日後に起こった最初の前哨戦《ぜんしょう》を見てみよう。ウィーン城壁東門から歩兵二五〇〇名が打って出て、オスマン軍を急襲、塹壕《ざんごう》を破壊し、最高司令官イブラヒム・パシャの捕獲まであと一歩というところまで迫った前哨戦だ」

高精細シミュレータでは、決死の城外戦を仕かけるオーストリア兵が狭い門から、急流の勢いで流れだしていった。

10

夕食が終わる午後七時から就寝時間の一〇時までの三時間が、生徒にとっては、ひとときの自由を楽しめる時間だった。もっともほとんどの生徒は自習のために、この自由時間をつかっている。養成高校での順位は、卒業して軍に入ってからも一生ついてまわる。一番でもいい成績を収めることが、そのまま昇進に直結しているのだ。生徒の多くが目の色を変えて日々勉強していた。

だが、タツオの班はすこし毛色が違っていた。まず勉強などまるでしていないように見えて、つねにトップの菱川浄児がいる。勉強嫌いだが、なぜか要領がよくナンパな鳥居国芳がいる。無口でなにを考えているかよくわからない、小柄だががっしりした体格の谷照貞がいる。落ちこぼれの文化進駐官志望のタツオとあわせて、誰ひとり軍部での立身出世を望んでいないようだった。

その夜の自由時間も、クニが四人部屋でさわいでいた。

「おー、みんなで談話室にいこうぜ。姫と話をつけて、今夜いっしょに勉強することになってるから」

談話室は飲みものや軽食の自動販売機がおかれたリクリエーション用の大部屋だった。カラオケや故郷との３Ｄ電話もできる個室も一二室用意されている。タツオがうんざりしていった。

「姫って、サイコのことか」

「そうだよ。東園寺のお嬢さま以外、ほかにどんな姫がいるんだよ。むこうの班は女子四名、うちは男子四名。いくら厳しい養成校でも合コンをしちゃいけないっていう規則はないだろ。戦争史の勉強会の名目でやるんだしさ」

クニは長髪を後ろで結んでいるが、一束《ひとたば》だけ額《ひたい》に流していた。それをかきあげるのが、得意のポーズらしい。

「とくにジョージは必ずきてくれよ。おまえといっしょの班でよかったよ。なぜか、おまえの名前をだすと、どの女子班も興味を示すんだよな。この調子なら卒業するまで、合コンにだけは困らないかも」

テルが体格のとおり重く低い声で抵抗した。ひとりだけ学習机にむかっている。

「おれは反対だ。女子と話をするひまがあるなら、身体を休めておきたい。明日から遠足の訓練がある」

遠足あるいは地獄の遠足と生徒たちに呼ばれているのは、一年最初の校外演習だった。男子は三〇キロ、女子は二〇キロの背嚢《はいのう》を背負って、第三キャンプまでの往復三〇キロを徹夜で歩き通すのだ。当然、順位と達成度の評価がある。

「あー、なに暗いこといってんだよ。楽しめるうちに楽しんでおくのが青春だろ。戦場に出ればいつ死ぬかわかんないんだぞ。なあ、ジョージはきてくれるよな」

金髪に近いほど明るい髪をしたジョージは読んでいた本をおいて、ベッドから無関心な微笑を送ってきた。

「みんながいくなら、ぼくはかまわないよ。まあ、今夜は勉強することもないしね」

クニが小躍りしていった。

「なあ、班の決定は多数決だろ。あとはタツオだけだ。おまえは姫から絶対に連れてこいって念を押されてるから、こなくちゃダメなんだぞ。あんな美人に指名されるなんて、うらやましいやつだな。この」

ばしんっと音が響くほど平手で背中を打たれた。気の強い顔を思いだす。サイコは確かに美人だが、姫のあだ名のとおり扱いが面倒だ。だいたい東園寺家の人間とはもうかかわりになりたくない。うんざりしていると、クニが耳元でいう。

「このまえの狙撃事件といじめの話があるんだってさ。おまえのこと、心配してたよ」

そのとき、こつこつと扉をノックする音がした。教官かもしれない。四人はすぐにその場で、直立不動の姿勢をとった。

「はい、三組一班です。どうぞ」

ドアを開けて顔をのぞかせたのは、スリラン・コーデイムだった。入学時の順位は一六番と優秀だったはずだ。浅黒い顔がおどおどと室内をのぞきこんでいる。

「悪いけど、ちょっと話いいかな」

外地人の生徒が、なんの話があるのだろうか。タツオほどではないが、日乃元人でないというだけで、養成校のなかでも明確な差別があった。

「なんだよ、おれたちこれから、いいことあるんだ。話なら、さっさとすませてくれよ」

スリランの後ろに班の全員の顔がそろっていた。

「おたがい照準をつけられている同士だ。はいってもいいか」

照準をつけられるとは、進駐官の隠語でいじめや攻撃、虐待の対象として狙いをつけられるという意味だった。スリランの表情は真剣だ。タツオはうなずいていった。

「わかった。話をきかせてくれ」

七班の四人が入室すると、部屋の密度が一気に上昇した。ウルルク人が髪と肌に塗るツバキ油の匂いがかすかに流れてくる。

「遠足で毎年、怪我人や死亡者がでるのは、きみたちもよくわかっているな」

スリランは秘かな恐怖をもって語り始めた。

II

「ちょっと待て」

スリランの話を止めたのは、普段は無口で温厚なテルだった。ベッドに腰かけたまま、見あげるようにウルルク出身の七班をにらみつけている。

「おれたちの部屋が臭くなって、たまらん。なぜ、ウルルクのやつらなんかに入室を許可したんだ。おれは外地人など、絶対に進駐官として認めないぞ」

テルの態度が急に硬化して、タツオは驚いてしまった。クニがとりなすようにいう。

「おいおい、おまえが認めなくとも、この四人はうちの高校の生徒だろ。おまえが外地人差別をするなんて、思ってもみなかった」

　スリランの背後に立つ三人のウルルク人のひとり、身長が一九〇センチ近い巨漢が吐き捨てるようにいった。

「日乃元皇国の純血主義のお坊ちゃんか。世界はこの学校みたいに甘っちょろいところじゃないいんだよ」

　カイ・チャッタニンが腕を組むと、タンカーをつなぐワイヤーロープのような前腕の筋肉が浮きあがった。力だけなら、この男がクラスで一番かもしれない。

テルが首をゆっくりと回しながら立ちあがった。カイが薄笑いをしていった。

「やるのか」

　ジョージはこの状況をおもしろがっているかのように、すこし離れて眺めている。なんとかこの場を収拾しなければならない。タツオはいった。

「寮内でのケンカや暴力沙汰は禁止されている。懲罰の対象になるぞ」

　発覚すれば両成敗で二週間の自由時間没収と奉仕活動が科せられるだろう。便所と風呂場掃除の日々だ。ケンカの当人は窓のない懲罰房にいれられるかもしれない。テルが片方の唇をゆがめた。笑ってるようだ。

「誰がケンカするなんていった？　ちょっとしたスポーツを楽しむだけだ。おい、そこのでかいの、こっちにこい」

テルが自分の学習机の端をつかんだ。ばらばらと本やノートが落ちていく。軽々と四人部屋の中央に引きだした。消しゴムをとりだすと、まだ長いカッターの刃を突き刺した。

「もうひとついるな。クニ、おまえの消しゴム貸してくれ」

クニが消しゴムを放ると、テルは同じようにカッターを刺した。

「このあたりでいいか」

机のうえに二つのカッターつき消しゴムを離しておいた。制服のシャツを腕まくりする。

「でかいの、どうだ、おれと腕相撲の勝負をしないか」

負けたほうの手の甲にカッターの刃が突き刺さる。腕相撲のロシアンルーレットだ。

「でかいのじゃない、おれはカイだ。おまえの名は?」

巨漢が机のまえに立ちつくした。グローブのような手でデスクトップの両端をにぎると、木がきしむ音がした。

「谷照貞。おまえの力自慢の鼻っ柱をへし折る日乃元人だ」

カイがにやりと笑った。

「おれに勝てたら、その名を覚えてやるよ。まあ、これまで日乃元人に腕相撲で負けたことはないけどな。さあ、こい」

テルとカイがにらみあったまま、中腰になった。テルは巨漢のウルルク人より身長は二〇センチ近くちいさかった。肩幅と胸の厚みはいい勝負だ。机のうえに太い腕が二本伸びる。にぎりあった拳は、大理石から削りだしたかのようにがっしりと結ばれた。もう前哨戦は始まっている。いいポジションをとろうと、おたがいに譲らない。

テルが顔を赤くしていった。

「タツオ、おまえが審判をやってくれ。父上がウルルクの首都攻防戦で亡くなったんだろ。こいつらは親の仇じゃないか。裏切り者のウルルク野郎め」

氾帝国に寝返った貴族の一部が休戦中に城壁の門を開き、皇国の防衛隊は壊滅的な打撃を受け、全員玉砕した。その貴族はいまや北ウルルク人民共和国の首相だ。カイも顔を真っ赤にして、唇の端から漏らす。

「ふざけるな。おれたち四人は王族派の数すくない生き残りだ。あの貴族どもはいつか、おれたちがこの手でぶっ殺す」

南アジアの豊かな資源国ウルルク奪還は、日乃元皇国の悲願だった。ということは、カイもテルも目的は同じなのだ。それなのにこんなふうにいがみあっている。人を決定的に分ける国境というのは、いったいなんなのだろうか。

タツオはテルとカイの拳のうえに自分の手を重ねた。カッターの刃がぎらりとすごみのある光を放った。

「勝っても負けても、おたがい恨みっこなしだ。よーい、始め」

床に固定していない机がきしみながら、一五度ほど回転した。腕の太さはふたりとも五割増しになったようだ。血管と筋肉が盛りあがり、拳の先は力を入れ過ぎて蒼白になっている。

テルもカイも顔を真っ赤にして全力で闘っていた。だが、拳の位置は最初のところからまったく動かなかった。息詰まる時間が流れていく。三分、五分、一〇分。額や首筋に汗をだらだらと流しながら、ふたりは闘っていた。力は拮抗している。応援する声にも力が入った。ウルルクの三人が叫んだ。

「カイ、がんばれ。日乃元野郎に負けるな」

「そんなチビ、ぶっ潰せ」

クニが両手を打って、テルの耳元でいう。

「デカブツに負けんな。おまえが勝ったら、デザート三日分くれてやる」

甘いもの好きなクニにしては、大盤振る舞いだった。タツオは審判なので、応援はできない。ジョージはどうしているかと見ると、壁にもたれ冷静に勝負の行方を見守っている。この男のクールさを乱す方法はないものだろうか。勝負が始まって、四人部屋の空気はボイラーで熱したかのように濃厚になっていた。タツオものどが渇いてしかたない。

勝負が傾き始めたのは、開始一五分を過ぎてからだった。力はほぼ互角、だが持久力では日乃元人のほうがやや勝っていたようだ。じりじりとカイのおおきな拳が押され、寝ていく。

「どうした、カイ。おまえの力はそんなものか」

スリランが叫ぶと、カイは最後の力を振り絞って反撃にでた。けれど、どうしてもテルを押し戻すことはできない。

「くそーっ！」

戦況が一気に動いた。カイの巨体から力が抜けていくのが、タツオにもわかった。浅黒いウルルク人の手の甲にカッターの刃が突き刺さる場面を想像した。

「もういいだろ……」

タツオが制止する直前に、カイの拳が机にうちつけられそうになる。そのとき目のまえを黄色い光がかすめた。それが机のうえのカッターつき消しゴムを飛ばしていく。

間一髪だった。カイの手の甲は机に激突したが、そこにカッターの刃はない。壁に跳ね返って弾む黄色いものに目をやった。テニスボールだ。腕を組んで見つめていたジョージがスナップだけで投げたものだった。学年順位一番は手をたたいて笑った。

「ふたりとも見事だった。ぼくが観戦した腕相撲の生涯のベストバウトだ。闘いが終わったところで、話をきかせてもらわないか。テル、勝ったんだから、もういいだろう?」

テルは荒い息を継いで、右腕を押さえていた。しびれて使いものにならないのだろう。

「ああ、かまわない。だが、おれはウルルク野郎なんて絶対に認めないからな」

12

第七班のリーダー、スリラン・コーデイムはウルルク王族の血を引くという。生まれついて備わる権威なのか、生徒たちは自然に周囲をかこんで床に腰をおろした。

「地獄の遠足では怪我人は毎年当たりまえで、五年前には二名の死者をだしている。大自然のなかでの演習だから、教官たちの目はいき届かない。二名の死者も照準をつけられて、学年の全生徒から獲物のように追われたという」

いじめの対象になるという進駐官用語が、「照準をつけられる」だ。ここは普通の学校ではないので、いじめはそのまま生命の危機に直結する。

「今年の照準は、ふたつ」

　スリランが浅黒い顔を昂然とあげ、胸を張った。

「まず、ぼくだ。北ウルルクの傀儡《かいらい》政権は旧王族の血を根絶やしにしたいらしい。この学校のなかにも氾帝国と北ウルルクの息がかかった生徒が侵入しているようだ。こんなものが届いた」

　スリランが手を開くと、紫色のちいさな二枚貝が見えた。全員がのぞきこむ。

「これはウルルク南部の海辺でとれる猛毒の貝だ。矢じりに塗れば大型の肉食獣でも数分のうちに呼吸困難で死亡する毒をもっている。昔から、ウルルクでは暗殺の告知としてつかわれてきた」

　声にならないため息が漏れて、四人部屋を満たした。

「ちょっと見せてもらっていいかな」

　ジョージが貝を手にとり観察した。スリランに戻すといった。

「めずらしいものをありがとう。このウルルクコムラサキイガイは麻痺《まひ》性の神経毒で有名だ。サキシトキシンの三〇種ある同族体のなかでも最強度の猛毒を誇る」

　スリランはうなずくといった。

「もうひとりはきみだ、逆島断雄」

　ウルルク王族の少年は制服のポケットから、もうひとつの貝をとりだした。こちらにはローマ字で、SAKASHIMAと書かれたシールが貼ってある。タツオは背中にとがった氷の欠片《かけら》でもいれられた気がした。全身に鳥肌が立つ。誰かに真剣に命を狙われる。それは生まれて初めて体験する底なしの恐怖だった。ジョージはこんなときでも冷静だ。

「敵は？」

スリランがこたえる。

「わからない。けれど、タツオのご父君・逆島靖雄中将はたいへん優秀だった。五万人の守備隊で三倍以上にのぼる一七万人の氾・エウロペ連合軍を迎え撃ち、大損害を与えた。その恨みをいまだに北ウルルクの首脳部はもっているのかもしれない」

黙っていたテルが口を開いた。

「この貝は毒殺するぞってサインなのか」

ウルルクの少年の顔色は暗かった。

「いや、手段の予告ではない。けれど、これからはいちおうこの高校の食事にも、注意を払っておいたほうがいいだろう」

クニが叫んだ。

「なんてやつらだ。まだスリランもタツオも一五歳だぞ。そんなガキを暗殺しようなんて、頭がいかれている。おれ、姫のとこいって今夜の勉強会はなしになったって伝えてくる」

クニはあわてて部屋をでていった。腕相撲で負けたカイの声も平静に戻っていた。にやりと笑っていう。

「それが世界なんだよ。残酷で、凶悪で、容赦ないザ・ワールドにようこそ」

タツオはこの世界の根本的な性質である残酷さについて目を閉じて考えた。奪い奪われ、殺し殺され、勝者が敗者を蹂躙《じゅうりん》し、すべてをさらっていく。自分は終わりなく続く戦いの世界に生まれたのだ。果てしない格差を生みだす高度植民地時代である。

タツオの閉じたまぶたの裏には、つやつやと輝く猛毒の紫貝が見えた。暗殺者が自分を殺すというなら、その意志は断固として挫かなければならなかった。

スリランと自分がなんとか生き残ること。それこそ勝利の道だ。

13

タツオの眠りは浅かった。

昼だが日ざしのささないジャングルのなか、必死で駆けていく。襲われる理由も正体もわからない敵から追われる苦しい夢だった。同じ班の仲間とははぐれてしまったようだ。タツオは孤独だ。濡れた葉をかきわけ、転げるように斜面をおりていく。なんとかして進駐官養成高校にもどらなければいけない。そこで大切ななにかがタツオを待っている。

一発の銃声がジャングルの動きを止めた。鳥や獣の鳴き声が消え、完全な静寂が訪れる。こんなに障害物が多い場所で当たるはずがない。ゆっくりと伏せようとしたところに、衝撃が襲った。防弾ベストの背中に着弾する。

続いて第二波の狙撃が始まった。今度は正面からだ。二発、三発、四発。この音は大口径のライフル銃による狙撃だ。タツオは大地に打ち倒され、もう自分は死んだのだと思った。着弾するたびに身体が釣りあげられた魚のように跳ねる。

手を伸ばし防弾ベストの胸を探った。銃弾は炭素繊維に止められている。おかしい。このベストの効果は小口径の自動小銃までのはずだ。狙撃銃には無効だ。口径七ミリのライフル用マグナム弾には耐えられないと、授業でちゃんと習った。

ベストに刺さった弾を手にとった。目のまえにかかげる。銃弾ではなく、紫色のちいさな貝だった。顔をあげて胸元を見ると、びっしりとウルルクコムラサキイガイが埋め尽くしている。ちいさな貝は生きているように濡れ光っていた。

撃たれたというより、自分の身体から湧きだしたようだ。恐怖のあまり、タツオは絶叫した。薄暗いジャングルのなか、悲鳴は誰にも届かない。横たわるタツオには、嵐の空のように暗い密林の天井が見えるだけだ。

「起きろ、タツオ。点呼だ」

身体を揺さぶられた。クニの顔がすぐ近くにある。ここはどこだ？　ジャングルで死にかけているのではないか。クニはあわてて戦闘訓練用の制服に着替えながらいう。

「悪い夢でも見たのか。汗だくだぞ。あと三分半。遅刻すれば、また全員で腕立てだ。タツオ、急げ」

タツオはベッドから跳び起きた。腕時計を見ると、まだ深夜の二時だった。いきなり招集をかけられても、四分で制服に着替え、校庭に集合しなければならなかった。遅刻をすれば、一秒につき一回の腕立て伏せが待っている。班の連帯責任で、三分なら一八〇回の腕立てをしなければならない。

タツオは全速力で、制服を着こんだ。もう暗闇のなかでさえ、迷うことはない。面倒なのはパンツの前立てがファスナーではなく、ボタン留めであることくらいだった。ファスナーは砂でもはさめば閉まらなくなる。

タツオの班はなんとか時間どおりに集合できた。遅刻をした班がかけ声をかけながら腕立て伏せをするなか、月岡教官の声が響いた。真夜中の校庭の中央はサーチライトで照らされ、一年生二五六名が整列している。

「君らには、これから深夜行軍の訓練をおこなってもらう。ここにある背嚢《はいのう》を背負って、模擬銃をもち、第三キャンプまでいって、朝八時にここに再集合してもらう」

声にならないため息が漏れた。第三キャンプまでは一五キロの道のりがある。背嚢の重さは三〇キロで、模擬銃は四キロ弱だった。それをもってこれからの六時間で三〇キロの行程を歩きとおさなければならない。

「準備ができた者から、各班ごとに出発せよ。帰投後は朝食のあと、二時間目から通常授業を始める」

「はい、月岡教官、質問があります」

よく通る鈴の音のような、東園寺彩子の声だった。

「授業前に入浴は可能でしょうか？」

月岡鬼斎がにやりと笑った。汗と泥にまみれて授業を受けるのは、女子生徒には厳しいことだろう。

「授業開始までは自由時間だ。好きにしろ」

テルが吐き捨てるようにいった。

「これだから、女進駐官なんて信用できない。東園寺家のお嬢さんというだけで、わがままいい放題だな」

この養成高校の設立費用を逆島家は東園寺家と折半していた。クニがいう。

「まあ、文句いうなよ。サイコのおかげで、おれたちもシャワーくらい浴びられるんだからさ」

タツオはジョージのほうを見た。長身のジョージはしなやかだが、たくましい身体をしている。同じ制服を着ていても、あつらえたように様になっていた。一切のおしゃれを禁じられている生徒たちにとって制服の着こなしは死活問題だった。

「ジョージはなに着ても、似あうんだね」

タツオがそういうと、ジョージは肩をすくめた。

「父親の血じゃないかな。父はエウロペ連合の出身だから」

背嚢の山に生徒たちがむらがっていた。一刻も早く出発したいのだろう。

「お父上はまだむこうで健在なのか」

ジョージはちらりとタツオを見た。

「そちらと同じだよ。父はエウロペ連合の軍人だったけれど、ぼくが五歳のときに戦闘中行方不明になった。皇国生まれの母はぼくを連れて、日乃元に帰ってきた。それからはずっとぼくは日乃元人だ」

どこか淋しそうな顔で、ジョージはそういった。幼くして父を失《な》くす。その気もちはタツオにもよくわかった。真夜中の校庭でうなずきだけ返しておく。

テルが背嚢を背負い、四人分の模擬銃をもって帰ってきた。

「さあ、いこうぜ。さっさと三〇キロ歩いて、早めに帰ってこよう。朝すこしでも寝ておくと、あとの授業が楽になる」

クニが模擬銃を受けとりながらいった。

「わかってるよ。おまえみたいな体力馬鹿には三〇キロくらい、なんでもないんだろ」

カイとの腕相撲を思いだした。テルは底知れないスタミナをもっている。タツオも模擬銃をとった。実銃と同じ重さで、重量バランスまで完全に再現してある。どこかで教官が怒鳴っていた。

「地面につけていいのは銃床だけだ。腕立て伏せ三〇回！」

四キロ弱の重さはたいしたことがないように思えるかもしれない。だが、これが六時間の行軍の間にずしりと効いてくるのだ。軍事進駐官なら行軍をこなせる体力も必要だろうが、タツオが希望する文化進駐官には無用の訓練だった。腹立たしいし、嫌になる。だいたい真夜中にたたき起こされて、行軍することにどんな意味があるのだろう。

リーダーのジョージが涼しい顔でいった。

「さあ、出発しよう」

四人は一列になって、東島進駐官養成高校の正門をくぐった。

14

初夏の夜、空気は軽く爽《さわ》やかだった。

養成校を出発してから二時間、タツオの三組一班は小高い丘の中腹にさしかかっていた。左右から常緑の葉の厚い木々が枝を伸ばし、人ひとりが通り抜けるのがやっとの狭い獣道だった。

先頭はテル、つぎがクニで、タツオは三番目。リーダーのジョージは全員の動きが確認できる最後尾を歩いている。テルが夜の木々の間に消えたところで物音が響いた。小枝が折れて、パンと小口径の銃の発砲のような音がきこえた。続いて、緊張したテルの怒鳴り声が届く。

「敵襲！」

敵からの襲撃？　これはただの夜間行軍の訓練のはずだった。戦闘や格闘の訓練などきいていない。クニはテルが消えた夜の林のなかに飛びこんでいく。ジョージが叫んだ。

「谷、敵の状況を報告せよ」

テルでもクニでもない男の叫び声がきこえた。痛みに苦しんでいるような声だ。テルから返事はなかった。

「タツオ、ぼくたちもいこう」

背嚢を落として、模擬銃の銃身を棍棒《こんぼう》のようににぎって、タツオは林に突撃した。暗がりのなか、訓練服の少年たちが闘っていた。クニとテルそれぞれにふたりずつの敵が襲いかかっている。

「待て、貴様らはどこのクラスだ?」

ジョージが叫んだが、返事はなかった。襲撃者はサバイバルゲームでつかう、黒いプラスチックのフェイスマスクで顔を隠している。

タツオはいきなり背後から殴りつけられた。後頭部でなく右の肩でよかった。振りむくと黒いマスクが二人突進してくる。敵は二班八名だった。こちらの倍の戦力だ。

いきなり襲われたテルは額から血を流していた。それで逆に闘志に火がついたようだ。顔からの出血は派手に見えるが、傷が浅ければたいしたことはない。テルは襲撃者の腕をねじりあげると、怪力で逆方向に折っていく。ゴリッと骨のはずれる音が鳴り、肘《ひじ》から外側に折れた腕を抱え、襲撃者が転げまわった。

「やめろ、やめろよ。同じ養成校の仲間だろ」

クニはひらりひらりと身体をかわして逃げ続けている。

ジョージは軽くステップを踏みながら、両拳をあげて顔面をガードしていた。いつの間にか拳には薄手のグローブがはめられていた。特殊警棒で殴りかかってきた相手を、最小のステップワークで避けると、すれ違いざま脇腹に打ちおろすような左ストレートを突き刺した。完璧なタイミングのレバーブローだ。

男はくの字に身体を折った。顔面ががら空きだ。つぎは短いノーモーションの右が顎《あご》の横を打ち抜いた。男は腹を押さえた格好のままその場に倒れ、意識を失った。ジョージのボクシングはオリンピックを狙えると噂されるほどの高等技術だった。ジョージが真剣に叫んだ。

「危ない、タツオ」

目の前で特殊警棒が光の弧を描いて、振りおろされてくる。襲撃者の目が充血しているのもわかった。タツオの意識が透明になり、すべての感覚が解放された。あの時間がやってきたのだ。止まってしまった時間のなかで、自分だけが動いているように感じられる奇妙な時間。なにをすればいいのか、ゆっくりと考える余裕さえあった。

タツオは一歩前に踏みだし、敵の懐に入りこんだ。ひざを沈め、特殊警棒ごと敵の腕をつかむ。まるでアニメのようだった。振りおろす勢いがついた相手は二メートルも夜の木々のなかに飛んでいく。葉の鳴る音は嵐のようだ。

暗闇のなか人が駆けてくる足音が響いた。

「だいじょうぶか、第一班」

スリランだった。外地人の第七班がタツオたちの窮地に気づき、駆けつけてくれたのだ。のだ。敵は浮き足立った。怪我をして動けない二人を抱え、林の奥に敗走していく。息も切らさずにジョージがいった。

「助かったよ。だけど、よくぼくたちだとわかったね」

スリランが浅黒い顔で笑うと、歯だけが暗がりに浮かびあがった。

「いっただろ。そっちの逆島中将の息子にも暗殺予告がでてるって。うちの班はずっときみたちの後を追ってきたんだ」

テルが鼻息も荒く返事をした。

「誰がウルルク野郎に、ボディガードを頼んだんだよ。あいつらくらい、おれたちだけでフルぼっこにしてやれるさ」

ジョージは足元からなにか拾いあげた。夜の林のなかで、その黒いものの形は判然としない。

「ほんとうにそうかな。これを見るといい」

ジョージが黒いものを高くかざした。今度は形がよくわかった。夜間戦闘用に黒くテフロン加工された両刃のナイフだ。刀身の長さは二〇センチほどある。殺すためのナイフだ。

「あいつらがぼくたちをなめずに、最初からこれをつかっていれば、戦況はまったく別物になっていただろう。全員無傷という訳にはいかなかったはずだ」

スリランと巨漢のカイが黙ってうなずいた。ジョージがいった。

「ここから三組第一班は第七班と行動をともにする。養成校に帰投するまで、共同戦線を張る。わかったな？」

ジョージには一切の迷いがなかった。タツオとは違い、生まれつきリーダーの資質をもっているのだろう。鼻っ柱の強い力自慢のテルさえ、文句ひとついわなかった。

八人の男子生徒は背嚢と模擬銃をかついで、再び行軍訓練にもどった。丘のうえにのぼると、満月に二日ほど足りない月が真上にかかっていた。襲撃者が小走りで丘を駆けおりていく姿が豆粒のように見える。

お調子者のクニが両手をメガホンのように口に当て、叫んだ。

「いつでも、こい。弱虫野郎。養成校の恥さらしめ」

ジョージは周囲を警戒しながら、微笑んでいた。タツオにささやく。

「さっきの技はおもしろかったよ」

タツオは驚いて混血のリーダーを見つめ返した。

「あんなのただの一本背負いじゃないか」

ジョージは首をちいさく横に振っていう。

「いや、その技にはいる前にタツオがとった間と時間の読みのことだよ。きみとぼくが真剣にやりあったら、どっちが勝つんだろうな。まあ、いい。行軍にもどろう」

月に照らされた丘のうえで、ジョージが叫んだ。

「第一班、第七班、警戒を怠《おこた》らず前へ。出発！」

15

折り返し点の第三キャンプでは巨大なかがり火が焚かれ、テントが張られていた。教官がつぎつぎと到着する生徒たちをチェックしている。タツオの一班は謎の集団に襲撃を受けたせいもあって、キャンプに着くのも遅れ気味だった。

官給品の腕時計を見ると、午前五時を過ぎてしまっている。全員かなり疲れていたが、休息をとる余裕はなかった。八時には養成校に帰投しなければならない。深夜の行軍訓練で遅刻すれば、個人も班全体も成績におおきな傷がつく。

火のそばで座りこみ、口を開けて苦しげに息をつくクニに、ジョージがいった。

「そろそろ出発だ。ここで休んでいると、あとがきつくなる」

タツオは自分の背嚢をかついだ。重さは三〇キロだが、ずしりと肩にくいこんだ。

最初の重さの二倍はあるように感じられる。この背嚢だけならまだいいのだが、模擬銃の四キロ弱が腕にこたえる。

体力抜群のテルはなんの造作もなく、ひと呼吸で立ちあがると、誰にともなくいった。

「さっさといこう。帰れば、朝風呂が待ってる。ウルルク野郎をおいてきぼりにしよう」

なぜ、そこまであの南の国に憎しみをもつのだろうか。テルの胸中がタツオには謎だった。タツオの父・逆島靖雄中将もかの地で玉砕しているが、タツオ個人はウルルクに恨みはない。

戦争は所詮、戦争だ。勝つ側があれば、負ける側もある。負ければ待っているのは死だった。タツオは進駐軍報道部やマスメディアのいうように、皇国の正しい意志と信念をもっていれば、百戦して百勝すると思っていなかった。兵の士気は大切だが、兵器の優秀さ、兵の練度、作戦の巧緻《こうち》に勝るものはない。

三組一班は休むことなく、キャンプを出発した。すこし遅れて、ウルルク外地人の七班がつかず離れずついてくる。

タツオは先ほどから考えていることを口にした。足も肩も腕も痛いが、なにかを話していると、すこしだけ耐えられる気がする。

「さっきのフェイスマスクのやつら、どこのクラスなのかな」

テルが涼しい顔でいった。

「案外、試験の一部なんじゃないか。襲ってきたのは、生徒じゃなく教官だったりしてな」

クニの息は荒かった。それでも軽口をたたくのは、自分の疲労を見せたくないのだろう。

「じゃあ、おまえは教官の肘《ひじ》を脱臼させたんだな。どういう採点になるのか、楽しみだ」

夜明け前の一番暗い空のもと、果てしない草原が広がっていた。第三キャンプ周辺は地形がゆるやかで、樹木もすくない。進駐官養成高校の近くには、山岳やジャングル訓練用のキャンプもつくられていた。人里離れた場所に設立されたのは、周辺に最適の自然条件が欠かせなかったからだ。

ジョージの声は冷静だった。

「確かにテルの腕力はたいしたものだ。だが、格闘技の教官があれほどたやすく肘関節を決められるとは思えない。襲撃者は教官ではなかったと、ぼくは思う」

「ぼくも同じ考えだ。生徒にむけて、夜間戦闘用のナイフなんか振り回すはずがない」

草のうえに落ちていた黒いナイフを思いだす。中央に刻まれた溝は血抜きのためだった。出血多量で速やかに敵を倒す、殺すためのナイフだ。テルがいう。

「じゃあ、やっぱり生徒か。タツオは狙われてるんだもんな」

サイコとスリランの忠告を思いだした。誰かが自分の命に「照準」をつけている。真剣に誰かが殺したいと計画しているのだ。それは足元の大地が薄い氷にでもなったような寒々とした感覚だった。一歩踏み誤れば、氷は割れて暗い海にのまれるかもしれない。

「それなら、なおさら早く養成校に戻らなけりゃならないな。はずれた腕を抱えたやつが犯人に決まってる。ふん捕まえて、教官につきだしてやろうぜ」

速足で歩きながら、タツオは考えた。敵はそんなにわかりやすいところにいるのだろうか。進駐官養成高校は確かに学校だが、軍の一部でもある。タツオたち生徒も毎月国から給料をもらう進駐官見習いだった。

「生徒でも、教官でもない敵も考えられる」

指摘したのはジョージだった。しなやかな長身で、大股に進んでいく足運びは肉食獣を思わせた。なによりも足音がしないのだ。ほかの生徒と同じように三五キロの装備を身に着けているはずなのだが。

テルが振りむくといった。

「だったら、誰なんだよ」

月が草原を照らしている。誰もが疲れているのだろう。幽鬼のような生徒たちがあちこちをふらふらになりながら歩いていた。

「……例えば、トリニティ」

「ふざけるな」

ジョージ以外の三人の声がそろった。トリニティは世界中に根を張る革命組織だった。現在の高度植民地時代を否定し、帝国主義国家体制の転覆を図り、植民地の独立を援助する。旧フランス革命の理念、「自由・平等・博愛」をスローガンとする悪の秘密結社だ。

進駐官養成高校では面接時に思想試験があり、トリニティに代表される危険な革命思想に侵されていないか厳格に問いただされる。それでも世界各国の軍の上層部にまで、トリニティのメンバーが潜りこんでいるという噂だった。ジョージはいう。

「あの組織は、どんな場所でも神出鬼没で、計り知れないほどの力があるんだろ。進駐官の卵を襲うくらいなんでもない」

冗談でいっているのだろうかと、タツオは思った。ここに教官がいれば、腕立て一〇〇回ではすまないはずだ。トリニティという言葉自体が、進駐軍では死の伝染病のように忌み嫌われている。テルがいった。

「もし、さっきのがトリニティなら、やつらもずいぶん間抜けだな。おれたち四人くらい仕留められなきゃ、世界革命なんて無理に決まってるだろ」

ジョージが気もちのいい笑い声をあげた。

「確かにそのとおりだ。わが皇国の進駐官もそうだが、トリニティにしても、きっとずいぶんたるんでいるんだろう」

16

タツオはクニに注目した。先ほどから、長髪の友人はまったく口をきいていない。右脚を引きずるようにしているのは、足を痛めたのだろうか。

「だいじょうぶか、クニ」

声をかけたとたんにクニが立ち止まり、がくりと片方のひざをついた。

「くそー、もう歩けない。さっき襲われたとき、くるぶしをひねっちまった」

背嚢ごと後方に倒れて、夜明け前の濃紺の空をあおいでいる。つぶやくように漏らした。

「先にいってくれ。おれはもう歩けそうにない。なにもかも嫌になった」

三人はクニの周囲に集まった。七班も足を止めて、こちらの様子をうかがっている。タツオは声をかけた。

「クニ、ここで投げるのか。訓練の途中放棄は取り返しがつかない減点になるんだぞ」

「いいんだよ、成績なんてどうなっても。おれだって、地元じゃ天才っていわれてた」

クニは空をむいたまま、目を閉じている。

「おれが生まれた街じゃ、東島に合格したのは、一〇年ぶりだったんだ。地元の新聞からは取材を受けるし、ここにくるときは駅で壮行会が開かれた。みんな、皇国の旗を振ってくれてさ」

進駐官養成高校はたいへんなエリート校だった。日乃元の全土からトップのなかのトップが入学を許され、初年度から進駐軍の幹部候補として育てられる。

「おれは勉強だけでなく、体育だって得意だった。女の子にももてたしさ。文武両道できっと最高の進駐官になると期待されてたんだ。それが、どうだ?」

うっすらと東の空の縁が銀色に輝き始めていた。夜明けは近い。

「この高校にきてるのは化物ばかりだ。ジョージはでたらめに頭が切れるし、テルは戦場格闘技の教官とも互角に闘える。タツオは落ちたとはいえ、この高校の創設者の一族だ。おれにはなにも優れたところなんてない。歯をくいしばってがんばったって、どうせろくな成績はとれないに決まってる」

ジョージがクニの横にひざまずくと、クニの模擬銃を手にして立ちあがった。

「テル、きみのほうがぼくよりも力は強そうだ。クニの背嚢を頼めるか」

「ああ、こんな意気地なしの荷物をかつぐのは気が進まないけどな」

引きはがすようにクニの背中から背嚢を奪い、テルはふたつの荷物を背負った。片方の肩にひとつずつ。あわせて六〇キロになる。座りこんだままクニが叫んだ。

「そんなことしたって無駄だろ。荷物は各自が背負う決まりだし、おれはもう歩けないんだ」

タツオの胸のなかは熱いものでいっぱいになった。クニの気もちは痛いほどわかる。

「養成校にきた生徒は、みんなクニと同じだと思う。得意の勉強だって上には上がいるし、運動や訓練も苦手ではすまされない。誰もがプライドや自信をへし折られて、毎日なんとかついていくのに必死だ。だから、ぼくはクニを責めるつもりはない」

そこでタツオはひと息ついた。

「でも、ぼくはクニがここで訓練を放棄することは禁じる」

「なにいってるんだよ。おれはもう歩けないんだって」

タツオは自然に口にしていた。

「だったら、ぼくがクニを背負って歩く。養成校の班の四人は生涯の仲間だ。誰かひとりを捨てていくなんて選択は、ぼくたちには絶対にないんだ」

それが日乃元皇軍の強さの源泉だといわれていた。ひとりの進駐官の命を救うために、全軍が動く。たとえ人的損失や損害がおおきくなっても、勇猛果敢に闘い抜く。守備戦や撤退戦では世界最強と恐れられていた。

テルがクニの肩に手をおいていった。

「おい、坊ちゃん、おれの背中で寝ていくか。おれだって、この高校にきてからはショックの連続だけどな、おまえみたいにあきらめる気はない」

ジョージは微笑《ほほえ》んで見つめている。

「荷物は全員で運べばいい。こんなことで仲間を見捨てるようなら、戦場で命を預けて戦うことなんて絶対にできないだろ」

タツオはいった。

クニが目をごしごしとこすっていった。

「うるせえな。歩けないなんて、冗談に決まってるだろ。おまえたちをびっくりさせようと思っただけだよ。タツオ、ちょっと肩貸せ」

クニはふらつきながら立ちあがった。足を引きずりながら先頭を歩いていく。

「おれの荷物は、ちょっと貸しといてやる。学校に近くなったら返してくれよ。減点されるの嫌だからな」

足首はかなり痛むのだろう。クニは歯をくいしばっていた。ジョージがいった。

「よし、八時までには帰投するぞ。急ごう」

東の空が明るい銀に輝きだしていた。空を夜明けの光が駆けて、新しい一日が始まろうとしている。

17

三組一班と七班が進駐官養成高校の正門をくぐったのは、到着予定時間の三分前だった。全員くたくたに疲れ切っていたが、意気は高かった。

月岡教官に帰投報告をすませてから、まだ体力の余っているテルとジョージが校内の探索にでた。テルが脱臼させた襲撃犯を見つけるためだ。あれだけの怪我が数時間で治るはずがない。タツオとクニはもう体力の限界だった。

這《は》うようにシャワールームにたどりつき、熱い湯を浴びた。汗を流すと、全身から水分を吸いこむようだ。生き返った気分になる。テルとジョージは十分足らずでシャワールームにもどってきた。浮かない顔をしている。官給品の粗いタオルで身体をふきながら、タツオはきいた。

「どうだった？　敵は見つかったかい？」

テルが首を横に振った。

「いいや、教室をすべて回ったが、誰も腕をつってない。生徒は白だ」

ジョージがなにかをおもしろがっているように笑いながらいった。

「ぼくのほうは教官室を見てきた。怪我をしている人はひとりもいなかったよ。教官も白だ」

それでは敵はいったいどこにいるのだろうか。タツオはつぶやいた。

「じゃあ、ぼくたちを襲撃した敵は、高校の外にいるのか。どういう組織なんだろう」

ジョージがあからさまに笑っていた。

「敵は校外だけじゃなく、校内にもいるだろ。タツオは狙撃されているんだから。考えてみると、ぼくたちの周りは敵だらけだ」

タツオは順位一番の生徒のように笑えなかった。自分が狙われるだけならまだいい。だが、敵は一班ごと襲撃をかけてきた。タツオは恐ろしかった。自分のせいで一班のメンバーにまで傷がつき、ことによると殺されるかもしれないのだ。

シャワー上がりの身体が急に冷えこんだ気がして、タツオは裸のまましゃみをした。

18

「ふーん、おかしな話ね。学校内にも、学外にも襲撃犯はいなかったなんて」

東園寺彩子がおにぎりをかじりながら、そういった。

「ぼくらにもまったく謎だ。ただあちこちで命を狙われるなんて馬鹿みたいだ」

タツオはそう返事をするしかなかった。毎回なんとか危機を切り抜けているが、理由もわからず襲撃を受ける日々が続いている。その結果、タツオの班の四人の結束力は、どこにも負けないほど堅固なものになっていた。

その日は初夏の風も爽やかな日曜日だった。養成高校から外出するのも自由なのだが、最寄りの都市までバスで九〇分以上かかる。生徒のほとんどは、ネットで買い物をすませ、休日は学内で過ごしていた。タツオの三組一班とサイコの一組二班は、学校敷地内の芝の広場で昼食を広げている。以前から約束していたちょっとしたピクニックだ。

「この真っ赤な敷物はなんなんだ？　目立ってしょうがない。東園寺さんとタツオはこのまえ狙撃されたんだろ」

テルがぼやいた。この男のおにぎりはもう七つ目だった。どこから運んできたのだろうか、サイコが用意していたのは緋《ひ》毛氈《もうせん》だった。日に焼けるのが嫌だといって、番傘のお化けのような日除《ひよ》けまで三本もちこんでいる。

日陰には和洋中のご馳走《ちそう》がぎっしりと詰められた漆塗《うるしぬ》りの重箱がならび、正月でもやってきたようだ。東園寺家の首席料理長からの差し入れで、おにぎりだけ四人の女子生徒がつくったという。サイコはこの高校の創設者の一族なので、国家の進駐官養成機関である東島でも、自由どころか好き放題に振る舞っている。

「狙撃の心配はほぼない。ここはどの射撃ポイントからも三〇〇メートルは離れている。今日はかなり風もあるし、まず精密射撃は不可能です」

そういったのは、細身で少年のようなショートカットの背の高い女子生徒だった。サイコがいう。

「亜紀《あき》がそういうなら、間違いないよ。彼女は狙撃術に関しては学年一だから。つぎのオリンピックの日乃元代表候補なんだよ。一〇〇メートル離れた東島のバッジだって撃ち抜くもん」

東島高校のバッジは直径二センチ弱で、国花・橘が七宝細工《しっぽうざいく》で浮かびあがっている。その場にいる八人の制服の襟《えり》には、橘が光っていた。歌川《うたがわ》亜紀は平然とサイコの言葉を聞き流した。そのとおりの実力なのだろう。この高校には人並みの生徒はひとりもいないのだ。飛び抜けて成績優秀なだけでなく、誰もがなんらかの特技をもっていた。サイコはともかく、残るふたりの女子生徒はなにが得意なのだろうか。クニがおにぎりを割って叫んだ。

「うえー、なんだ、この中身？」

にぎり飯のあいだから、白桃のシロップ漬けがのぞいている。

「すみません、おいしくありませんでしたか。うちでは定番の具なんです」

黒縁のメガネをかけた女子生徒が顔を赤くして叫んでいた。幸野《こうの》丸美《まるみ》は小柄で、天然パーマで、そばかすが線香花火のように両頰に散っている。もうひとつのおにぎりを手渡していった。

「それはわたしがもらいますから、こっちをたべてみてください」

「おお、ありがと。マルミちゃんは優しいな」

ナンパなクニがおにぎりにかぶりついた。

「うわー、なんだ、これ」

再び割ったおにぎりのなかには、よくわからないオレンジ色の具が見える。マルミがあわてていった。

「えっ、それも駄目《だめ》でしたか。わが家ではフルーツおにぎりが人気で、お弁当には必ずいれるんですけど」

よく見ると、具は干し柿だった。クニがおかしな顔をして、なんとかフルーツおにぎりをのみこむ顔に全員爆笑した。マルミはひとりであわてている。

「フルーツにあうように、ごはんにもほんのりワインビネガーをつかってるんです。ほんとはすごくおいしいはずなのに……」

「またやってくれたね、天然マルミ。あなたは、勉強だけしてればいいんだから」

タツオはサイコに質問した。

「どうでもいいけど、マルミさんって成績いいの？」

サイコはおもしろくなさそうに返事をして、顎の先でタツオのとなりでおにぎりをたべているジョージをさした。

「そっちの班にいる学年一番のつぎよ。幸野丸美が学年二番の特待生」

この女子生徒が天才としか思えないジョージに次いで、成績優秀なのか。タツオはまじまじと顔を赤くしているマルミを見てしまった。いつかこの少女が日乃元皇軍の運命を左右するような作戦計画を立てるようになるかもしれない。

成績上位の七名は卒業後の進路を自由に選べるのだ。エリート中のエリート進駐軍作戦部にすすむ可能性だってある。ごく普通の女子生徒のように見えるが、タツオより遥かに優秀なのだろう。

マルミが顔の前で手をぶんぶんと振った。赤面すると茶色のそばかすが目立った。

「特待生なんて、とんでもないです。うちが貧乏だから、なんとか奨学金をもらわなくちゃいけなくて、それでがんばっただけなんです。わたしはほんとは頭なんて、ぜんぜんよくないのに」

ジョージがにこりと涼しげに笑っていった。

「ぼくはこのフルーツおにぎり、先入観をもたなければ、とてもおいしいと思うな。このごはん、ワインビネガーだけでなくなにかいれてるでしょう。くどくないけど、ほのかに上品な甘さを感じるよ」

ぱっと表情を明るくしてマルミがいった。

「わかりますか、さすが菱川さん。フルーツ缶のシロップを煮詰めて、蜂蜜とブランデーを足してあるんです。それを隠し味に炊《た》き立てのごはんにまぜると、香りがすごくよくなるんです」

クニがジョージを見てから、もう一度干し柿のおにぎりにチャレンジした。

「そういわれてみると、どこか爽やかな甘さがあるような、ないような」

サイコの頭上にちいさな雨雲が発生した。サイコは幼い頃から、自分以外の女子がほめられるといきなり不機嫌になり、雷を落とす癖がある。タツオは機先を制していった。

「サイコのおにぎりもおいしいよ」

サイコがつくるおにぎりは、おおきくて硬く、海苔《のり》が二重三重に巻いてあり、必ず母親お手製の梅干しがはいっていた。タツオは習慣で、一番おおきなおにぎりを選んで、最初にたべている。サイコの雷はライフル銃の狙撃より恐ろしかった。

「なぐさめなんていらない。どうせ、わたしのはいつもつまらない梅干しですよ」

テルともうひとりの女子生徒が、アルミホイルで包んだサイコのおにぎりに手を伸ばした。手と手がふれて、顔を見あわせる。両者とも双子のようによく似たごつい体型と顔立ちをしていた。クニがはやした。

「なにげないふれあいから、新しい恋が生まれたりしてな。ふたりともお似あいだぞ」

テルは片手でおおきなおにぎりをつかみ、残る手でクニの背中を平手打ちした。交通事故でも起きたような衝撃音が響く。きっとクニの背中にはモミジのように赤い跡ができていることだろう。

「おまえは馬鹿力なんだから、すこし手加減しろよ。背骨が折れる」

はやされた女子生徒がじっとクニを見つめていた。低い声でいう。

「わたしは曾我《そが》清子《きよこ》。今度、格闘技の訓練で会おう。かわいがってあげるよ」

サイコがいじわるそうにいった。

「キヨコは七五キロ超級の女子ジュニア柔道チャンピオンだから。日乃元じゃなくて、世界のね。クニはちょっと女子の怖さについて勉強させてもらったほうがいいよ」

クニが強がりをいった。

「寝技なら大歓迎。いくら強くても、女子になんて、かんたんに負けるか」

腕組みをしてキヨコがいった。細めた目の光が強烈だ。

「わたし、送り襟《えり》絞め得意なんだよね。男でも女でも意識を失うのは一瞬だよ。冗談をいう余裕もないからね」

視線の圧力に負けて、クニがいった。

「戦略的撤退をすることにした。キヨコちゃん、柔道場ではお手やわらかにな」

日傘のしたは笑いに包まれた。侵略と占領のための進駐軍の養成高校にも、こんなふうに心からくつろげる時間はある。タツオは久々に肩から力が抜けていくのを感じていた。

19

昼食後、タツオはサイコに散歩に誘われた。サイコとは幼馴染みだが恋愛感情はない。第一、没落した逆島家と近衛四家にとどまる名門・東園寺家では、家格がつりあわないだろう。名家同士では、政略結婚が当たり前だ。もうタツオに価値はない。

木漏《こも》れ日のなかをサイコと歩いていると、子どもの頃に戻ったようだった。東園寺家の広大な庭園で、カザンやサイコや璃子さま、瑠子さまとよく遊んだものだ。あの庭にある池は一周するのに二〇分もかかるほどおおきかった。

数歩先を歩いていたサイコが振り返っていった。目が真剣だ。サイコほどの美少女だと、それだけで日本刀でも突きつけられたような感覚になる。美しさは人の心を斬る力だ。

「璃子さまのお身体の調子が思わしくないようなんだ」

璃子さまは皇位継承権第一位で、現女皇・羅子さまの長女だった。次女の瑠子さまやサイコ、それにタツオより三歳年上になる。

「そうなんだ……」

肌が抜けるように白く、微笑《ほほえ》んだだけで壊れてしまいそうな優しい人だった。皇室の健康情報は外部にはほとんど漏れてこない。タツオは初耳だった。

「ご病気がちで、学校も休まれているから、ご学業のほうも思わしくないらしくて。それに気鬱《きうつ》の病に罹《かか》っておられるようで、侍従の者たちも寄せつけられない。ごく少数のお気にいりだけでお世話をしているの」

日乃元皇国、次期女皇としては忌々《ゆゆ》しき問題だった。サイコはいった。

「それでね、瑠子さまからのご伝言がある」

次女の瑠子さまは皇位継承権第二位だが、サイコと親友になるくらいだから、明るく活発で皇室の一員とは思えないくらいのお転婆《てんば》だった。東園寺の庭で国宝級の樹齢七〇〇年を超える松の木に登る競争をタツオとおこない、見事勝ったこともある。

タツオは子猿のように荒れた枝を登っていく瑠子さまを見あげて感心したものだ。男の子に生まれていれば女皇にはなれないが、きっと素晴らしい進駐官になったことだろう。もうひとつの感心は将来の女皇でさえ、サイコと同じような白い綿のパンツをはいていることだった。

「瑠子さまとは、もうずいぶんお会いしていないなあ。お元気かな」

「うん、瑠子さまはお元気だし、運動も勉強も抜群だよ。でも、それがよくないんだ」

サイコの顔が暗くなった。

「そうか、女皇のご一族というのは、なかなかおむずかしい……」

新聞や雑誌は女皇を日乃元最高の祭司にして、生ける神だと書き立てているが、タツオはそんなことを頭から信じているわけではなかった。ただときおり璃子さま、瑠子さまが見せる引き締まった淋しげな横顔に、二七〇〇年を超える伝統と国体の重圧を見て、なんとかその荷を軽くするお手伝いができればと願うだけである。

「瑠子さまがおっしゃっていた。わたしはいいから、璃子お姉さまをお助けしてと」

「ぼくに？　無理だよ」

もう近衛四家でもない、ただの没落士族の次男坊である逆島断雄に、そんなことができるはずがなかった。

「無理なら瑠子さまに直接、自分でいいなさい、意気地なし。夏の総合運動会にご臨席するご予定だから」

瑠子さまを失望させるのは嫌だった。それでもできないことはできないとはっきり申し上げなければならないだろう。サイコが挑むようにタツオをにらみつけた。

「いいこと、タツオ。瑠子さまは近衛四家の男子数十人をすべてご覧になっている。そのなかであなたに白羽の矢を立てたのよ。あなたなら璃子さまをお守りして、皇国の未来を託せると。うちの馬鹿兄貴なんて、ひと言もいただけなかったんだからね。

それでも断るの？」

タツオは木漏れ日のなか、立ち尽くしていた。恥ずかしくて、その場にいたたまれない。

「男なら、男らしくしてみなさいよ。逆島中将のことばかり、いつまでもくよくよして。瑠子さまはあなたに日乃元一国の未来をおまかせになったのよ」

20

東島進駐官養成高校は盛夏を控えて、大忙しだった。前期の期末試験と夏の総合運動会のための練習が重なるのだ。皇国の軍事をあずかる進駐官は官僚の多くと同じように、徹底した学歴主義だった。卒業後の進路どころか任官地や昇進にまで学内の順位がものをいう。

養成高校で学業をしくじれば、進駐官として出世できないだけでなく、生命の危険さえあった。軍の大学進学に失敗した学業不振者は安全な占領国ではなく、紛争地域や最前線に送られることがある。タツオも生まれてから初めてというほど、毎日長時間の勉強を続けていた。

問題は個人の成績だけでは、すまないことだった。班全体の成績と個人の成績は同じだけの比率をもっている。どれほどほかの三人が優秀でも、落ちこぼれがひとりでもいれば、班の成績は目も当てられない。自分のためだけでなく、おたがいに助けあって最高位を目指す。決して仲間を見捨てない。進駐官としての徳目育成は、養成高校から始まっていた。

タツオたちの三組一班は、その夜も全員寮の自室で学習机にむかっていた。国語、数学、ふたつの外国語、歴史、地理、公民、物理、生物といった一般科目に加え、戦史、戦術、兵装、戦時法といった進駐官独特の学科も多数あった。どれほど勉強しても、時間が圧倒的に足りない。

消灯は夜一〇時だが、ほとんどの生徒はベッドのなかにノートパソコンや教科書をもちこみ睡眠時間を削って勉強していた。エウロペやアメリアの首都にある大使館つきの進駐官となり、できることなら佐官より上の将官を目指したいといった将来の利益のためだけではなかった。

一五歳の少年少女たちにもプライドがある。それぞれが故郷の街一番の誉れも高い秀才英才である。家族や郷里の人々の期待を一身に背負い、簡単に負けるわけにはいかなかったのだ。負ければ自分の一族や故郷の負けになる。

「あー、おれ、数学ほんと苦手だわ」

クニがシャープペンシルを机に投げだして叫んだ。

「だいたい砲撃だってミサイルだって、弾道計算なんてコンピュータが一瞬で自動的にやってくれるだろ。おれたちはボタンを押すだけ。それなのに、なんでこんな面倒な微分積分をやらなきゃならないんだよ」

タツオも数学と物理は苦手だった。文化進駐官になりたいくらいなので、国語や外国語、歴史は得意だが、とにかく数式がでてくるとやる気がなくなる。丸めた紙くずをクニに投げつけて、テルがいった。

「わからないときは、ちゃんとおまえの指導教官に質問しろ。おれたちの学年の首席なんだからな。それでわからなきゃ、おまえに望みはない」

テルはがっしりとした運動部系の体型の割には、理数系が得意だった。バリバリと物理の問題集を解いている。ジョージは無関心な風にうっすらと笑っていた。

この生徒には苦手な科目などなく、オールマイティに成績は優秀だった。それもいくつかの学科については、養成高校の教官よりもできるくらいである。それでいて、ほかのガリ勉の生徒のように寝る間を惜しんで勉強している様子もない。クニがいった。

「ジョージみたいに、生まれつきなんでもできるといいよな。馬鹿な試験なんて、ぜんぜん苦労ないだろ。しかも、おまえは運動も格闘術も射撃も半端なく腕が立つからな」

タツオも教官たちの立ち話を耳にしたことがあった。菱川浄児のような下士官が一〇〇人もいれば、ひとつの国を落とすのも容易だろう。

ジョージは笑いながら、クニの数学の問題集にかがみこんだ。ちらりと見るといった。

「その問題は二種類の微分方程式を組みあわせて解くんだ。そこに気がつくかどうかを、試験官は試してる。この式とこれだ。はい、クニ、がんばって」

ぽんと肩をたたいた。自分たちが三組でもっとも優秀な一班を名のれるのも、ジョージのおかげだとタツオは思った。戦史の教科書を読みながら、一瞬で数学の難問を解けるのだ。

開いたままのページには、第二次世界大戦の北アフリカ戦線、「エル・アラメインの会戦」の詳細が載っていた。モンゴメリー中将が率いるイギリス軍は兵員二〇万名、シャーマン戦車一〇〇〇輛、対するドイツのシュトゥンメ将軍はドイツ・イタリア枢軸《すうじく》軍九万六〇〇〇名とパンツァー戦車五〇〇輛。

八日間にわたる激戦で、枢軸国は壊滅した。戦闘員三万人以上が失われ、三万人以上が捕虜となった。両軍あわせて二五〇〇の戦車と大砲が砂漠の塵《ちり》と消えた。タツオは質問する。

「エル・アラメインの会戦でイギリス軍が得たものはなんだ？」

間髪をいれずにジョージがこたえた。

「エジプトとスエズ運河を死守できた。ドイツ軍が紅海の制海権を得れば、極東まで戦艦や潜水艦が展開し、連合国側を分断する可能性があった。さらにおおきいのは、石油資源が豊富な中東の占領も阻止できたこと」

クニがあきれていった。

「はいはい、どうせジョージのは模範解答に決まってるよ。さすが天才は違うな」

「いや、ぼくは別に天才なんかじゃない」

ジョージの声にわずかな湿り気を感じて、タツオは顔をあげた。いつも朗《ほが》らかで、春風のような男がめずらしい。

「ぼくの父はエウロペ人なんだ。半分西洋の血がまざってる。肌の色も白いし、髪も茶色いから、子どものころからずいぶんいじめられた。ガイジン、あいのこってね」

テルも重力方程式を放りだして、ジョージに注目している。ひとりで冗談でもいうように、ジョージはくすりと笑った。

「あれは七歳のときだった。ぼくは小学校で大勢の子どもにかこまれて袋叩きにあった。エウロペのスパイだといわれてね。泣きながら家に帰ったよ。それで母親に抱きついたのさ。どうして、白い肌なんかに産んだ。こんな身体はもう嫌だってね」

消灯間際の寮は静かで暗かった。三人は息をのんで、ジョージの話の続きを待った。

「母親はいった。あなたのおじいさまもお父さまもエウロペでは有名な進駐官だった。いつかふたつの文化をもつことが誇りになり、おおきな仕事ができるようになる。いじめられるのが嫌なら、誰の手も届かないくらい空高く昇ればいい。あなたにはそれができるのよ」

そうして日乃元中の親や教官が夢に見るような菱川浄児という生徒ができあがった。誰にもふれさせないために、自分を完璧につくりあげる。タツオはジョージの孤独を思った。優秀さはしだいに人を遠ざけることになったことだろう。いつも笑っているのは、なにかを隠すためなのかもしれない。

「なんだよ、おまえは七歳のときから、養成高校の生徒よりも勉強してたんだな。じゃあ、おれたちがかなうわけないのも無理ないか」

クニがあっさりとそういって、数学にもどった。なにげない振りをしているが、決して弱みを見せなかったジョージにとっては決心の必要な告白だったのかもしれない。それをきちんと受け止めたうえで、軽く冗談にして流せる。これも鳥居国芳の強さのひとつだ。

タツオは養成高校に進学して、周囲の人間をよく観察するようになっていた。どんな人間にも長所と短所があり、それがときに複雑にからみあったり、おかしな形に偽装されていたりする。それをきちんと評価できなければ、ともに戦うことは困難だ。最高に練度をあげた戦闘力のある班として戦うことは不可能である。ジョージはタツオと目があうといきなりいった。

「きみがうちの班の指揮官だ」

驚いた。通常は成績上位者の役割である。

「ぼくなんかが、どうして？」

「わかってるだろ。誰も手が届かないくらい孤独になりたくて天才の振りをしてるようなリーダーに、下の人間はついてこない。ぼくは自由に動くほうが役に立つ。だいじょうぶ、タツオはぼくが補佐するよ」

テルが顔をあげた。

「おれもそれがいいと思う。ジョージにできないとはぜんぜん思わないが、おまえのほうが適任だ」

クニがシャーペンで頭をかいていった。

「この問題、初めて解けた。こっちも異議なし。だいたい逆島って名前がカッコいいもんな。落ちぶれたとはいえ名門に生まれたんだから、ちゃんとおれたちにかつがれてろよ」

東島に入学してから三ヵ月以上が経っていた。いくつも試練をくぐり抜けてきたが、そのとき初めて三組一班の心がひとつになったのかもしれない。タツオは胸がいっぱいだったが、軽口をたたいた。

「わかった。指揮官はまかせてもらう。ぼくたちの班は、誰ひとり仲間を見捨てない。最後の最後まで戦い抜く。いいか、みんな?」

クニが両手をあげて叫んだ。

「三組一班サカシマ班、バンザイ!」

テルも叫んだ。

「サカシマ班、バンザイ!」

ジョージがさしだした手を握ると、タツオはうなずきを返した。七歳で無理やり天才になる決心をした男の手は、ひやりと冷たく力強かった。

21

戦闘シミュレータには全三二人分の兵士の姿が半透明のホログラフで浮かんでいた。一六人ずつ二つの陣営に分かれている。地形、気候、兵站《へいたん》、兵器の種類まで指定して、机上戦を精密に3Dで再現可能にした最新鋭機だった。巨大な円形のシミュレータのむこうでは、三組二班の四人が戦闘コンピュータを操作している。

三組一班は崋山率いる三組二班と戦闘中だった。クラスのほかの班は、すでに敗退が決定している。この戦いで勝利を収めれば、夏の総合運動会の目玉である東島杯に、実際に三組を指揮して出場できるのだ。

シミュレータに広がるのは、海岸線と切り立った崖《がけ》だった。塹壕《ざんごう》のなかにサカシマ班の一六名は立てこもっている。タツオはいった。

「こちらの損害は？」

ジョージが冷静に報告した。

「戦死二名、戦闘不能三名。むこうには優秀な狙撃手がいます。戦闘終了時間まで残り一六分」

クニが塹壕のなかの兵士の頭を下げさせた。戦死者二はどちらもヘッドショットの一撃で倒されている。テルが叫んだ。

「このままだと判定にもちこまれる。損耗《そんもう》度の差で敵の勝ちだ。どうする？　サカシマ指揮官」

すでに戦闘を終えた残りの生徒たちがシミュレータをかこんで、はやし立てていた。夕食のおかずを賭けている者もいる。月岡教官は腕を組んで、じっと半透明の戦闘場面を眺めている。

ジョージがいった。

「ぼくとテルにいかせてくれないか。海側と山側から突撃隊を送る」

タツオはシミュレータとはいえ部下を死なせるのが嫌だった。

「損耗度があがってしまう。イチかバチかの勝負になるぞ」

テルが二〇〇メートルほど離れた敵陣地に、機関銃を撃ちながら叫んだ。

「どっちみち、このままじゃ敗北だ。おれにいかせてくれ」

敵は損耗度で勝っているため、防衛に努めているだけだった。時間切れの判定勝ちを狙っている。ジョージがいった。

「ぼくに四人。テルに八人を分けてくれ。先に海側から陽動をかける。戦闘開始から九〇秒したら、山から一気に駆け下りて、テルには敵を殲滅《せんめつ》してもらう」

またひとり味方が狙撃手に倒された。ヘルメットから血が噴きだして、軍服の背中をべたりと濡らした。ホログラフの映像でも、人の死は生々しい。クニが叫んだ。

「おれはどうしたらいいんだ?」

タツオは声を抑えていった。

「五分間でいい、全弾を撃ち尽くし、弾幕を張れ。突撃隊の援護だ」

テルとジョージはディスプレイのなかで、突撃用の兵士を選んでいる。

「ジョージは実際の戦闘でも、そんな無茶をするつもりなのか？　海側の突撃隊は全滅の可能性が高いぞ」

ジョージはにこりと笑った。

「そうかな。戦いはやってみるまでわからない。自分の命を大事にしてばかりの人間が安全だとは限らない。ときにもっとも勇敢に戦う者が、もっとも安全だったりするんだ。テル、準備はいいか」

テルがうなずいた。突撃隊の兵士は塹壕の両端に集まっている。タツオは叫んだ。

「発煙筒焚《た》け、援護射撃開始！　突撃隊の武運を祈る！　総員、いけ！」

勇敢に命令したタツオの手と額は汗に濡れていた。胃が痛い。指揮官とはこれほどつらく孤独なものなのか。タツオは歯をくいしばり、混戦状態に陥った戦闘シミュレータを見つめていた。

タツオは塹壕の後方になびく白い鷲《わし》の旗を見つめた。風が吹くはずのない3Dシミュレータのなかで、強い海風に吹き飛ばされそうになびいている。

三組一班の班旗の絵柄はクニの提案で決定している。白鷲はエウロペ連合進駐官の血を引くジョージの白い肌と明るい茶色の目のイメージなのだろう。この班旗を奪うか、敵を降伏させるか、戦闘不能にするかで勝敗は決定する。

ジョージがシミュレータを操作しながらいった。

「いってくる。カザンにひと泡ふかせてやるよ」

タツオはいった。

「兵は死なせないでくれ」

「わかってる。菱川班、突撃！」

ジョージが戦闘シミュレータで選んだ兵士はみな小柄で細く、スピードがあった。発煙筒と援護射撃が始まると、塹壕を飛びだし波打ち際に駆けていく。ひざの深さまで海水に浸かると、そのまま倒れこんだ。タツオは全員撃たれたのかと思い、心臓を冷たい手でつかまれた気になった。3Dホログラムの模擬戦とはいえ、自分の分隊の兵士が撃たれるのは、実に嫌なものだ。

ジョージが指揮する四人は顔だけ水面からのぞかせ、低い姿勢を保ったまま、敵の陣地にむかっていく。74式突撃銃は過半数の部品が強化プラスチック製で、海水に浮くほど軽量だ。

塹壕の反対側でも、テルが率いる決死隊が切り立った崖の縁に張りついていた。テルが選んだのは自分とよく似たがっしりとした力の強そうな兵士たちだった。塹壕に据《す》えられていた二丁の機関銃のうちひとつを部品にばらし、手分けして携行している。

あの機関銃が決め手になるだろう。東園寺崋山が指揮する二班の塹壕を望む高台から、大量に銃弾をばらまけば、それで戦闘は終了だ。問題は残された時間がわずかなことと、重い機関銃をもって崖をのぼる兵たちの動きが遅いことだった。

カザンの二班には浦上という優秀な狙撃手がいる。強い海風が横殴りに吹きつけるなか、二〇〇メートル離れた敵の頭を正確に撃ち抜けるのだ。山側でひとりの兵士が腹を撃たれた。倒れこんだ兵が落とした弾薬箱を別な兵が拾いあげ、険しい崖にとりついていく。ひとつの目的のために命のバトンを渡したのだ。タツオは叫んだ。

「敵陣中央、スナイパーを狙い弾幕を張れ！　簡単に撃たせるな」

塹壕のなかから突撃銃と機関銃の発射音が稲妻のように響く。ひゅんひゅんと弾が空気を切り裂く音が高く低くきこえる。これがシミュレータだとはとても思えなかった。タツオは全身汗だくだ。

海側の四人は無事に敵陣地の真横の海中まで、接近に成功した。山側の決死隊も、さらに二名の兵士を狙撃で失ったが、崖の中腹に機関銃を設置している。あそこから射撃できれば形勢は一気に逆転できるだろう。問題は時間だ。シミュレータの上空に浮かぶデジタルの数字は残り時間を四分四三秒と告げ、刻々と数を減らしていく。タツオは叫んだ。

「準備はいいか？　ぼくたちは絶対に勝つぞ」

塹壕内の援護射撃を指揮するクニが叫んだ。

「あたりまえだ。三組一班に負けはないぜ」

山のうえに機銃を据えたテルも叫んだ。

「見ろよ、やつら穴のなかでパニックになってやがる。いつでもいいぞ」

海から突撃するジョージが興味深そうにいう。

「サカシマ指揮官、敵の殲滅《せんめつ》を望みますか。それとも捕虜にしますか」

なにをいっているのだろう。まだこちらは数で負けているし、残り数分で敵を捕虜になどできるはずがない。だが、タツオは気がつくといっていた。

「できるなら、殲滅ではなく、捕虜か降伏がいい」

「そいつは無理だな」

返事をしたのはテルだった。

「おれが血に飢えてるって訳じゃない。カザンのやつは最後のひとりがくたばるまで闘いは止めないはずだ。あいつは部下の命なんて、どうでもいいからな。まして、こいつは戦闘シミュレータだ」

タツオは素早く状況を分析した。こちらは戦死者四、戦闘不能七。対してカザンは同じく二と四だ。崖のうえの機銃が火を噴いても、塹壕に隠れた全員を倒すのはおそらく不可能だろう。カザンのほうも死にもの狂いで反撃してくるはずだ。兵士の命の削りあいだった。むこうが降伏しないなら、勝負の行方はまだわからない。終了のチャイムが鳴ったとき、生き残っている兵士が多いほうが勝ちだ。

「命令だ。みんな、死ぬな。突撃！」

敵から離れた安全な塹壕のなかで指揮する士官のつらさがタツオの身に染みた。できるなら自分も銃をもって、前線にいきたかった。

ともに戦うから、仲間なのだ。

タツオの号令とともに、崖の機関銃から秒間三発の銃弾がばらまかれた。塹壕の砂と遮蔽物《しゃへいぶつ》のない兵士を撃ち飛ばす。波打ち際で立ちあがったジョージの部下が塹壕に駆け寄っていく。海側の端にいた敵の兵士が撃たれると、カザンの班の戦死者の数が増えた。

浦上は困難な上向きの射角から正確な狙撃を繰り返した。タツオのディスプレイで戦死者と戦闘不能者の数が一つずつ増えた。

残り時間は二分を切った。カザンの班の損害もほぼタツオと同数だった。このままでは勝敗は運任せだろう。タツオはこの戦闘が嫌でたまらなかった。おたがい勝負にこだわるあまり意地になり、部下の命を懸けて徹底した消耗戦を闘っている。実際の戦闘なら、さっさと撤退を命じているだろう。

そのとき、月岡教官の声と戦闘終了のチャイムが同時に広い演習室に響き渡った。

「そこまで。模擬戦は終わりだ」

タツオはまだ荒い息をしていた。残り時間は七六秒。時間なら残っている。カザンとタツオの戦死者は六名と同数。戦闘不能者でわずかにカザンの班が優勢だった。

テルが誰にともなくつぶやいた。

「いったいどっちが勝ったんだ？」

月岡教官が無表情に宣告した。

「勝者、一班。サカシマ指揮官、おめでとう。きみが三組を代表して、夏季総合運動会で模擬戦の指揮を執《と》ることに決定した」

「くそー！」

演習室の向こうで、カザンがパソコンを床に叩きつけている。クニはそれを見ると中指を立てたサインを送り、タツオの肩を抱いて叫んだ。

「うおー、おれたちやったな！　だけど、どうやって一班は勝ったんだ？」

勝ったのは夢のようだが、自分でもよくわからなかった。タツオはそのとき3Dシミュレータのなかに発見した。ひとりの兵士が一班のサクラの班旗を高く掲げている。ジョージが指揮していた海側の突撃隊のひとりだった。照れくさそうにジョージがいった。

「みんな、戦闘に夢中だったからね。陽動をさらに陽動につかってみた。こんなにうまくいくとは思わなかったんだけど」

海岸線に送りこんだ四人の兵士のうち、ひとりをさらに敵陣後方に潜りこませ、全員が激戦に麻痺《まひ》していたなかで、班旗にアタックさせたのだ。模擬戦のルールでは敵を殲滅させなくとも、旗を奪えば勝利となる。

タツオはジョージの冷静さと勇気に感嘆した。ほんとうならこの男こそ、三組一班の指揮官にもっともふさわしい。だが、それを指摘してもジョージは受け入れないだろう。

テルがジョージに手をさしだしながらいった。

「おまえ、シミュレータをいじったな」

ジョージが頭をかくと、明るい栗色の髪がやわらかに揺れた。

「気がついた？」

「ああ、旗を奪った兵は突撃地点から、後方の岩礁まで七〇メートルは潜水でいっただろ。一度も息継ぎをせずにな。誰にも見つかる訳にはいかない。あの重装備で74式をもって潜水だぞ」

タツオはびっくりした。クニも口をおおきく開いたままだ。テルは冷静にいった。

「休むことなく岩場の奥に上陸し、全力疾走で砂地を駆けて、終了時間直前に旗を獲った。並みの兵士にできる技じゃないだろ」

誰も気づかないうちに、ジョージはそんな実現不可能に近い離れ技をさせていたのだ。クニが不思議そうにいった。

「いじるって、どういうことだ」

タツオも思いだしていた。戦闘シミュレータの裏技だ。テルがいった。

「兵士ひとり分だけ、自分の体力や持久力、それに射撃成績や戦闘訓練の数値を上書きできるんだ。自分と同じ能力をもつ兵士をつくれる。手間がかかって面倒だから、ほとんどの生徒はやらないんだけどな。むこうの浦上も模擬戦の前半はぜんぜん撃ってこなかっただろ。やつも裏技を使ってたんだ、きっと」

戦闘中、ジョージに命令をくだしても、即座に実行に移していた。あの命がけの戦闘の最中にひとりで、戦闘シミュレータを操作していたのだ。クニがジョージの肩を叩いていった。

「おまえ、ほんとにすごいな。あの激戦のなかで、シミュレータのハッキングかよ。歴代の天才を越えたんじゃないか」

東島進駐官養成高校では、開校以来、天才と呼ばれる生徒が十数人存在した。全員が将官まで昇進している。タツオの父・逆島靖雄中将もそのひとりだ。

テルが首を横に振っていった。

「おいおい、すごいのは裏技じゃないだろ。さっきの兵士はジョージの数値でつくられてるんだぞ。ということは、実戦でもジョージにはあれくらいのことは実現可能だってことだ。さっきのは第一桜花勲章《おうかくんしょう》ものの活躍だ」

そのとおりだった。ジョージの戦術眼と抜群の体力が、シミュレータとはいえあの兵士のなかに注ぎこまれている。底のしれない力をもつ生徒だった。タツオはジョージに握手を求めた。

「戦闘を終わらせてくれて、ありがとう」

ジョージは笑っていった。

「指揮官の命令に従ったまでだ。タツオがあのとき殲滅戦を望んだら、ぼくの班も全員で突撃しただろう。そうなっても一班は勝っていたはずだ。生き残りはごくわずかだっただろうけどね。タツオが正しい選択をしたんだ」

クニがタツオとジョージの肩を抱いていった。

「なんだかよくわかんないけど、ジョージが味方でよかったよ。おまえだけは敵に回したくないぜ」

タツオもまったく同感だった。三組のほかの生徒たちが、一班のところに祝福にやってくる。あたりは歓声とハイタッチの嵐になった。

演習室のダブルドアをでたところに、カザンの二班が待っていた。カザンの怒りはまだ収まっていない。顔が赤い。

「これくらいでおれに勝ったと思うなよ。いつかおまえに思いしらせてやる。東園寺家と逆島家、どっちが上だか」

タツオはカザンをにらんだままいった。

「逆島家はもう近衛四家じゃない。くだらない家格争いは止《よ》せ」

カザンは鼻で笑っていった。

「そんな訳にいくか。璃子さまや瑠子さまのお気に入りになりやがって。落ちぶれたおまえなんかに出る幕はないんだよ」

カザンの双子の妹・サイコから聞いた瑠子さまの伝言を思いだした。璃子お姉さまを助けて。進駐官養成校とはいえ、タツオはただの高校生だ。皇室に手出しができるはずがなかった。カザンの声が変わった。

「菱川浄児、きみはタツオといっしょにいるような人間じゃない。うちの班にこないか。いつでもトレードに応じる。きみの知力と体力に、東園寺家のバックがつけば、トップのなかのトップが狙える。新たな近衛四家を起こすことも可能だぞ。いそぐ必要はないから、ゆっくり考えてくれ」

カザンはそれだけいうと、威厳《がん》を保ったまま背を伸ばし大股で去っていく。取り巻きが背後を固め、こちらに眼を飛ばしてきた。演習室を囲む緑から蟬《せみ》の声がやかましかった。いよいよ夏の盛りが近づいている。前期最大のイベントとなる期末試験と総合運動会はもうすぐだった。

22

進駐官養成高校に嫌な噂が流れていた。

お決まりの敵国スパイの噂である。常時戦時体制下にある日乃元皇国では、どんなにちいさな職場や学校でも、この噂を聞かない日はなかった。アジア系の美人が職場にやってくれれば氾帝国の女スパイ、白系の男性ならエウロペ連合やアメリア民主国のスパイといった具合である。

この場合も、タツオが噂の中心だった。

無理もない。学年一位のジョージはエウロペの進駐官を祖父と父にもつ。誰の目から見ても純粋な日乃元人には見えなかった。さらに期末試験を控えて、タツオの三組一班はほかの二班と組んで学習チームを組んでいた。スリランの第七班はウルルクからの亡命者の生徒がそろっている。こちらも明らかに外地の匂いがする。おまけになぜか天敵・東園寺崋山の双子の妹・彩子がいる一組二班までいるのだ。陰謀説を刺激するメンツに不足はなかった。

学習チームは自由時間のほとんどで行動をともにしていた。図書館に併設された学習室を予約し早朝から深夜まで勉強に励み、戦闘シミュレータで模擬戦の訓練をおこなう。進駐官養成高校の試験は通常の学校とは異なり、三分の一程度が軍事関連である。

開け放した窓から夜の蟬の鳴き声がやかましかった。養成高校では就寝時間を過ぎると冷房の電源が落とされるため、深夜の試験勉強では窓を開けるしかない。

「なんだよ、くそ暑いな」

クニが長髪をゴムでまとめ、下敷きで顔を扇いでいた。真夜中になり風が止んでいる。

「集中してください。鳥居さん」

クニが苦手な理数系を教えているのは、サイコの班の学年二位の秀才・幸野丸美だった。

「わかってるよ。でも、おれ、XとかYとかMとかGとか、方程式が大嫌いなんだ。ずっと見てると頭痛がしてくる」

サイコが冷たい目でクニをにらんだ。

「あんたの数学と物理の出来に、タツオの一班が学年一位をとれるかがかかってるのよ。死ぬ気でがんばりなさい」

「はいはい。おっかないお嬢さまだな。せいぜいがんばらせてもらいますよ。それだけいうなら、うちの班が学年一位をとれたら、東園寺家からなにかご褒美《ほうび》をくれよ」

サイコがシャープペンシルの先で頬を突いて、なにか考える顔になった。血色のいいやわらかな頬がペンシルの先で、わずかにくぼんでいる。

「いいわね、そうしましょう。学年一位がとれたら、うちの夏の別荘に全員招待する。全員で一週間滞在なさい。いいよね、タツオ」

急展開にタツオはとまどっていた。東園寺の夏の別荘は海と山とふたつある。子どものころはサイコとカザン、それにタツオはよく夏休みをいっしょに過ごしたものだ。タツオの逆島家でも、重要文化財に指定されるような木造の母屋《おもや》のある別荘をもっていたが、没落と同時に人手にわたっている。

「みんながいいなら別にかまわないけど、海のほうと、山のほう、どっち？」

クニが小躍りしそうな勢いでいった。

「それは海のほうだろ。海なら水着つきだ」

マルミが顔を赤くして、狙撃の名手・歌川亜紀はまったく無視、柔道の女子ジュニアチャンピオン曾我清子はてのひらでクニの背中を叩いた。たいして力をいれたようには見えなかったが、クニは背中を押さえて悶絶《もんぜつ》した。

「おまえの力はゴリラのボスのシルバーバックと変わんないんだから、ちょっとは手加減しろ。脊髄《せきずい》が湾曲する」

サクランボの髪留めでツインテールにしたキヨコがにやりと笑っていった。

「わたし、整体も得意なんだよね。湾曲した背骨を一個一個正しい位置に治してあげる。そしたら、クニももうすこし日乃元男子らしくなるよ」

スリランの七班はにやにやと視線を交わしながら、クニと女子たちのやりとりを眺めている。クニはナンパで口が軽く、成績も一班の四人のなかでは最下位だが、不思議とその場の空気を軽やかで陽気にするムードメーカーだった。タツオはいった。

「テルとジョージはそれでいいのか」

テルは戦争の歴史書にアンダーラインを引いていた。

「タツオがいくなら、おれもいっしょにいく。なあ、戦争はアレクサンダー大王の時代からナポレオン軍まで、ほとんど進歩していないそうだ。二〇〇〇年だぞ、びっくりだな」

ジョージが日乃元の歌集から目をあげた。

「歩兵による集団戦で、補助的に騎兵を使用する。アレクサンダー大王の投石器と一九世紀の攻城砲、弓とマスケット銃なら、威力でも速射性能でも、紀元前のほうが優れていたはずだ」

サイコがあきれたようにいった。

「ジョージの頭のなかって、どうなってるの。その本だって今回の試験範囲じゃないよね」

「違う、これはぼくの趣味だ。ぼくも東園寺家の別荘にいってみたいな。夏休みの予定はなにもないんだ」

サイコが真顔でいった。

「エウロペには帰らないの。進駐官のお父さまがいるんでしょ」

ジョージは肩をすくめた。

「父は氾帝国との領土争奪戦で、ＭＩＡになったままだ。もう一〇年以上になる。ぼくにはほとんど父の記憶がない」

まったく同情などしていない様子で、サイコがあやまった。

「そう、おかしなことをきいて悪かったね」

気まずくなった空気を変えるように、クニが質問する。

「ジョージのお母さんは？」

ジョージはかすかに笑った。

「母は亡くなった。ちょっとむずかしい病気でね」

「おれも墓穴を掘ったな。ごめん、ジョージ」

「いいんだ。ひとりには慣れてる」

穏やかに笑いながら孤独に耐えるジョージがたまらなかった。あまりの優秀さゆえにエリート校の養成高校でさえ孤立し、頼りになる家族もいない。しかも母の国の日乃元では、どこにいってもスパイと陰口を叩かれるのだ。

自分ならジョージを孤独地獄から救いだせるのではないか。タツオ自身も逆島家のはぐれ者だった。できることなら、進駐官になどなりたくはない。タツオはいった。

「ジョージは完璧な生徒の役なんて、しなくていいんじゃないか」

きょとんと驚いた顔をして、白皙《はくせき》の混血児がいった。

「ぼくは別になにかの振りをしてるってことはないよ」

クニが混ぜ返した。

「なんだよ。おまえが生まれつき天才って話かよ。なんだか、おもしろくねえな」

キヨコが今度はクニの肩をつついた。

「あんたは天才じゃないんだから、ちゃんと努力しなさいよ」

学習室に笑い声が起こったと同時に、耳ざわりな電子音が鳴り響いた。クニが叫んだ。

「なんだ、空襲か」

壁かけディスプレイが瞬時について、ニュース画面を映しだす。女性アナウンサーは突然スタジオに呼ばれたようだった。イヤホンを片耳にさしながら、手書きの原稿に視線を落とし、読みあげた。

「緊急ニュースです。ラルク公国をご訪問中の羅子女皇さまと璃子皇女さまの車列近くで、数発の爆弾が爆発。自動車爆弾一台と自爆テロ二件により、死者は数十人にのぼりそうだと現地メディアは伝えています。璃子さまはご無事でしたが、羅子さまはご軽傷。お命に別状はありません。羅子さまは日乃元の国民に冷静に対応するよう求めておられます」

スタジオからＶＴＲ映像に切り替わった。

日乃元の旗を振りながら沿道の民衆がパレードを歓迎している。純白のリムジンが通りかかったところで、二名の女が警備員の制止を振り切り、リムジンの前に飛びだした。護衛官の銃撃によりひとりは撃たれて倒れた。爆発は起きていない。それを見たもうひとりのテロリストが天にむかってなにかを叫びながら、手のなかの起爆スイッチを握り締めた。リムジンの後部座席では窓をすこし下げて、羅子さまが手を振っていた。爆発は一瞬だった。女性の身体は上下にちぎれ、爆風があたりの人々をなぎ払った。

「いったいなんなんだ……」

タツオがつぶやいたときに、パレードの車列の十数メートル先で巨大な爆発が発生した。衝撃波でカメラが揺さぶられ、映像が乱れる。ジョージが冷静にいった。

「連携した複合テロだ。ただし、タイミングのあわせかたがまずかった。本命の自動車爆弾まで待てずに、テロリストが先に突っこんだ」

険しい目でジョージをにらむと、テルがいった。

「とにかくおふたりともご無事でよかった」

サイレンの音のなか人々が逃げまどっている。血まみれの子どもを抱いた父親がカメラマンの横を駆け抜けていく。身体中にガラスの破片を刺し、ハリネズミのようになっているのは一〇代の少年だった。現場には大量の警備員が投入され、リムジンから人を遠ざけていた。

画面が再び切り替わった。今度はどこかのホテルのスイートルームのようだ。ソファに腰かけた羅子さまの顔は蒼白だった。

「日乃元皇国の国民の皆さん、わたしも璃子もだいじょうぶです。心配はありません。くれぐれも軽率な妄動《もうどう》は慎むように。繰り返します。わたしも璃子も無事です」

必死の目でそういった女皇の右のこめかみから糸のように細い血がひと筋流れた。

(……これはまずい)

タツオは直感した。女皇へのテロだけでもたいへんな問題なのに、テレビニュースで皇室の血が流されたことが日乃元中に広まってしまった。

「なんて、ことなの。羅子さま、璃子さま、ご無事で……よかった」

気の強いサイコが目に涙を浮かべている。タツオはそっとサイコの細い肩に手をおいた。

指揮官の声でいう。

「ジョージとスリランの班の四人は、明日の朝までこの学習室をでないほうがいい。女皇の流血という事態になったら、日乃元国民がどうなるか、ぼくにも予想がつかない。この高校のなかでさえ危険だ」

不安な一夜を三つの班は、学習室で過ごした。スリランとジョージが帰らないなら、サイコの班も寮の自室には戻らないといい張ったのだ。

明け方、緊急ニュースが流れた。

日乃元各地で外国人への襲撃が相つぎ、数百名の死者と負傷者が発生。日乃元政府はラルク公国の羅子さまからの要請を受け、戒厳令を発令。全国の主要都市に進駐軍を派遣し、治安維持に努めさせた。

テレビでは警備中の進駐官が映しだされるだけだったが、ネットの映像は容赦なかった。トラックに材木のように積みあげられる外国人の遺体とそれに石を投げつける子どもたちの映像が全世界に向けて広まったのである。

23

羅子女皇により発せられた戒厳令は三日間で解除された。日乃元皇国内で続発した襲撃事件により多数の外国人が死傷したため、被害を受けた各国から非難が集中した。日乃元のメディアも非難に非難で応酬する。外国との貿易活動や文化交流も一時的にストップし、日乃元皇国は孤立状態にあった。

東島進駐官養成高校の内部も重苦しい雰囲気につつまれていた。自由時間にテレビをつけると、どのチャンネルでも女皇を狙ったテロ事件とその後の外国人襲撃であふれている。街角には自分たちとさして年齢の変わらない若い進駐官が、自動小銃を肩にさげ立っていた。銃口が向けられているのは、植民地を奪い合う外国軍ではなく、日乃元の国民である。タツオの気もちは複雑だった。このまま養成高校を卒業して進駐官になれば、命令に従い、この仕事にも就かなければならないのだ。それがほんとうに進駐官の本分なのだろうか。

その夜は消灯時間が過ぎても、妙に寝つけなかった。頭のなかをさまざまな思いが駆け巡っている。自分とサイコを狙撃した犯人はまだ見つかっていなかった。深夜の行軍訓練で一班を襲撃した集団も謎のままだ。被害が逆島断雄ひとりにとどまるならまだいい。だが、班の仲間まで危険にさらすことには強い罪悪感があった。

「タツオ、起きてるかい？」

囁《ささや》くような声は、二段ベッドでタツオの上段に横たわるジョージからだ。

「ああ、起きてる。眠れないんだ」

妙に身体が熱っぽかった。窓辺には月の淡い光がさしている。外に広がるのは無人の校庭だ。ポールには今、なんの旗もさがっていない。

「今回の事件をどう思う？」

「驚いたよ。誰も犯行声明を出していないから、どの勢力が爆弾テロを起こしたのかもわからない。なにより日乃元の中枢が狙われたことがショックだ」

それが一般的な国民の反応だろう。ぎしっとベッドが鳴って、ジョージの声が降ってきた。

「それだけかい？　外国人襲撃については、なんとも思わないんだ」

女皇を直接狙ったテロに逆上した日乃元国民があちこちで、身近にいる外国人を襲っていた。皇国内でも連続してテロ行為が計画されている。つぎにバイオテロで狙われるのは上水道の施設、官庁街、放送局。外国のスパイによって原子力発電所も攻撃される。衛星放送でラルク公国の事件が流された直後から、そんな噂が人々のあいだに飛び交っていた。政府も治安活動を担当した進駐軍も必死に、流言飛語を打ち消したが、血迷った人々は、暗がりにまぎれて包丁やバットをさげ外国人を襲った。数百人の死者が発生したという緊急ニュースが日乃元だけでなく世界に打電されたが、実際の死者は外国人と間違われた皇国民一七人をふくむ一六八人だった。

「なにも思わないなんてことはないよ。亡くなった人たちのことはもちろん気の毒に思う」

「ぼくがいいたいのはそういうことじゃない」

ジョージの声は月の光のように静かだった。

「日乃元の人間が、なんだかぼくは怖いんだ。普段は優しくて善良で思いやりも気配りもある。この国の接客やサービス業のレベルが世界でもトップレベルなのは有名な話だ。でも、一度大切なものを傷つけられると、てのひらを返したように徹底して逆上する。証拠もなく襲撃して、迷いもせずに殺害するんだ。タツオも例の貿易会社社長の話をきいたよね」

忘れられない悲惨な事件だった。ダリル・ランドール（四四歳）は日乃元の精密機器をラルク公国に輸入する代理店を経営していた。大学時代に知りあった妻エドナ（四二歳）とのあいだには三人の子ども。アンドリュー（一八歳）、ネヴィル（一六歳）の男の子ふたりと女の子のメロディ（一三歳）である。いつも仕事で世話になっている極東の大国を見学させようと、夏休みに子どもたち全員を連れてきたのだ。

ランドール家が宿泊していたのは皇居に近い外資系ホテルだった。フロント係は危険だから、外出しないように注意したという。テロが発生したばかりで、みな平常心を失っている。日乃元語が達者な社長はていねいに断った。

「今夜の食事は予約をとるのが難しい日乃元料理の名店なんです。三ヵ月も前から楽しみにしていました。子どもたちにもこの国の文化の精髄《せいずい》を味わわせてあげたい。日乃元の国民はみな優しい人ばかりだから、だいじょうぶ。心配ありません」

夕食を終えたランドール家はホテルに帰る途中三〇人を超える殺気立った群衆にとり囲まれた。

おまえら、どこからきた？

ダリルは必死にごまかしたが、恐怖のあまり妻のエドナがラルク公国の名を漏らしてしまった。人々は凶器を手にランドール家の五人に襲いかかった。頭蓋骨骨折と全身挫傷。一家は全員惨殺され、ホテルからほど近い繁華街の路地裏にぼろ布のように放置された。

「ランドールさんの事件は忘れられない。ぼくがそばにいたら、なにをしても止めていた。襲撃された外国人に対しては、どの国の出身であるか関係なく申し訳なく思う」

しばらく返事がなかった。タツオは上段のマットレスを支える木組みを見あげていた。ジョージの声は痛々しい。

「今回のことで、自分が完全には日乃元の皇民じゃないのかもしれないと思った。やはりぼくには父のエウロペの血が流れているんだろうな。いつもは優しい日乃元の人たちの怖さを思い知らされた。あれが進駐軍なら、冷静に事態に対処したはずだ。でも、一般の人々は違う。あの襲撃犯だけじゃない。年寄りの政治家や無責任な週刊誌は、すぐにラルク公国に宣戦布告しろと、勇ましいことばかり叫んでいる」

女皇の一滴の血は、敵国一〇〇万人の流血であがなえ。警護にあたっていた者は、テロリストを根絶するまで日乃元の土を踏むな。メディアの論調は激しいものばかりだった。

その声はいきなりとなりの二段ベッドから響いた。低く太いテルの憮然《ぶぜん》とした声だ。

「戦争になどなるか。ラルク公国はエウロペ連合には非加盟だが、周辺にある小国だ。日乃元が戦争を起こすのは簡単だろうが、近隣国での戦闘をエウロペ連合が放置するはずがない。こちらが手を出せば、友好国の安全を確保するため、すぐにエウロペの進駐軍が派遣されるだろう。そんなことになれば、ひとつの国にリボンをつけてエウロペ連合にプレゼントするようなものだ」

ジョージは冷静だった。

「養成高校で学んだ者なら、誰でもそれは理解できるだろう。でも、普通の人たちはどうだろうか。一般人たちに選ばれた政治家はどうか。あいつらなら人気とりのために戦争くらいやりかねない。ぼくたちは進駐官になる。そうなれば、どんなに無意味で無謀《むぼう》な戦争も、断ることなどできないんだ」

四人はそれぞれのベッドで寝そべったまま上を見あげていた。天井の低さが胸を押し潰すように迫ってくる。黙っていたクニが小声でいった。

「ジョージは日乃元が嫌いになったのか」

かすかに淋しそうに混血の学年一位が答えた。

「いや、母の国だ。嫌いになどなれるはずがない。でも、今の世界の在り方には納得できない。もっとほかの生き方がないのかな。ぼくたちはこのまま永遠に戦い続けるしかないのか」

ジョージは夜の草原を吹き渡る風に乗せるように、そっと囁いた。タツオにはジョージの願いがよくわかった。この世界に平和がやってくる日が、いつかほんとうにあるのだろうか。テルがいらついたように叫ぶ。

「確かにおまえは飛び切り優秀だよ。そいつは認める。だがな、たったひとりの進駐官になにができる。ジョージに世界が変えられるのか」

テルが起きだして、ベッドから両足をぶらさげた。おおきくて強い足で、床を踏みしめるといった。

「エウロペ連合も、アメリア民主国も、汜帝国も、ついでにいえば日乃元皇国も、どこも同じだ。技術的にはもう完全にいき詰って、新しいものなんて生まれない。同じものの大量複製だ。経済だってゼロサムだ。どこかが伸びれば、その分ほかの国が落ちる。天然資源と市場を求めて、植民地をぶんどりあうのが、今の世界の在り方だろう。戦わない国は、ただ奪われ没落していく」

テルのいうとおりだった。それが高度植民地時代における先進国の生存方法だった。他国から奪った分で、経済成長を成し遂げ、なんとか国民に豊かな暮らしを保障する。そのために世界中で、もっとも優秀な子どもたちを養成校に放りこみ、進駐官に育てあげている。自分たちはみなよその世界から富を奪うための国の先兵なのだ。

「おれは最後まで日乃元のために戦い抜く。その途中で、どこか外国の地で倒れてもかまわない。金持ちや政治家じゃなく、この国の普通の人たちのために戦う。それがおれにとって進駐官の使命だ」

テルの目が明かりを消した部屋のなかで光っていた。なにかを熱烈に信じる、強いけれど危うい光だ。つぎに口を開いたのはクニだった。

「こっちは正反対だね。進駐官になれば、一五年で年金の資格がとれるだろ。そしたらさっさと退官して、どこか地方の役所で暇な仕事に就く。進駐官なら天下り先も選びたい放題だからな。それで若い嫁さんをもらって、子どもを、そうだな、ふたりくらい育てて、あとは平穏無事に暮らしたい。戦争で死ぬなんて御免だよ。なんとか生き延びて、あとはジジイになるまで楽してのんびり生きるんだ」

炎のように進駐官として戦い抜くという谷照貞。年金のためにつつがなく進駐官を務めあげ、あとは平凡で平穏な生活を望む鳥居国芳。同じ高校で学んでいても志望理由は様々だった。年金生活を夢見るクニがいった。

「なあ、ジョージ、やっぱり将軍とかになるつもりか。進駐軍を変えるにはトップに立つしかないだろ。おまえがやるなら、おれも応援するぞ」

ジョージの声はわずかに笑みを含んでいた。

「さあ、どうかな。自分でも決めかねている。進駐軍でトップを狙うか。それとも別な道を選ぶか。ただね、テル、きみがいった弱肉強食の世界の在り方だって、いつかは変わるんだ。どんな体制やシステムだって、永遠に続くものじゃない。そのときのことを考えておくのは、進駐官としても無駄にはならないはずだ」

テルの返事は冷え冷えとしたものだった。

「万世一系の女皇は日乃元皇国がある限り永遠に続く。皇紀はもう二七〇〇年を超えているんだぞ。おまえが口にしているのは不敬だ」

そういうとベッドに倒れこんでしまう。その場の空気を和《なご》ませるようにクニがおどけてみせた。

「で、うちの班の元近衛四家の次男坊は、どうして東島なんかにきたんだ？」

タツオはなにも答えられなかった。母と兄から勧められて、なにも考えずに養成高校を選んだ。今でも進駐官になることを迷っている。代々進駐官の家に育ったタツオは、テルのように国家のために尽くす気持ちもわかるし、ジョージのように戦争のない世界を求める気持ちも理解できるのだった。

「ぼくはなんとなく流れできただけだ。意味なんかないよ。さあ、あと一週間で期末試験だ。もう寝よう。いい成績をとらなくちゃ、大学を滑ってどこか激戦地に飛ばされて、最初の任務で死ぬかもしれないんだぞ」

進駐官養成高校の成績はそのまま任官地に直結する。成績上位二〇パーセントの者と下位二〇パーセントでは、任官中の死亡率が三倍近くに開いていた。ここはただの学校ではない。成績がそのまま生死につながるのだ。明日からは死ぬ気で勉強しなければならない。タツオは無理やり目を閉じて、頭のなかを空っぽにした。

24

期末試験が近づくにつれて、養成高校には幽霊のような生徒が目立ち始めた。成績をあげるためには猛烈に勉強するしかない。一日のカリキュラムがぎっしりと組まれている東島では、人に差をつけるには睡眠時間を削るしかないのだ。睡眠不足でふらふらの生徒が歩き回り、あちこちにおかれたベンチで死んだようにうたた寝している。

ガリ勉も無理はなかった。

進駐官養成高校の成績は卒業後も一生ついて回る。将軍になろうと、同期からは学年で二七番目だったとからかわれるのだ。もちろん徹底した学歴主義の進駐官制度だから、昇進も半分は成績によって決められる。

残る半分は人がつくっている組織につきもののひいきだった。進駐官の昇進は上にいくほど上司からの強力な引きを必要とする。優秀な進駐官が佐官や将官クラスから抜擢を受け、飛び級で昇進するのはよく見られる光景である。その場合もちろん当人が優秀であるのは確かだが、抜擢する側のトップにもきちんと理由はあった。抜擢された若い進駐官は絶対に推薦者にノーといえない忠実な部下となるからだ。自分の影響力を残し、ほんとうに優秀な若者に大役を与えて過剰な速度で成長させる。エリートの進駐官のなかにも、さらに特急の昇進の道がある。

　生徒のほうでも、そのシステムがよくわかっていた。自分の好みの教官に金魚の糞《ふん》のようにまとわりついてご機嫌をうかがう生徒が、養成高校内に大量発生している。陰では他の生徒たちにＰと呼ばれ、軽蔑されていた。教官お気に入りのペットのＰだ。タツオの班にはひとりもＰはいなかった。

　月岡鬼斎教官はむきだしにされた金属製の義手が目立つせいもあって、生徒の人気が高かった。噂では軍の上層部に強いコネをもっているという。午後の授業にむかうため三組一班が渡り廊下を歩いていると、むこうから月岡教官ととりまきの生徒たちが集団でやってきた。すごい人数だ。二〇人近くいるのではないだろうか。

　タツオは廊下の端に避けて敬礼した。ジョージもテルもクニも一列になって形よく敬礼する。この高校に入学して四ヵ月、なにも考えずに東島流のしゃれた敬礼ができるようになっている。月岡教官がいった。

「勉強のほうは進んでいるか、逆島」

　通り過ぎるかと思っていた教官がいきなり足を止めた。とりまきの生徒たちが嫉妬の目でタツオをにらんでいる。Ｐはだいたいひどく嫉妬深いものだ。

「はい、なんとかがんばっています」

「そうか、よろしい」

月岡教官がとなりのジョージに目をやった。

「きみのほうは、どうだ？　菱川」

ジョージは月岡鬼斎と目をあわせずに涼やかに答えた。

「変わりありません」

月岡教官が笑った。この人が本気で笑うと、左手の義手のパーツがこすれて、カチカチと金属の音がすることにタツオは気づいた。

「夏季総合運動会はチャンスだ。進駐官のお歴々が当校まで足を運ぶのは、なにも暇つぶしではない。どの生徒が優秀か、実際に見て判断するのだ。誰がもっとも優秀で、誰がもっとも強いか」

教官はそこまでいうと、後方に従えた生徒たちに目をやった。この教官を慕《した》うくらいなので、身体のおおきな武闘派の生徒が多い。

「誰を自分の派閥に入れて、後継者に仕立て上げるか。菱川浄児、きみの名は将軍たちのあいだでも有名だそうだ。この一〇年でもっとも優秀な生徒かもしれない。成績が飛び抜けているだけでなく、軍事的天才の可能性もあるとな」

三組代表を決定する戦闘シミュレーションの結果は、全校で知らないものはなかった。ジョージはほぼひとりで劣勢を逆転し、敵の旗を奪ったのだ。ジョージの返答はそっけないものだった。

「ありがとうございます、教官殿」

「問題は相手ではなく、きみがどの派閥を選ぶかだ。一生を左右することになる決断だ。くれぐれも慎重にな。人との出会いは運命を変えるぞ」

「はい、熟慮します」

この人はジョージに自分の派閥に入れとはいわないのだ。無愛想で見た目は怖いが、やはり信頼できる。

「それから逆島、きみが三組一班の指揮官で間違いないな？」

なにをいいだすのだろう。タツオは勢いよくうなずいた。

「はい」

「いつまで菱川の陰に隠れているつもりだ。きみの成績にはばらつきがあり過ぎる。入学試験の際、人文系の学科で菱川より優秀だったのはきみだけだ。理系と戦史にもっと力を割《さ》けば、菱川とトップを競えるはずだ。お父上が泣いておられるぞ」

父はウルルクの首都攻防戦で死んでいる。遺体さえ見つかっていないのだ。タツオは歯をくいしばり耐えるしかなかった。月岡鬼斎がぐっとタツオに顔を近づけてきた。

「わたしが逆島靖雄中将に初めてお会いしたのは、この進駐官養成高校だった。声をかけられただけで天にも昇るようだった。あの方にお会いして、一生の運命が定まったと思ったものだ。逆島中将の下《もと》で数々の激戦をくぐり抜け、こうして片腕を失った」

ふっとため息をつくように笑い、月岡教官は右手でこつんと金属の義手を叩いた。

「後悔はまったくない。きみはまだ自分のほんとうの力に目覚めていない。さらに励みなさい。この夏、運命を決める出会いがあるかもしれないぞ」

タツオは「はいっ」と叫んで、再び敬礼した。月岡教官はクニとテルにはひと言も声をかけずに、渡り廊下を歩いていく。いや、テルにだけは目と目をあわせて、ちいさくうなずいたかもしれない。タツオにはよくわからなかった。クニがいった。

「いやー、月岡先生ってカッコいいなあ。あんな人ならPになってもいいかもしれない」

テルが肩をすくめていった。

「止めとけ。人使いが荒いって噂だぞ。それにまあ、なんというか」

タツオのほうを見て困った顔をする。タツオはいった。

「ぼくには気をつかわなくていいよ」

「ああ、近衛四家から脱落した元逆島派だからな。昇進や栄転の目はもうないって話だ」

ジョージが教科書を小脇にはさんで廊下の先にある特別教室にむかう。

「進駐官というちいさな組織のなかで、昇進とか、派閥とか考えすぎないほうがいいんじゃないか」

クニがちいさく叫んだ。

「おまえはいつもカッコつけすぎなんだよ。ちいさな組織っていうが、進駐官は一〇〇万人以上いるだろ。出世すれば、なんでもやりたい放題だ」

一〇〇万人以上いる進駐官のうちの一〇〇分の一。それが東島進駐官養成高校卒業のエリートだった。そのままエスカレーター式に進駐官養成大学に進学し、卒業すればすぐに進駐官少尉の地位を与えられ、部下を多数もつようになる。勉強も戦闘訓練も厳しいのは当たり前だった。

月岡教官のいうように自分にはまだ見ぬ潜在能力と可能性があるのだろうか。毎晩同じ部屋で眠っていても天才に違いないと確信できるジョージと互角に闘える力があるのだろうか。タツオはおぼつかない足どりで、ガラスの屋根が夏の日ざしを透かす渡り廊下を歩いていった。気がつけば蟬の声がやかましい。日乃元の夏だ。

25

　期末試験は七月の第一週に全九教科、一教科につき九〇分の試験が三日間実施された。知力の限界を試す厳しい試験だった。一点でもよい点をとりたい、ひとつでも学年順位をあげたいという生徒の願いは熾烈《しれつ》だった。

　勉強に自信のない者は必然的に不正に走るようになる。カンニングはどの教室でも普通に見られるものだった。当然、発覚した場合は厳しい制裁を受ける。試験終了後に営倉の窓のない独居房に一週間拘禁《こうきん》され、試験の成績は全教科で二〇パーセント減点される。

　タツオの三組でも、東園寺崋山の班の関本皇司《こうじ》がカンニングを月岡教官に見つけられた。メガネのフレームに照射機をとりつけ、赤いレーザーで机の上に世界の決戦の年表を投影したという。カンニングは班ぐるみで行われることが多く、同じ班のカザンとその他二名は厳しい取り調べを受けたが、カンニングの証拠は発見されなかった。班の連帯責任ということで、一〇キロの長距離走と一〇〇回の腕立て伏せを三日間科せられただけである。

試験の翌週には成績が発表された。

東島では全生徒の成績が一番から最下位まで、本校舎ホールの掲示板に張りだされる。学年一位はおおかたの予想通り菱川浄児が圧倒的な成績でゲットした。二位には東園寺彩子の班の秀才、幸野丸美ではなく、見たことのない名前があった。クニが不思議そうにいった。

「五王龍起？　タツオキって読むのかな。この新しい天才は誰だ？　入学式のときにこんなやついたっけ」

テルがいった。

「噂じゃ、親のコネで転入してきたらしい。とんでもなく金持ちらしいからな。五王ときいてなにか思いださないか」

タツオは自分の腕時計に目をやった。進駐官の制式時計には正五角形が二重になったロゴマークが刻まれている。

「あー、あの五王重工かよ。もしかして、あそこの御曹司《おんぞうし》。すげえな。一族で日乃元の資産の三分の一くらい持ってるんじゃないか」

最先端の兵器から、自動車、電子機器、建設土木、火力水力原子力発電、医薬品、テレビ局、世界有数のポータルサイトなどタコの足のようにからみあった巨大企業を統合する日乃元最大の財閥《ざいばつ》だった。五王が沈めば日乃元も沈むといわれる一大帝国だ。アジア最大の軍需企業で、世界中に盛んに武器輸出もしている。クニがいった。

「この成績を見ると、悔しいけど実力はほんものみたいだな。親のコネとか財力だけじゃ、ジョージのつぎにはこられないだろ。しかしなんでそんな金があるのに、進駐官になんてなるのかな。おれなら家継いで、贅沢《ぜいたく》に遊び暮らすぜ」

クニの背後に背の高いメガネの少年が立った。クニの肩を軽く叩く。

「ちょっと挨拶させてもらっていいかな」

掲示板の前は広いホールになっていて、多くの生徒が集まっていた。ジョージは一目置かれていたので、周囲に自然にスペースができている。爽やかに笑うと、きれいな黒髪の少年がいった。

「初めまして、五王龍起《たつおき》です。コネではなく、ぼくはきちんと編入試験を受けて合格しているよ。親の仕事で、しばらくエウロペにいたので」

タツオはタツオキとジョージを見比べていた。ふたりの少年は雰囲気がよく似ていた。ジョージが白で、タツオキが黒というイメージの相異はあるが、どこか質感が似ていた。穏やかで涼しげな雰囲気がありながら、底のしれない力や可能性を秘めている。抜群の切れ味を笑顔でくるんで、普通の人間のあいだに隠れているのだ。むきだしの優秀さや強さはかけらもない。同世代にこんな人間がいる。タツオは人の不思議が怖くなった。

「きみが菱川浄児くんだね。ジョージと呼んでもいいかな。お父上のことは残念だった。ぼくも子どものころ、お父上のトマス・ベーハーシュ・アルンデル卿《きょう》に遊んでもらったことがある。アルンデル将軍といったほうがいいのかな」

ジョージは顔色を変えなかった。ただ目の色が一段と深くなっただけだ。ジョージの父については初めて名前をきいた。触れてほしくなさそうだったので、一班ではタブーだったのだ。

「そうかい、ぼくの父のことは軽々しく口にしないほうがいい。エウロペでは悪名高い反逆者だからな」

ジョージが歯をむきだして、五王重工の跡とりに笑いかけた。それは天才児、菱川浄児が初めて見せた獰猛《どうもう》な獣《けもの》の顔だった。

タツオはジョージの顔を見つめた。父親は全エウロペで名を知られた高名な軍人だったのか。五王財閥の御曹司がいった。

「アルンデル将軍、あるいは銀の悪魔、駆け抜ける死神。きみのお父上は電光石火の急襲作戦が得意だった。敵軍はその名をきいただけで震えあがったものだ」

温厚なジョージがひどく腹を立てている。身体のどこにも兆候はあらわれていないが、タツオにはよくわかった。ジョージは静かに怒る男なのだ。

「それがどうした?」

五王龍起はなにかをおもしろがる顔で、周囲を見まわした。期末試験の成績が張りだされたばかりのホールには、一年生のほぼ全員が集まっている。タツオキは銀のメガネを指であげると、一段と声を張った。

「軍略の天才といわれ、自らの機甲師団を率いて、数々の戦場で華々しい武勲をあげたアルンデル将軍が、その後どうなったか、知りたくはないか？　どうだ、逆島断雄」

ジョージだけでなく、自分にまでからんでくる。タツオキという少年の目的はなんなのだろう。頭ではそう考えながら、タツオもジョージの父が、なぜ悪名高いのか理由が知りたくてたまらなかった。

ジョージはこの場を静観している。クニはタツオと同じように興味津々、テルだけは周囲への警戒を解いていなかった。三組一班はすでに正体のわからぬ敵に襲撃されている。校内も安全とはいえないのだ。

ジョージは涼やかにいった。

「五王くんはよほどぼくの父に関心があるんだな」

タツオキが微笑んだ。メガネのフレームに天井からのダウンライトが点々と光っている。

「もちろんだ。アルンデル将軍は進駐官としてぼくの目標だからね。あんな人はもう今世紀中はあらわれることはないだろう。あこがれの人だよ」

生徒は黙ってタツオキの言葉をきいていた。この男には周囲を従わせる天性の威厳がある。

「一一年前、エウロペ連合軍と氾帝国軍は、バーレンハイムの山岳地帯で戦闘中だった。戦闘は膠着《こうちゃく》状態を迎えて三週目、このままお互いにらみあったまま厳しい冬を迎えるだろうと予測されていた。あのあたりは真冬には零下二〇度をきる」

その決戦ならタツオも教科書で読んだことがあった。世界中の戦場の有名な会戦はすべて記録され、勝敗を分けた理由が解析されている。進駐官養成高校では、国語や数学と同じように欠かせない必修科目だ。

「アルンデル将軍は深夜、軍用の大型ヘリで山頂に特殊装甲車二三六輛《りょう》をピストン輸送した。夜が明けると同時に、ダウンヒル用にサスペンションを強化した装甲車が一気に山をくだった。五分の一の四八輛が運転を誤り、谷底深く転落していった。だが、残る一八八輛が山側の薄い防衛線を抜き、氾帝国軍の宿営地になだれこんだ。指揮所を落とし、司令官のリン・ガオタイ党中央軍事委員を捕虜にするまで、一五四分しかかからなかった」

はあーと生徒たちが一斉にため息をついて、誰もがジョージの父の武勲に感心しているのがわかった。当のジョージの顔色はまったく変わらない。

「その後アルンデル将軍はエウロペ連合軍に軍事委員を引き渡し、バーレンハイムの戦闘は終了した。だが、このあと戦史には残されていない機密がある。いい機会だから、きみたちも学んでおくといい」

タツオキの声が熱を帯びてきた。いつの間にか、五王財閥の跡取りの後方に、東園寺崋山ととりまき連中の顔が見える。にやにやと笑っているのが、嫌な感じだ。きっとジョージにはよくない秘密だろう。タツオはいった。

「そんな軍事機密を、こんなところで公開しなくてもいいだろ。話があるなら、ジョージとふたりだけですればいい」

カザンが口をゆがめた。

「やかましい、タツオ。人にきかれて困るようなら、自業自得だ。おまえは引っこんでろ。一班の名ばかりリーダーめ」

学年全生徒の前で、馬鹿にされた。タツオの血が逆流した。ここでカザンに決闘でも申しこもうか。決闘制度は日乃元だけでなく、世界中で法的に認められている。当局の許可を得て、正式な作法にのっとれば、たとえ相手を殺害しても罪にはならないのだ。それどころか屈辱をそそぎ、武勲を立てたと世間の賞賛を得ることになる。ジョージがタツオの怒りを読んで、その場を抑えた。タツオに囁《ささや》きかける。

「だいじょうぶだ、タツオ。あいつはすべてを話すまで止める気はない。ぼくからトップを奪い、誰が一年生のリーダーかはっきりさせたいようだ」

タツオキが芝居気たっぷりにいった。

「ここそとなにを話している。ぼくは事実しか伝えるつもりはない。別にかまわないだろう、菱川浄児」

ジョージが黙ってうなずいた。

「アルンデル将軍は、捕虜引き渡し後、エウロペ連合軍総司令官のライナー・マルフォッセ元帥を、部下に命じて射殺させた。元帥の無様な指揮で、エウロペの若き兵士一万二〇〇〇名がバーレンハイムで亡くなった。怒りはもっともだ。アルンデル将軍なら二時間半で片がついた戦闘を、自らの手柄とするために二〇日以上もかけたのだからな」

総司令官を射殺する？　そんなことが軍規上許されるはずがなかった。軍法会議の上、死刑か終身刑になるはずだ。タツオは急にジョージが心配になった。タツオキは淡々と続ける。

「アルンデル将軍はバーレンハイムの戦場で姿を消した。絶対の忠誠を誓う三〇〇〇人の精鋭とともにな。エウロペ連合軍最強の機甲師団と軍略の天才のその後は、一一年たった現在も不明のままだ」

三〇〇〇名の兵士に給料を払うだけでもたいへんな負担だろう。しかも兵にはつねに補給が必要だ。食料も、軍服も、兵器も、兵士には製造することができない。ホールを不安げなざわめきが満たした。ジョージの父は、どこに消えたのか。兵士たちがどこで闘っているのか。謎は深まるばかりだ。タツオキが一度だけ手を叩いた。生徒たちが静まり返る。

「噂はいろいろとある。エウロペ連合正規軍の裏にある影の軍団になり、ひそかにエウロペ全体を支配している。現在はアメリア民主国のテロ対策特殊部隊に転身した。あるいは……」

ジョージが真夏に降る雪のような声をあげた。冷たく熱く、意味を届けた先に消えていく。

「それ以上は止めておけ」

緊張が高まる。タツオキはジョージの制止など気にしていないようだった。危険だ。タツオははっきりとわかった。ジョージは自分と同じ一五歳で進駐官養成高校の一年生である。だが、自分とは比較にならない人生経験を積んでいる。もしかするとこの少年はこれまでに人を殺したことがあるのかもしれない。それは一度心を占めれば、決してゆるがせにできない真実だった。五王財閥の跡取りはにやりと笑っていう。

「別にかまわないじゃないか。どうせ、単なる噂だ。なにもぼくがいってる訳じゃなく、エウロペの進駐官ならみな知っていることだ」

たっぷりと間をとって、タツオキがいった。

「もうひとつ有力な説がある。アルンデル将軍は指揮下の精鋭三〇〇〇名とともに、トリニティに参加したのではないか。あの世界平和を狙う秘密結社にな」

あーっ、悲鳴のような声があちこちで漏れて、女子生徒のひとりが貧血で倒れた。

「自由・平等・博愛」の三理念をうたう秘密結社「トリニティ」は、世界各地で反戦活動を行い、ときに直接戦闘に介入して、各国連合軍を敗走させることもあった。平和を訴えながら、圧倒的な軍事力を誇るのだ。世界を統一したのち、各国の軍事力を解体し、自分たちだけが唯一最強の軍として、平和になった世界に君臨するのだという話だった。

トリニティはどの国の進駐官、政治家、官僚、マスコミ、知識人にも根深く浸透して、影の権力を形づくっている。日乃元では当然、非合法組織として指定され、トリニティのメンバーであるというだけで、無条件の逮捕が可能な特別法が発令されている。氾帝国やエウロペ連合、アメリア民主国と各国からのスパイはいるが、もっとも恐れられているのはトリニティのスパイだった。

タツオキの口からその名前が漏れたとたんに、一年生が引き始めた。トリニティの名は青酸ガスのように効果的だった。進駐官の卵が恐れをなして散開していく。ジョージを悪魔の子でも見るようににらんでいく生徒もいる。タツオキは余裕の表情だった。

「おいおい、すべては単なる噂だよ。来週の夏季総合運動会が楽しみだ。順調に勝ち上がれば、逆島断雄、きみが指揮する三組と、ぼくが指揮する五組が決勝戦で当たることになる。誰が一年生のほんとうのトップなのか、はっきりとさせよう」

タツオキが一歩踏みだして、タツオに握手を求めてきた。タツオは気がすすまなかったが、その手を握った。日陰に潜む蛇のような冷たく湿った手だった。タツオキは耳元でいった。

「ほんとうはきみより、菱川浄児に指揮をまかせたほうがいいんじゃないか」

名ばかりリーダー、名ばかり班長、名ばかり指揮官という言葉が、何度も頭のなかで響いた。タツオは屈辱に頬を赤く染めながら、五王龍起が丸天井のホールを悠然《ゆうぜん》と立ち去るのを眺めていた。

26

一七発の祝砲が青空の静けさを打ち破り、進駐官養成高校の夏の一大イベントが華々しく開始された。貴賓席には軍の高官や高級官僚、政治家たちが白い礼服で顔をそろえている。あちこちで扇子が蝶のように閃《ひらめ》いていた。日陰でも三〇度を超える猛暑である。

豪華な貴賓席でひときわ目を引くのが、来賓として出席した皇女のふたりだった。日乃元皇国女皇羅子さまの長女・璃子さまと次女の瑠子さまである。皇位継承権はそれぞれ第一位と第二位、つぎの女皇はこのおふたりのどちらかから生まれるのだ。

璃子さまは飛び抜けた美しさで、国内だけでなく広く世界に名を知られていた。日乃元の女皇には数世代にひとり、その時代の全女性の美の基準となるような美人が生まれるという。璃子さまが当代一であることに疑いをもつ者は宮内省だけでなく、皇民一般にも存在しなかった。それはひと目璃子さまを見れば誰にでも納得できることだ。

肩に流れる夜の水のような漆黒《しっこく》の髪、明かりを仕こんだ白磁のように温かみのある肌、なによりも一度目をあわせた者は黒い瞳のあまりの深さと憂いに誰もが心を奪われてしまうのだった。だが、璃子さまは生まれつき虚弱で、気鬱の病があった。不安定な身体と心のせいで、公務を突然欠席されることもめずらしくない。東島の関係者は無事に璃子さまが臨席されたことで胸をなでおろしていた。

姉の璃子さまが冷ややかな月の皇女とすれば、妹の瑠子さまは太陽の皇女だった。

髪は短く、顔にはそばかすが散り、明るく活発。それでいて、学業に関してはこの一〇〇年ほどの皇位継承者のなかでも抜群の優秀さだった。健康的にも精神的にも生来の弱点はない。

困るのは、妹の瑠子さまが高い身分に生まれた故にか、ひどく傍若無人なことだった。全校生徒が集合した開会式で、タツオの顔を見つけると貴賓席から手を振ったりする。

狩野永山校長の挨拶が終わり、つぎの式次第に移る間を狙って、瑠子さまが貴賓席の最上段から叫んだ。手をメガホンのように口につけている。

「タツオ、久しぶり。あとで、ちょっと話があるから、顔貸して」

貴賓席はざわついただけだが、校庭に散らばった養成高校の生徒たちはどよめいた。皇女から名指しで声をかけられる生徒が、自分たちのなかにいたのだ。クニはタツオの脇腹を突いたが、タツオは顔を真っ赤にしてうつむいてしまった。まったく瑠子さまときたら、子どものころとぜんぜん変わらない。自分が日乃元の皇女であることなど、まるで意識していないのだ。タツオは進駐軍式の行進でゲートを出るまで、決して貴賓席に視線をむけなかった。

東島の夏季総合運動会は、通常の高校のように一〇〇メートル走やリレー、大玉ころがしに綱引きといった競技ももちろん種目に含まれていた。けれど、なんといっても一番の名物は実戦さながらの模擬戦だった。通常の軍事演習は3Dのシミュレータでおこなわれたが、夏と冬の総合運動会では違う。

各クラスから選ばれた指揮官が、自分のクラスの生徒を部下にして、敵の陣地と旗を奪いあうのだ。使用されるのは実銃ではなく、弱レーザーの模擬戦専用の突撃銃と短銃だった。生徒の着る半透明の戦闘服には光感応式のセンサーが織りこまれ、身体のどこかにレーザーが照射されると生地が硬化して戦闘不能になる。身体の急所にレーザーが当たれば一発で戦死扱いだ。

午前中の戦いで、タツオが指揮する三組は四組と七組を立て続けに撃破した。といってもタツオだけの手柄ではない。副指揮官は菱川浄児と東園寺崋山。タツオが指揮するのは本陣を手堅く守る守備隊で、ジョージとカザンが指揮する突撃隊が敵を切り崩していく。優秀なのは、このふたりだった。

ジョージはもちろん文句なしの指揮振りだったが、意外なことにカザンも士官として手足のように自分の部下を動かしていた。性格が面倒なので、タツオはあまり近づかなかったが、さすがに近衛四家の男子である。タツオはカザンの力を見直していた。

午後三時から順当に勝ち上がってきた五王龍起率いる一年五組との決勝戦が予定されている昼休み、タツオが三組一班の四人組と大食堂で昼食をとっていると、東園寺彩子がやってきた。サイコは学年一の美少女なので、男子が圧倒的に多い養成高校では注目の的だ。カーキの制服のスカートを勝手にマイクロミニにしたサイコが、テーブルの脇で両手を腰に当てている。なんで、あいつばかりもてんだよ。どこか遠くの席で、誰かがぼやいた。

クニがそっとタツオの耳元で囁く。

「サイコの絶対領域にさわれたら、おれ、今日の午後戦死してもいいや」

つるりとしたゆで卵のような肌のしたに青く静脈が走っている。太ももなど男でも女でもさして機能的には変わらないのに、なぜ女子はこんなに輝いて見えるのだろう。

「タツオ、瑠子さまがお呼びよ。そんなものたべてないで、さっさときなさい」

「ちょっと待って」

夏季総合運動会のときは昼食も豪華だ。和牛のサーロインステーキに、めったにお目にかかれないマグロの大トロまでついてくる。午後は五王龍起が指揮する五組とのタフな決勝戦が待っている。タツオは残りの肉を口のなかに押しこんだ。

「なにをあわてているのよ。意地汚いなあ。そんなで指揮官が務まるの」

サイコはじっとタツオをにらんでから、視線を移した。とたんに口元に笑みがこぼれる。

「それから菱川浄児、あなたにもきてもらいたい。瑠子さまとお近づきになっておけば、絶対に損はしないから」

食事を終えて、コーヒーをのんでいたジョージは控え目にいった。

「ぼくは得をするかもしれないが、瑠子さまのほうが損になることもあるよ。いかないほうがいいと思うんだけど」

サイコは足を踏ん張り低く叫んだ。

「お父さまのことなんて、関係ないでしょ。ジョージはジョージで、タツオはタツオじゃない。つべこべいわずにさっさときなさい。瑠子さまは命令してるんじゃないのよ。あんたたちに友達としてお願いしてるんじゃない。女子のお願いをきかないような進駐官は、どんなに成績よくても、ただのクズだからね」

バーレンハイムの山岳戦で勝利を収めながら自軍の総司令官を射殺して逃亡したアルンデル将軍と、ウルルクの首都攻防戦で五万人の部下と玉砕した逆島靖雄中将。ジョージとタツオはそれぞれ、父親の汚名を背負って生きてきた。サイコは乱暴なところがあるが、人の心が読めない人間ではない。こんな形で励ましているつもりなのだ。きっといい進駐官になるだろう。

27

白樺《しらかば》がまばらに生えた裏山の斜面だった。瑠子さまはおつきの者も従えずに、ひとりで待っていた。目につかない形で、たくさんの警護官が周辺に散っているのだろう。それだけでも異例の事態だった。

「お久しぶりです。瑠子さまもお元気そうで、なによりです」

タツオがていねいにお辞儀をして顔を上げると、目の前に瑠子さまのそばかす顔があった。しばらく見ないうちに、女性らしくかわいくなっている。美人タイプの姉の璃子さまとは異なるが、アイドルにしても十分通用する愛らしさだった。

「こっちこそ久しぶり」

どすんと重い拳がタツオの胃に突きこまれた。間一髪腹筋に力を入れて受ける。瑠子さまが顔を崩して笑った。

「へえ、タツオもちゃんと鍛えてるんだね。お腹が鉄板みたい。弱っちかったくせに」

養成高校に入学してから、一〇〇回程度の腹筋なら休まずひと息でできるようになっていた。瑠子さまはジョージのほうに向き直ってゆったりと会釈《えしやく》した。女皇の一族という高い身分のせいか、それだけで上品さがあたりに匂い立つ。

「瑠子です。変わった家なので、名字はありません。あなたが菱川浄児ですね。タツオを守ってくれて、ありがとう。噂はサイコからきいています」

ジョージも東島流の最敬礼で応えた。

「皇位継承者から直接お言葉をいただき、光栄です。タツオ当人は気づいていませんが、ぼくが守る必要もないくらい優秀で、勇気がありますよ」

瑠子さまとジョージが無言で見つめあっている。なにかおたがいに意思が通じるところがあるようだった。サイコがいった。

「お昼休みはあと一五分しかない。瑠子さま、さっさと話をしちゃいましょう。タツオはともかく、瑠子さまが遅刻したら大騒ぎになるんだから」

瑠子さまは淋しげな顔をした。

「久しぶりに幼馴染みと会っても、たったの一五分だもんね。皇族なんてめんどくさい仕事だなあ。ねえ、知ってる？　わたしの初恋の人って、タツオだったんだよ」

瑠子さまはそういうと、快活に笑った。タツオも懐かしく思いだす。あれは皇族と近衛家専用の桜花《おうか》小学校だった。

「入学式で、わたしがサイコのグループにいじめられていたの。ほら、六歳児なんて猿みたいなものじゃない。身分とか関係ないし。ちょっと目立っていたから、この人に目をつけられたんだ」

　その光景は昨日のことのように覚えている。名門・東園寺家のグループ一〇人近くの子どもたちが、瑠子さまに詰め寄っていた。体育館の裏だ。サイコが困ったようにいう。

「ごめんね、かわいくて賢そうな子がいたから、先にちょっと締めておこうかなと思って」

　瑠子さまが目をきらきらと輝かせていった。

「そうしたら、タツオがさっとわたしの前に立って、手を出してきた男子を三人あっという間に倒したんだ。あれは魔法みたいな速さだったなあ。タツオって昔はカッコよかったんだよ」

　逆島家には一〇〇〇年以上昔から伝わる体術がある。体術というより、身体のなかを流れる時間を制御する生理的な技といったほうが正確かもしれない。タツオはあのとき生まれて初めて、その技を人前で使用したのだ。深夜の行軍訓練で謎の集団に襲われた際にも、秘伝の技をつかった。亡くなった父の靖雄に、切羽詰《せっぱつ》まった生命の危機に際してしか決して使用するなといい渡された体術である。

「それで、わたしとサイコはその日から、タツオの応援団になった。近衛四家には一

○○人近い子どもたちがいるんだけど、そのなかでもタツオは抜群だった。いつかタツオが近衛四家のトップに逆島家を押し上げる。みんな、そう噂していた。そのときはタツオをどっちが獲るか、よくサイコと口げんかしてたよ」
すべては逆島靖雄中将が軍規に反して、玉砕する前の夢のような物語だった。燃え尽きおちぶれたタツオは今、進駐官養成高校の不活性な生徒となりはてた。裏切りと転落は人を変えるのだ。

「昔話はもういいや。それよりほんとに困ってるんだ。うちのお姉さまは病気がちでしょう。で、わたしは健康だし、ちょっとだけ勉強もできる。それでね、宮内省《くないしょう》にも進駐軍にも、政治家や財界のなかにも、次期女皇をお姉さまでなく、わたしにしようという動きがある。それも最悪のね」

白樺の林のあいだを冷たい風が抜けていった。養成高校は高地にあるので、猛暑日でも風は乾燥して冷たい。

「この前あったラルク公国の爆弾テロは、お姉さまを狙ったものだった可能性が高いと、わたしは思っている。犯人はきっとエウロペではなく、この日乃元にいる。タツオ、ジョージ、わたしはわたしの周りにいる人の誰を信用したらいいのかもわからない。みんな、わたしのことが大好きで、それでいき過ぎて、お姉さまを亡き者にしようとしている。あなたたちの力を貸してください。お願いします。姉を次期女皇に据《す》えるまで、わたしを助けてほしい」

日乃元の皇室を巻きこんだ極秘の陰謀。しかもそこには次期皇位継承者のナンバー1を暗殺しようという凶悪な手段まで含まれるという。タツオの背中に冷たい震えが走った。この秘密は進駐官養成高校の誰にも、口にすることはできなかった。それどころか日乃元の誰にも漏らせない。

タツオは生まれて初めて死ぬまで胸の奥深くに抱える秘密を、幼馴染みの皇女から手渡されたのだった。

28

決勝戦の一時間前に一年三組の精鋭三二名は競技場に集合した。競技場の広さはサッカーのピッチの倍ほどあり、周囲を観客席がとり巻いている。グラウンドには砂が撒いてあり、あちこちに岩が転がっていた。雑草も点々と生えた荒涼とした平原の雰囲気だ。一五〇メートルほど離れて塹壕が掘られ、その背後にはクラス旗を揚げるポールが空を刺している。

「なあ、タツオ、今度はどんな作戦でいくんだ」

クニが敵部隊に目をやった。五組の生徒たちも競技場の反対側に集合していた。弱レーザーの模擬銃を使用するので、軍服も光線を透過するフィルムのような素材だった。夏の午後の日ざしに、敵の兵が遠い海のようにきらきらと光っている。タツオは目を細め対戦相手を眺めていた。あの五王龍起はどんな作戦を立ててくるのだろうか。

「カザン、五組は勝ちあがってくるまで、どんな手を使っていた？」

戦術分析ならここにいるメンバーで最も優秀なのは、東園寺崋山だろう。タツオと同じように小学生のころから、世界各国の軍事史を学ばされている。近衛四家ならば当然の帝王学だった。

「とくに斬新な戦術は見あたらなかったな。オーソドックスに陣を固めて、突撃隊を組織し送りだす。うちと同じように一〇名の兵を二分隊で敵陣に向かわせた。残りは本陣の死守と援護射撃だ。五組には二人ばかり腕のいい狙撃兵がいる。そいつがやっかいそうだった。それと、菱川」

カザンに名前を呼ばれて、競技場を観察していたジョージが振り向いた。

「クラス旗を守るために、やつは三人ポールにつけていた。前回みたいに旗だけ奪って、それでおしまいというのは不可能だぞ」

苦々しげな表情でカザンがそういって、競技場の地図に赤いペンでバツ印をつけた。軍事テクノロジーは進歩しているが、戦闘前の作戦会議ではいまだに紙の地図が使用されている。ここで決定されたことは各兵士がもつコンピュータで、即座に共有されるのだ。ジョージがかすかに笑った。

「わかっている。今回は隠れる浜辺もないし、そんな無茶はしない。タツオ、どうする？　攻めるか、守るか」

三二名の兵士を自由に動かし敵と戦い、敵を全滅させるか、敵指揮官を拘束するか、クラス旗を奪うかすれば、勝利は確定する。競技時間は四五分間。時間切れになれば、兵の損傷度による判定に持ちこまれる。

ひとりの人間が全力で動ける時間はせいぜい数分間である。それも二、三回が限界だろう。突撃のチャンスはそのくらいしかない。

「手堅く守るほうがいいんじゃないかな」

ジョージがそういうと、カザンが赤鉛筆を地形図に放り投げた。

「なにいってんだよ。こいつは模擬戦だ。誰も死なないし、怪我もしないんだぞ。進駐官のお偉方が亀みたいに陣地にこもってるガキの戦闘なんて見たいと思うか。派手に戦うのが、養成高校の伝統だろうが」

カザンの意見にも一理あった。勝敗も大切だが、半分は夏季総合運動会の出し物である。客を楽しませるエンターテインメントも欠かせなかった。テルが低い声でいった。

「そのとおりだ。ここでいいとこを見せておかないと、おれたちの実力をお偉方に見せつけることもできない。華々しく戦うべきだと思う。おれたちの今後のためにも」

タツオは空を見あげた。夏の青空には噴きあがるように積乱雲が浮かんでいる。ここで三組が勝とうが負けようが、この世界はなにひとつ変わらない。人間の戦いなど、あの雲ひとつ動かせないのだ。

「わかった。四五分間の戦闘を半分に分けよう。前半の二五分間は耐えて守る。後半の二〇分は攻め抜く。ジョージとカザンは一〇人ずつ連れて、突撃隊を組んでくれ。自分の使いやすい副官を選んでくれ。四分隊で敵を攻める」

「指揮官はそれでなくちゃな。兵隊をやる気にさせるのも、おまえの仕事だ」

テルがそういって、タツオの肩をたたいた。続く数分で作戦会議は終了した。ジョージの選んだ副官はクニ、カザンは自分の班から背の高い浦上幸彦を指名している。

タツオはクラスメイトを集めて最後にいった。

「戦闘開始まであと一〇分だ。各自準備をしてくれ。ぼくたち三組は、この決勝戦に勝利する。どのクラスが学年最強か、全校生徒と進駐官のお偉方に思い知らせてやろう。三組、奮闘せよ」

自然に腹の底から声が出ていた。こんな戦いなど愚かしいものだが、ちっぽけな人間の誇りと希望がかかっていた。模擬戦の結果は学年順位にも相当の重さをもって反映されるのだ。クラス全員の声がそろった。

「三組、奮闘せよ」

半透明の戦闘服の生徒が散らばっていく。小柄な少年がひとり、タツオの前にやってきた。頬が赤い。まだ中学生のようだ。直立不動で少年は敬礼した。この生徒の名前は確か、五十嵐《いがらし》高紀《たかのり》、学年順位は三四番、得意な科目は数学と外国語だったはずだ。運動能力はＤだ。生徒はすべて基礎体力を数値化され、五段階評価されている。タツオは自分の部下になった三組全員の学力と体力の記憶に努めていた。誰が戦闘のどんな局面で使えるか、把握しておかなければならない。

「逆島指揮官、お時間よろしいでしょうか」

「敬礼を解いてくれ、五十嵐くん。すこしならかまわない」

五十嵐は右手を下げたが、直立不動のままだった。

「わたくしの父は逆島靖雄中将の指揮下でクンコウ上陸作戦を闘いました」

クンコウは氾帝国南部の軍港だ。あの作戦は日乃元の進駐軍が見事な勝利を収めている。

「そうだったのか。お父上は元気か」

五十嵐は胸を張っていう。

「はい。あの戦闘で地雷を踏み左脚のひざから下を切断しましたが、今は故郷の図書館で元気に館長を務めています。この挨拶は父からの命令です」

戦争があれば、必ず死者と負傷者が生まれる。無傷で勝利できる戦いなど、地上のどこにもなかった。

「逆島中将についてあれこれと不名誉なことをいう連中がいるけれど、タツオさんはそんなことに負けずに立派な進駐官になってください。父はそう申していました。中将を直接知る人間は、みな心から感服していた。進駐官としても、人間としても、ひとりの男としても、あなたのお父上は最高だった。もしタツオさんの指揮下で闘うことになったら、そう伝えるように言づかってきました」

タツオは思わぬ伝言に胸が熱くなった。あの父にも味方がいたのだ。その数は決してすくなくはなかったのかもしれない。クニが五十嵐の肩を抱いていった。

「おまえ、いいやつだな。なんならテルをはずすから、おまえが一班に入れよ。おれの弟分にしてやるからさ」

テルが太い脚でクニの尻を蹴りあげた。見事な回し蹴りだ。クニが尻を抱えて跳びあがった。

「冗談だろうが、この馬鹿力」

タツオは笑いながら、友人のおふざけを眺め考えていた。五十嵐はジョージとカザンの突撃隊には選ばれていない。足が遅く、持久力に欠けるのだ。

「五十嵐くんは本陣に残って、ぼくの身を守ってくれ。敵も必死で狙ってくるからね」

狙撃手の一撃が指揮官を倒せば、それで敗北だった。五十嵐は目を輝かせていった。

「わかりました。全力で指揮官をお守りします」

最敬礼をすると小柄な少年は自分の班に戻っていった。

29

夏の日ざしが傾き始めた午後三時、戦闘開始の花火が東島進駐官養成高校の上空にあがった。見事な三尺玉が白い菊の模様を散らしていく。タツオの三組は全員が塹壕で息をひそめた。前半は耐えて、兵の損耗を最小限に抑える作戦だ。精密射撃の得意な生徒にだけ、敵塹壕への狙撃を命じている。

ひゅん、ひゅんと敵の突撃銃の音が頭上を飛んでいく。腹にずしりと響くのは、各クラスに三丁配布された狙撃銃の低音だ。模擬銃なので実際に銃弾は発射しないが、三次元音響のサウンドシステムが競技場には設置してある。レーザーだが銃声は本物と変わらなかった。

腰ほどの深さの塹壕に身を潜めて、双眼鏡を使う。真っ先に敵の変化に気づいたのはジョージだった。

「タツオ、塹壕に動きがある」

無防備な兵士がふたり、こちらに身をさらしている。塹壕の右端だ。どういうつもりだろうか。カザンが狙撃兵に命令した。

「狙え、照準確定後、各自撃て！」

一五〇メートルの距離は五倍スコープつきの72式対人狙撃銃ならば必殺の間合いだった。猛烈に暑い午後だが、夕焼け前で風はべた凪《なぎ》である。

ふたりの兵士は直立したまま、戦闘服を硬直させて倒れた。戦死を示す赤い三角形が巨大な電光掲示板のスコアに点滅する。クニが叫んだ。

「なんだよ、五王財閥のお坊ちゃんといっても、ちょろいもんだな」

敵からはなんの反応もなかった。二名の兵士が射殺されることは想定内のようだ。タツオは嫌な予感がした。五王龍起は明らかに準決勝までと戦い方を変えてきている。

塹壕のなかからおかしな形の台車があらわれた。戦闘には手づくりの武器の持ちこみは認められている。誰も使用したことのないルールだった。塹壕から手が伸びて、戦闘不能になった二名を台車の前面に重ねておいた。

「あいつら死体を盾《たて》にする気だ」

テルがうめくようにいった。硬直した二体の後方では狙撃手が伏射の姿勢をとっている。

じりじりと台車の前進が始まった。ジョージが感心していった。

「なるほど。人の命をなんとも思わなければ、人体にもあんな使用法があるんだな」

今度は塹壕の左端で二名が立ちあがった。こちらが撃たずにいると、タツオキが自分で突撃銃の引金を絞った。途切れることのない八連射で兵士の仮想の生命は失われた。台車に乗せられた死体の後ろにはまた狙撃兵。その背後では二名の兵士が匍匐《ほふく》前進で、エンジン代わりに台車を押してくる。

「左右に回りこまれたら、まずいことになる」

タツオの本陣から盛んに銃声が響いたが、すでに戦闘不能になった兵士に命中するだけだった。カザンが吐き捨てるようにいった。

「五王はとんでもない作戦を立ててきたな。自分の部下の命を駒のように捨てて、最大の武器を生かしてきた。むこうの狙撃兵二名はインターハイで表彰台に上れるような名手だ。どうする、タツオ。このままじゃ、やられるぞ」

クニが震えながら叫んだ。

「このまま塹壕にこもっていればいいだろ。敵はもう四名の戦死者を出している。うちが損害ゼロで四五分を乗り切れば、三組の勝利だ」

タツオはタツオキの白い蛇のような手を思いだしていた。あんな手をした男が、そのつぎの手を打たずにいるだろうか。

その銃声はほとんど聞こえなかった。タツオから数メートル離れたところで、戦況を観察していたクラスメイトが全身を硬直させて倒れた。塹壕のなかで埃が舞いあがる。

「吉岡くんが被弾しました。右側の狙撃兵からの精密射撃です」

タツオは叫んだ。

「全員、塹壕に伏せろ!」

スコアボードに赤い三角形がひとつ増えた。それはタツオが初めて経験する部下の死だった。シミュレータとは違う。八月の猛暑のなかなのに、おかしな汗と震えが止まらない。塹壕のなかに這いつくばっているクラスの友人たちが、必死に自分を見つめているのがわかった。

部下の命を預かる指揮官の責任は底なしに重かった。まだ戦闘開始から五分と経過していない。戦いはこれからだ。

30

（どうする、どうする？）

タツオは塹壕に伏せたまま、必死に考えていた。その間も頭上を狙撃用ライフルの重い銃声が駆《か》けていく。指揮官は孤独だ。あわてたり、迷ったりするところを部下に見せることはできなかった。タツオが不安を覗《のぞ》かせれば士気は下がり、最悪の場合命令系統が断裂し戦闘集団を維持できなくなる。そうなれば、進駐官養成校とはいえ、みなただの高校生に戻ってしまうだろう。タツオはクラスメイト全員の視線を痛いほど感じていた。決断の時間はもうわずかだ。時間稼ぎのために叫んだ。

「誰か敵の状況を確認してくれ」

洒落《しゃれ》者《もの》のクニが塹壕にしゃがみこんで、頭上に手鏡をかざした。

「台車がじりじりとこちらにむかってる。距離は約一二〇メートル。左右から二台だ」

兵士の死体を装甲代わりに使用した台車だった。その背後には五組が誇る優秀な狙撃手が伏せている。台車を押すのは兵士二名。五王龍起が三組との決勝戦のために繰り出してきた秘密兵器だった。

「カザン、ジョージ、きてくれ」

塹壕の左右に散開していた副官を呼び寄せる。腰を折って駆けてきたふたりにいった。

「意見をききたい。この状況をどう評価する？」

カザンが間髪をいれずに叫んだ。

「どうもこうもないだろ。塹壕近くまであんな台車がきたら、おれたちはただの的だ。おまえが最初にいってた突撃隊を今すぐだそう。こっちも犠牲覚悟で突撃すれば、あの台車の狙撃手とエンジンふたりは潰せる」

ジョージが冷静に計算する。

「こちらの戦死者は現在一名。仮に敵の台車を殲滅《せんめつ》できれば、五組の戦死者は一〇名。こちらの犠牲を敵の半分に抑えられるのなら、その作戦は悪くないかもしれない。狙撃銃は各クラス三丁しか配備されていない。そのうちの二丁が使用不可能になる」

手鏡で敵陣を観察していたクニが叫んだ。

「むこうの塹壕でまた新しい動きがあったぞ。今度は四人だ」

四名の兵士の足元には左右の台車よりひと回りおおきな台車があった。銃声のなか立ちあがった兵士たちは台車の先頭にのぼり、腕を組むとおたがいにうなずきあい、オートマティック拳銃を自分の胸に当て、引金を絞った。銃声とともに四人の戦闘服は硬直し、立ったまま台車の前面装甲となった。後ろから残された狙撃手と突撃兵が二名、台車にのぼる。重くなった台車を押すのは六名の兵士だった。大型台車が模擬戦の戦場中央で進軍を開始した。クニが叫んだ。

「今度のはすごいぜ。戦車みたいだ。全部で一二人がかり」

敵の本陣には五王龍起をはじめとして、もう五名しか守備隊は残されていなかった。カザンが漏らした。

「徹底的な攻撃重視の作戦だな。さすがに五王重工の坊ちゃんだ。あるはずがないところに重装機甲師団をつくりやがった」

三組の塹壕は葬式のような雰囲気だった。このままじっとしていれば、左右と正面の三方向から狙撃手に狙い撃ちされるだろう。

「おい、タツオ！　指揮官なんだろ。さっさと命令しろ。もう兵の命が大切なんていってられないんだよ。今いかなきゃ、見せ場がひとつもないまま三組は全滅だ」

不安げな視線が塹壕のなかをいきかっていた。兵士の士気は落ちている。

「おい、どうするんだよ。東園寺隊、突撃の準備をしておけ。タツオ、決断するなら、今だろ」

額や首筋を汗が流れ落ちていた。暑いのではなかった。全力を尽くして考えているが、まだ答えがでないのだ。犠牲者を最小限に抑えて、この戦闘に勝つこと。もう夏季運動会の決勝戦とか、進駐官のお偉方へのアピールなど、頭の隅にもなかった。部下を守り、なんとしても勝ちたい。あの五王龍起を打ちのめして、三組に優勝をもたらしたい。

「すこし時間をもらえないか」

　そういったのはジョージだった。クニから手鏡を借りて、頭上にあげる。左右と中央に振り、ていねいに観察した。腹に響くライフルの射撃音とともに、ジョージの左手から鏡が落ちた。肩をすくめて天才児がいった。

「本物の戦場なら、今ので手首から先が吹き飛んでるよ」

　硬直した左腕ではなく、右手で拾った鏡をクニに戻すといった。

「ぼくもカザンの突撃案に賛成だ。ただ正確なタイミングを計らなければいけない。左右の台車が一番スピードがある。左は遅れ気味だ。さらに中央の大型車は重すぎて、のろのろとしか進んでいない。完全に塹壕を三方から囲まれたら、勝ち目はない」

　戦闘地図を広げて、ジョージが三ヵ所の地点を指さした。

「おそらく作戦の目標位置はここだ」

　誰が指揮官かわからなかった。タツオにはおかしなプライドなどないので、この戦闘に勝利するためには、誰が指揮をしてもいいとさえ思っている。ジョージに質問した。

「タイミングはいつがベストなんだ？」

ジョージはじっとタツオの目を見て、うなずいた。

「逆島指揮官、作戦プランはこうだ。右の台車が作戦位置に着く直前に、八名二班の突撃隊で攻撃する。時間差をつけて、左の台車を同じく突撃隊で攻撃する。援護のないまま先に敵陣に到着し、待機状態にある中央の台車を叩く。守備戦の王道だ。お父上はウルルクの首都攻防戦で、氾・エウロペ連合軍をこの手で散々苦しめた」

ジョージはタツオの父のことをどれくらい知っているのだろうか。あの人はいつも戦場にいて、家にめったに帰ってこなかった。いっしょに遊んでもらった記憶もない。父の顔を思いだすのは、アルバムのなかの写真のことが多かった。感傷にふける時間はない。タツオは決断した。

「菱川副官の作戦でいこう。突撃時間まであとどれくらいだ？」

ジョージは腕時計を見た。五王重工のロゴが渋く光っている。

「あと六分」

「ジョージの突撃隊で、右の装甲台車を頼む。二〇秒後、カザンが左を攻撃してくれ。それとジョージ、ライフルはむこうも72式対人狙撃銃だよね」

ジョージはタツオがなにをいおうとしているのか、わかっているようだった。敬礼してこたえる。

「はい、指揮官」

「突撃隊の最後尾に狙撃手をつけてくれ。敵の装甲台車を奪い、その後こちらの戦力として利用する。反転攻勢をかけるぞ。突撃隊の戦いに、この作戦の成否はかかっている。各自全力で闘い、生き抜いてくれ。時間までは休息だ」

ヘルメットを真っ先に脱いだのは、クニだった。頭をかきながらぼやいた。

「あー、ヘルメットって、蒸し暑いな。こんなもんのせいでハゲにでもなったら、女の子にもてなくなるだろ」

控え目な笑い声が塹壕をさざなみのように広がった。いい調子だ。指揮官はナンパな兵士にいった。

「ねえ、クニ。なにか歌をうたってくれないか」

「いいけど、なんでだよ」

「理由なんていいんだ。早くうたって」

クニがうたいだしたのは、その夏のヒットソングだった。戦場にいく恋人に、英雄になんかならずに生きて帰ってと切々と訴える恋の歌だった。反戦歌として放送禁止になったものだ。

クニがうたいだすと、塹壕のクラスメイトも歌に加わっていった。この突撃で何人かの兵士の生命が失われることだろう。実際の戦争なら、放送禁止の歌が一生で最後にうたう歌になるかもしれないのだ。戦闘が模擬戦であることなど忘れて目を赤くしている生徒もいる。塹壕から少年たちの歌が流れだすと、観客席の雰囲気が変わった。新兵器を繰りだした五組への圧倒的な応援が、三組にも流れてくる。

「タツオ、そんなやつ、ぶっ飛ばせ」

あれはサイコの声だろうか、それとも瑠子さまだろうか。同じ歌が三度目になったところで、ジョージがそっと指を三本あげた。

突撃まで残り三〇秒。

タツオは叫んだ。

「ひとりも死ぬな。生きて帰れ。ぼくたちは勝利するぞ」

少年たちの腹に響く蛮声《ばんせい》がもどってくる。

「おー！　三組バンザイ！　おれたちは勝利するぞー！」

タツオは頭上を見あげた。夏空は底抜けに青く、雲は見つめていられないほど純白だ。このクラスメイトと闘えてよかった。タツオは三組の部下たちを誇らしく思った。

ジョージの指が一本になった。カウントダウンが始まる。ジョージの後方に敏捷《びんしょう》な突撃隊の部下が整列している。ジョージの隊の副官は、先ほどまでヘルメットを脱ぎ長髪をなびかせて歌をうたっていたクニだった。

タツオは胸のなかで叫んだ。

(ジョージ、クニ、みんな、死ぬな!)

援護射撃が始まった。分厚い弾幕が右の装甲台車に集中する。

「突撃、ぼくに続け!」

ジョージが先頭に立ち、塹壕を飛びだしていく。目覚ましい速力だった。この光景を胸に焼きつけよう。タツオは混乱状態に陥《おちい》った競技場を、これ以上はない熱さと冷静さをもって見つめていた。

31

菱川浄児が率いる突撃隊四名がジグザグに身体を振り、右の攻撃用台車に駆け寄っていく。

「同じリズムで動くな。狙われるぞ」

ジョージが叫んでいる。硬直した死体を盾に用い、後方に狙撃手を乗せた右側面の台車までは八〇メートルほどの距離がある。タツオは塹壕中央から手鏡をさしだし、戦場の動きを観察していた。絶えず動き続ける突撃隊を捉えるのは、優秀なスナイパーでも困難なようだ。今のところ、被弾はない。援護の弾幕を張っているので、狙撃手も盾から身体を乗りだすことは不可能だった。

ジョージのステップワークはプロバスケットボールの選手のようだ。軽やかだが、敵の予測を許さない。先ほどの狙撃で左手が使えないので、右手に口径九ミリの77式小銃をさげている。タツオはもうハンドガンの力を信じていなかった。あれはせいぜい一〇メートルまで近づかなければ、当てることは困難だ。

「クニ、ジョージを助けてやってくれ」

五秒ほど遅れて、クニが率いる四名が塹壕を飛びだしていく。ほぼ同時にジョージの隊の一名が空中で身体を硬直させた。スコアボードに赤い三角形が灯《とも》り、兵士の死が確認された。こちらの死者は二名、敵は八名。だが、八名はすべて人間の盾として使用するために、敵リーダーの五王龍起が故意に殺害したものだ。距離が近づき、敵の狙撃手も調子が出てきた。続いてジョージの隊のもうひとりが打ち倒された。戦死者はこれで三名。

ジョージは快速でフィールドを駆けている。台車までの距離は四〇メートルほど。自動拳銃ではなく突撃銃なら、狙撃手も狙えるところだ。そこで急にジョージが浅いくぼ地に伏せた。

「全員、伏せ！」

なにがあったのだろうか。ジョージの隊の残された二名があわてて砂と岩だらけの模擬戦場に倒れこんだ。銃声は次の瞬間、連続して放たれた。スタンドから歓声が沸きあがる。

タツオにも事態がわかった。これまでエンジン役で発砲していなかった台車後方の兵士二名が、突撃銃をフルオートで撃ちまくったのだ。敵の体勢の変化にいち早く気づいたジョージのお手柄だった。走っていれば、一斉射撃でかなりの兵を失っていただろう。

作戦に間違いはなかった。敵も孤立した台車に近づかれるのを嫌がっている。だが、事態が変わってしまった。台車は動きを止めたが、ちいさな要塞となり、火力が増強されてしまった。

「敵さんの手を使わせてもらうぜ」

叫んだのはクニだった。狙撃手に撃たれ、戦死者扱いのクラスメイトを抱き起こす。

「誰か手伝ってくれ。こいつを盾にして、台車に突撃だ」

半透明な模擬戦闘服は、鮮やかな赤色に変化していた。胸についた養成高のバッジが痛々しい。身動きのとれない兵に、クニがいった。

「ちょっと荒っぽいが、おまえの身体、盾にさせてもらうぞ。晩飯のおかず、一品やるからな」

三人がかりで死体を前面に押しだしながら、じりじりとクニが前進を開始した。相手に考える時間を与えてはいけない。ジョージもクニも臨機応変に動けるのだ。タツオは自主的に戦局を打開していく優秀な副官の力を再確認していた。

「東園寺隊、突撃！　菱川隊に負けるな！　敵の台車に最初に乗りこんだ者には、東園寺家から特別賞与をだす」

まだ一五秒しか経過していなかった。戦闘中の時間は永遠のようだ。カザンが左側面の台車を目指し、塹壕から飛びだしていく。副官で背の高い浦上幸彦と部下の八名が一丸となっている。

こちらは突撃隊の主力をふたつに分けずに、多少の被害を出しても一気に装甲台車を奪う作戦なのだろう。気が強く、プライドの高いカザンらしい特攻作戦だった。自分は楕円形にフォーメーションを組んだ八人の突撃隊の中央部にいる。先頭の兵が狙撃を受けたが、突撃隊は硬直した仲間を乗り越え前進する。

「いけ、スピードが命だ」

カザンが叫んでいた。左台車のエンジン役も突撃銃を連射し始めた。カザンの隊は地面に伏せると、匍匐前進に移った。まだ距離は九〇メートル近くある。普通に走れるなら、重装備でも一五秒ほどの距離だが、戦闘下では絶望的な遠さだった。だが、カザン隊は諦《あきら》めていなかった。賞与が効いたのかもしれない。前方の兵士は必死にを這っている。

「いけるぞ、みんな」

右の突撃隊に動きがあった。クニが台車の二〇メートルほどにまで迫っていた。死体の装甲を前面に低い姿勢を保ったまま前進していたのだ。焦った敵の狙撃手とエンジン役が集中砲火を続けている。発砲と着弾を知らせる音がスタジアムに鳴り響いていた。

「くそっ、おれもやられた」

クニが情けない声で叫んだ。赤い三角形が灯る。兵が死ぬたびに、観客席の進駐官のお偉方や生徒たちが下品な歓声をあげる。この残酷なゲームが楽しくてたまらないのだろう。

模擬戦とはいえ友人の死がつらかった。同じ班の仲間が死んだのだ。クニはタツオの気も知らずに叫んでる。

「おれの身体を使い、こっちの装甲を厚くしろ。やつらに撃つ暇《ひま》を与えるな」

手鏡を振ると、ジョージが駆けていた。ひとりきりで台車から円を描くように離れていく。目的はなんだろう。台車の真横二五メートルほどの位置に身体を隠せるほどの岩塊が見えた。クニの攻勢に台車の敵が気をとられているうちに、ジョージはその岩陰までたどりついた。硬直した左腕を岩に載せ、膝立《ひざだ》ちで77式自動小銃を構える。精密射撃の姿勢だった。

「菱川だ、気をつけろ」

敵エンジン係が叫んだ。ジョージに気づいた狙撃手が身体の向きを変え、前方投影面積を最小にしたジョージに正対する。距離は二五メートル弱。強力なライフル弾を使用する対人狙撃銃と九ミリの銃弾しか発射できない拳銃との一騎打ちだった。観客もフィールドの戦闘員も息をのんで、そのときを待った。

先に射撃姿勢をとっていたジョージがスコープを覗きこんだばかりの狙撃手を狙い、そっと二度トリガーを引いた。ほとんど身体の動きはなかった。電光掲示板に赤い三角形。狙撃手を倒した！　それも小型拳銃で。しかもこの生徒は左腕を負傷している。それは菱川浄児の新たな伝説が生まれた瞬間だった。防弾ガラスで囲まれ、エアコンの効いた貴賓席に並ぶ進駐官の将校たちがどよめきをあげた。

ジョージの精密射撃は止まらなかった。エンジン役の二名を狙い、それぞれ二発ずつ二回撃っていく。どんな射撃の名手でも同じところを狙うことはできない。狙いをつけたら二発ずつ撃つ。基本通りの流れるような精密射撃だった。台車の二名のエンジン役の兵士にも死亡フラッグが立った。観客席は大興奮だ。

引金から指を離し、拳銃を地面に向けて、岩陰からジョージが叫んだ。

「クニ、台車を頼む。こちらは足に被弾して、もう動けない」

「了解。誰かおれを台車の先頭に立ててくれ。やつらの大将があわてる顔を見てやりたい。こいつを反転させて、敵を攻撃する。狙撃手、乗れ。元気なやつは力一杯押せ」

反転した台車が敵陣地に向かって侵攻を開始した。タツオの塹壕から勝どきの声があがる。

カザン隊も半数の兵を犠牲にしながら、台車の占拠に成功したようだ。今度はこちらが攻める番だった。この借りは返さなければならない。

32

テルは守備隊の隊長だった。がっしりとした身体で塹壕に身を伏せ、戦場の観察に怠りがない。塹壕のなかでも銃声が激しいので耳元で叫ばなければならない。

「タツオ、なにか変だ。なぜ、敵のあの大型台車が沈黙してるんだろう」

左右の小型装甲台車は奪われた。敵中央の大型装甲台車には一二名の主力部隊が乗りこんでいる。そこから左右の先遣隊を援護する動きはなかった。五王龍起がこのまま引き下がるとは思えなかった。タツオは漏らした。

「やつはなにかを狙ってる。むこうの兵に焦りが見えない。まだ奥の手を隠してるんだ」

ぶーんとモーターの唸り声がきこえた。大型台車からラジコンのヘリコプターが飛び立った。自分たちで製作可能な武器なら、この戦場への持ちこみは自由だ。だが、ヘリコプターが実物の爆弾を落とすはずもなかった。物理的攻撃は模擬戦なので不許可である。

ヘリコプターはフィールドの半分を軽々と飛び越えて、タツオたちがいる塹壕の上空で静止した。

「あれを見ろ」

ホバリングしているヘリコプターの腹から銀色の風船がふくらんだ。夕日を浴びて、ぎらぎらと輝く。死と破壊をばらまく卵のようだ。大型台車から狙撃銃の銃口が突きだされた。その先は兵士ではなく空を向いている。なにかとてつもなくよくないことが起きようとしている。タツオは震えあがった。異変に最初に気づいたのは、またしてもジョージだった。

「身体を丸めろ。逃げられる者は塹壕から飛びだせ」

心のなかでぱちりと指を鳴らした。タツオはあの時間のなかにいる。外の世界の時間の流れと、この状態になった身体のなかの時間の流れはまったく別なものになった。逆島家に代々伝わる体内時間操作術。祖父は「止水《しすい》」と呼んでいた。

樹液に捕らわれた羽虫《はむし》のように、周囲の人間の動きがゆったりとスローモーションに見えた。タツオは引き延ばされた時間のなかで、ひとり素早く塹壕を飛びだし、岩陰に身を投げた。

大型台車の狙撃手が引金をひくと、電光掲示板に一気に六名分の赤い三角形が浮かんだ。テルが塹壕をはいだしてくる。

「足をやられた。いったい、あいつはなんなんだ」

ヘリコプターは三組のものになった左側面の台車に向かって、空を滑るように移動していく。腹にはあの禍々《まがまが》しい銀の風船がさがっている。

「模擬銃は弱レーザーを発射する。あの銀の風船はレーザーを広範囲に拡散させる凸レンズの働きをしたんだ。一撃でこちらは塹壕の六人がやられた」

タツオは自分の顔が青ざめていることに気づかなかった。塹壕のなかには撃たれたときのままの格好で硬直し、戦闘服を真っ赤に染めた兵士がごろごろ横たわっている。無事だったのはタツオと、小柄な五十嵐高紀だけだった。五十嵐がかん高い声で叫んだ。

「逆島指揮官、どうしますか」

あのヘリコプターが飛びまわっている限り、この戦場に安全な場所はなかった。五組と三組の死者の数は、先ほどの致命的な一撃でほぼ同数になっている。双方ともに兵の三分の一以上を失っているのだ。

テルが叫んだ。

「あんなの反則だろ。模擬戦用のレーザーじゃあ、ヘリを撃ち落とすこともできない」

反則かどうかなど気にしている場合ではなかった。ヘリコプターの操縦者を倒さなければ、一撃で死をばらまく必殺の兵器が三組の生き残りの頭上を襲う。テルがいった。

「ここから動けないから、狙撃銃をとってくれ。おれはできる限り敵を削ってやる」

タツオより先に、五十嵐が塹壕からライフル銃を拾い渡してやった。タツオは腕時計を確認した。残り時間は九分。旗を奪うなどといっていられなかった。ひとりでも多くの敵を倒し、スコアでリードして勝たなければ気が済まない。タツオは左右の突撃隊の生き残りに叫んだ。

「ここからは乱戦だ。なんとしても、敵の大型台車を作戦不能にせよ。ひとりでも多く生き残って、三組が勝利するぞ」

あちこちから腹に響く声が戻ってくる。まだ部下たちの士気は高い。テルが72式狙撃銃で大型台車のエンジン役一名を射殺した。小柄な少年を手招きして、テルがいった。

「五十嵐、おれはタツオといっしょにいてやれないから、おまえがこいつを守ってくれ。頼りないけど、うちのクラスのリーダーだ。頼むぞ」

タツオは部下への指示に忙しかった。テルがヘルメットを寄せて、五十嵐にどんな言葉を伝えたのかよくわからない。

「誰か、ジョージに狙撃銃を運んでくれ」

ジョージの射撃の腕は証明済みだ。拳銃ではなく、五倍スコープ付きのライフルを与えれば、走れなくとも確実に戦力になるだろう。

もう岩陰で指揮をとるときではなかった。指揮官自ら前線に立ち、残りの全兵力で敵を叩き潰す番だ。

反則ぎりぎりのラジコンヘリコプターが頭上を飛び回るなか、タツオと五十嵐は、一二名の敵兵で固められた大型装甲台車が待つセンターフィールドへと駆けていった。

33

岩陰を出ると、銃声が一層激しく身体に響いてきた。飛び交う銃弾のすべてが自分を狙っているように感じられる。タツオは自動小銃を胸に抱え、小走りに左右にステップを踏みながら後方に叫んだ。

「右の突撃隊に合流する。五十嵐くん、続け」

レーザー拡散用に銀の風船を腹に下げたラジコンヘリが左の突撃隊に向かっていた。敵の指揮官は冷静だ。五王龍起はこちらの戦力を完璧に分析している。右の攻撃隊は指揮官のジョージが戦闘不能、クニが死亡。中央の守備隊はタツオと五十嵐以外は塹壕のなかで全滅。テルがひとりで狙撃銃を撃ちまくるだけだ。

三組に残された主な戦力は、東園寺崋山が率いる左翼突撃隊の七名だった。敵の死体を盾にした小型台車にとりついて、カザンの突撃隊は模擬戦場のほぼ中央に位置する大型台車に進軍していく。

「カザン、頭上に気をつけろ。レーザーが爆弾みたいに降ってくるぞ」

銃声だらけの戦場では自分の声が届いたのかもわからなかった。カザンが部下に命じて、死体の盾に新たな死体を斜めに立てかけ、その下に狙撃手とともに潜りこもうとしている。そこにヘリコプターが飛んできた。台車の五メートルほど上空に静止したスイカほどのおおきさの銀のバルーンは、狙撃手にとっては簡単な的だったことだろう。腹に響く銃声とともに、台車のエンジン係の四名と死体を動かしていた一名の兵士が拡散された弱レーザー光線の餌食になった。一撃で死亡フラッグが五つ立つ。左の突撃隊もカザンと狙撃兵一名を残すだけになった。

タツオは右の装甲台車に到着した。硬直して盾になったクニが叫んだ。

「おい、なにかいい手はないのかよ、指揮官。このままじゃ、おれたち全滅だぞ」

右翼突撃隊に残されたのは、タツオを含む五名だった。敵の五組は塹壕のなかに無傷の五名。大型の装甲台車がエンジン係の一名を倒しても、まだ一名も残っている。それでもあのヘリコプターによるレーザーの空爆を止める以外に勝目はなかった。

「あのでかいのに突撃する。あいつをやらなきゃ、おしまいだ。みんな、全力で押してくれ」

タツオは狙撃手ひとりを残し、自分も台車を下りて、力の限りに押し始めた。五十嵐も突撃隊の生き残りも、地面に這いつくばったまま台車を押しこんでいく。舗装されていない砂まじりの地面を押していくのは、たいへんな重労働だった。

「タツオ、待て」

そう叫んだのは、岩陰に隠れ片手で狙撃銃を構えたジョージだった。

「それ以上、敵主力に近づくな。全員、その場で身体を丸めてくれ」

意味がわからない。ラジコンの攻撃ヘリコプターは、滑るようにこちらに向かってくる。もう十分に左翼突撃隊を無力化したと判断したのだろう。残るは指揮官のタツオと数名の兵士に過ぎない。戦闘終了まで、あと四分。タツオの勘はジョージが正しいと告げていた。理由を詮索《せんさく》する時間はない。

「総員、防御姿勢をとれ」

タツオ自身も台車の後部で地面に伏せて身体を丸めた。その上にいきなり小柄な五十嵐が覆いかぶさってくる。

「なにをするんだ、五十嵐くん」

「さっきテルさんに頼まれましたから。逆島指揮官を守ってくれって。ぼくが盾になります」

タツオは心を動かされていた。今日初めて口をきいたに等しいクラスメイトが、自分の命を投げだして守ってくれる。勝負はまだこれからだ。なんとしても勝利を収めたい。タツオは胎児のように身体を丸めた防御姿勢で、空を見あげていた。ラジコンヘリコプターは悠々と模擬戦場上空を滑ってくる。観客席は最後の殺戮シーンを期待して、最高潮の盛りあがりだった。

銃声は止んで、やかましい観客席とは正反対にフィールドは奇妙に静かだった。そこに狙撃銃の野太い発射音が立て続けに響いた。真夏の稲妻のようだ。

おかしい、まだこちらの頭上までヘリコプターは到着していなかった。観客席がどよめき、波を打つように揺れた。観客が手を打ち、足を踏み鳴らすので、模擬戦のフィールドまで揺れている。

五十嵐が叫んだ。

「逆島指揮官、見てください」

指さした先には巨大な電光掲示板。そこに新たに八つの赤い三角形が点滅していた。戦闘不能になった黄色の三角形も二つある。敵大型装甲台車は先ほどの狙撃で、一名を残し壊滅していた。タツオは銃声の鳴ったほうを振り向いて叫んだ。

「よくやってくれた、ジョージ」

あの岩陰に潜んで、天才児は戦場を完璧に分析していたのだろう。予想を上回る戦果を挙げて、敵側は気が緩んでいた。一刻も早く戦闘を終わらせようと、左翼から右翼へまっすぐにヘリコプターを飛ばしてしまったのだ。自分たちの装甲台車の上をまっすぐに。

その戦場でジョージただひとりが、逆転を狙い、その時を待っていた。ラジコンへリが大型台車の上空を通ったときに、オートマチックの狙撃銃で連続射撃した。あの距離で、ジョージの腕なら、もう精密射撃の必要もないくらいだっただろう。

ラジコンヘリは操縦者を失って、力なく地面に落ち、死にかけた昆虫の羽のようにばたばたとローターで砂埃をあげた。

「五組、死ねー」

左の台車に潜んでいたカザンともう一名が台車に突撃して、最後の生き残りにとどめを刺した。

これまでの決勝戦を数倍上回る壮絶な殲滅戦となった。敵五組は指揮官の五王龍起を含む塹壕のなかの守備隊五名、三組はタツオとカザンを含んでまだ七名の兵士が残っていた。

双方で戦力の四分の三を超える戦死者、戦闘不能者が発生していた。観客席の興奮は最高潮に達している。

戦闘終了まで、あと三分。タツオはこのまま七対五で判定勝ちするつもりはなかった。

「装甲台車、全力で押せ。敵本陣を攻撃、敵司令部を壊滅する」

「はいっ」

五十嵐が叫ぶと、力一杯台車を押し始めた。

台車の上で死体となったクニが叫んだ。

「最後の最後で、おれたちに運が向いてきたな。ありがとな、ジョージ」

左腕と足を撃たれたジョージは、勝利の場面を目撃することはできないだろう。あの岩陰から一歩も動けないのだ。

「待ってろ、五王財閥のお坊ちゃま」

クニがまた叫んでいる。何発かレーザーが当たったが、すでに戦闘服を硬直させた兵士には痛くも痒くもなかった。

敵の塹壕からは猛烈な銃撃が続いていた。あと三〇メートルほどの距離になったときだった。塹壕のなかから一丁の自動小銃が差し上げられた。その先には白い布が巻かれ、ゆったりと左右に振られている。

「降参するのか、臆病者」

お調子者のクニが叫んでいる。完全に不利と見れば、あっさりと名誉を捨て降参する。五王龍起はやはり優秀な指揮官だった。こちらに奪った装甲台車がある限り、勝算はないと踏んだのだろう。

模擬戦場にアナウンスが鳴り渡った。

「一学年決勝戦、三組の勝利。スコアは七対五」

観客が総立ちになって、拍手している。タツオも台車の後方で立ちあがった。クニがいう。

「おまえも手を振ってやれよ。凱旋の指揮官だろ」

タツオはおずおずと手を振った。貴賓席でサイコと瑠子さまがちぎれるように手を振ってくる。

「危ない、タツオさん」

五十嵐が身体をぶつけてきた。ほぼ同時に銃声が響く。録音された音ではなかった。連続して鳴った銃声にあわせて、タツオの周囲で砂埃が飛び散っている。

（本物の銃だ）

観客席もパニックになっている。警備兵が防弾ガラスで囲まれた貴賓席になだれこんだ。一連の掃射が終わり、あたりに硝煙の匂いが流れた。地面に押し倒されたタツオは、頬を濡らす液体を感じた。生ぬるく、鉄の味がする。身体を起こすと、覆いかぶさった五十嵐が力なく地面に転げ落ちた。

「無事ですか、タツオさん」

タツオはうなずいた。

「だいじょうぶだ」

胸に開いた二つの穴から、クラスメイトの血があふれてくる。タツオは全力で射出穴を押さえ、五十嵐高紀の命が流れだすのを防ごうとした。

34

校庭中央に立つメインポールに日乃元皇国の国旗が半旗となって揚げられていた。夏の午後で風は死んでいる。だらりと垂れさがった紅白の旗のもと、白い棺《ひつぎ》が台車の上に載せられていた。棺を包むのは東島進駐官養成高校の校旗で、紺地に白く東園寺家と逆島家の家紋が抜かれ、カザンの祖父が揮毫《きごう》した立派な筆文字の校名が躍っている。

「総員、敬礼」

狩野永山校長の号令とともに、養成高校の全生徒が棺に納められた五十嵐高紀の遺体に敬礼した。制服のこすれる音は一発の銃声のように同時に響く。何人かの女子生徒がすすり泣いていた。

(泣きたいのはこちらだ)

タツオは歯をくいしばって、涙をこらえていた。涙を落とすような贅沢《ぜいたく》は自分には許されていなかった。五組との模擬戦で五十嵐はタツオをかばって死んだ。タツオの戦闘服はクラスメイトから流れた血にまみれた。できたばかりの友人はタツオの目の前で亡くなったのだ。夏休みになったら五十嵐の実家にいき、息子の最期を両親に説明しなければならない。それくらいのことしか、自分にしてやれることはなかった。

死者への敬礼が済むと、担任の月岡鬼斎教官がいった。

「三組有志、五十嵐高紀大尉の棺を霊柩車《れいきゆうしや》に」

養成高校を卒業すると、すぐに下士官扱いの少尉になる。訓練中の死亡事故で、五十嵐は二階級特進していた。まだ若い死者がそんなものをよろこぶとは思えなかった。

タツオが先頭に立ち、ジョージとクニとテルが続いた。さらに四名が加わり、棺を霊柩車後部に積みこんでいく。後部のドアが閉まると、クラクションが長々と鳴らされた。

「五十嵐」

「五十嵐」

「五十嵐」

四方から亡くなった生徒の名を叫ぶ声が飛んだ。タツオは敬礼したまま霊柩車が校庭を横切り、校門を出ていくのを眺めていた。

噛み締めた唇の裏が切れて、口のなかに血があふれた。タツオはその血を飲みこんだ。五十嵐高紀を殺した犯人は必ず見つけだし、償《つぐな》いをさせる。胸の奥には堅い決意が生まれていた。

35

五十嵐を見送ったあと、いつもの四人は寮の部屋に集合した。タツオが招集をかけたのだ。

「なんだよ、話って」

普段は軽いクニが不機嫌そうにいった。クラスメイトを殺され、怒りに駆《か》られているようだ。

「この高校はどこかがおかしい。おおきな陰謀が渦を巻いてるみたいだ。春の狙撃事件に、夜間行軍訓練の襲撃、それに今回の狙撃事件。今までは高校側に真相究明と捜査をまかせておけばいいと、ぼくは思っていた。ぼくたちはただの進駐官候補生で、まだ一年生に過ぎない」

タツオは順番に三人の顔を見つめた。

「だけど、とうとう犠牲者が出てしまった。もうぼくの周囲にいる人間を傷つけたくないんだ。ぼくたちの手で犯人を見つけだし、正当な裁きを受けさせよう。五十嵐くんのことは、なんといったらいいのか……」

　下段のベッドに腰かけたテルが、うつむいて絞りだすようにいった。

「半分はおれのせいだ。おれがあいつにタツオを守るようにいったから、あいつは自分の命をかけて無茶をした」

　四人のなかでもっとも力の強い男がごつごつとした顔をあげた。目が赤い。

「おれはほんとにひどいやつだ。五十嵐には悪いけど、それでも死んだのがあいつでタツオでなくてよかったと、心の底では思ってるんだ。あいつは素直ないいやつだったけど、タツオの代わりになってくれた。まあ、よかったってさ。五十嵐は浮かばれないよな」

　なにかを吐くように笑って、テルがタツオをにらみつけた。

「いいか、タツオ、犯人を見つけるために危険な仕事が必要なら、真っ先におれにまかせろ。おれは五十嵐に借りがある」

　借りなら自分もあるといいたかった。タツオの借りは自分の命だ。しっかりとうなずく。

「わかった。そのときは、真っ先にテルの名前を思いだすよ」

　クニがいう。

「おれだって、危うく撃たれるところだった。こっちのことも忘れんなよ」

「ああ、ありがとう、クニ」

腕組みをして壁にもたれているジョージに声をかけた。

「ここまで判明している事実をまとめてくれないか。戦況の分析はジョージが一番だ」

明るい茶色の髪を両手でかきあげて、学年一位が語り始めた。

「模擬戦のフィールドには二台の銃撃ロボットが巧妙にカモフラージュされ設置されていた。五王重工の最新型で、遠隔操作で攻撃対象を選別し射撃する。対人地雷のように無差別ではないから、より人道的だとして世界中の戦線で導入が進んでいる兵器だ」

クニがつぶやく。

「くそっ、なんでそんなものがただの養成高校にもちこまれんだよ」

あの午後、模擬戦のスタジアムはパニックに陥り、夏季総合運動会は即座に中止された。皇位継承者のふたりは、速やかに防弾ガラスつきの貴賓車で高校を離れている。

ジョージの冷静な報告が続いた。

「今回狙われたのは、どうやら逆島断雄と東園寺崋山。この高校の創設者の子孫ふたりだ。死者は五十嵐高紀、負傷者は浦上幸彦。浦上は右大腿部に貫通傷を受けたが、命に別状はない。五十嵐と同じようにカザンを守ったためだといわれている」

カザンも自分と同じように自分自身を責めていることだろう。あのあとまだカザンとは話をしていなかった。

「遠隔操作の電波は学外で検知された。この高校では対スパイ戦の電子機器が整備されている。ここから二〇キロほど離れた山中の道路から、銃撃ロボットを操作していたようだ。たぶんミニヴァンにコントローラーを積んでいたのだろう。ということはかなりの財力と熟練した兵士を用意できる強力な勢力の仕業《しわざ》ということになる」

クニがちらりと周囲を見まわして、小声でいった。

「トリニティか？」

自由と平等と平和をスローガンに掲げる秘密結社だった。スローガンに反して強力な戦力を有している。

「わからない。進駐官内部の組織かもしれないし、もしかしたら軍並みの力をもつ五王重工という線もある。あるいは傭兵《ようへい》上がりの殺し屋の仕事かもしれない」

クニがいった。

「なんだよ、それ、スパイ小説じゃないんだぞ」

ジョージは冷静だった。

「ぼくは事実をいっているだけだ。どの作戦にもかなりの資金が注ぎこまれている。

力のある組織による犯行に間違いない。進駐官のトップに近い人たちによる権力争いに、ぼくたちが巻きこまれてしまったのかもしれない」

不安そうにクニがいった。

「おいおい、そんなやつらが相手だとしたら、おれたち四人だけでなんとかなるのか」

ぱちんと拳を自分のてのひらに叩きつけて、テルが叫んだ。

「相手がどれだけ大物だろうが、おれたちで絶対に悪の組織を暴《あば》いてみせる。できるかできないかじゃない。やるしかないんだ。亡くなった五十嵐の顔を見ただろ。安らかな笑顔だった。やつは自分の仕事をちゃんと果たしたんだ。生き残ったおれたちも、自分たちの仕事を果たす。それが進駐官だろ」

その通りだった。タツオは黙ってうなずいた。クニもあわててうなずき返す。ジョージがかすかにおもしろがっている顔でいった。

「どちらにしても、ふたつだけ確かなことがある。まず最初に、敵は進駐官養成高校の内部に協力者をもっている。生徒なのか教官なのかはわからない。そうでなければ模擬戦スタジアムへの兵器の配置や一年生のスケジュールを把握するのには無理がある。もうひとつは敵のターゲットが逆島断雄だということだ。狙われたのはもう三度目。タツオのそばにいれば、敵は必ずつぎの襲撃を仕かけてくるだろう」

ジョージがにやりとタツオに笑いかけてきた。

「悪いけど、これからタツオにはプライバシーはなくなる。ここにいる三人の誰かがつねにきみのそばに張りついて離れないようにするからだ。できれば、ひとりでなく三人全員が望ましい。食事をしていようが、トイレにいこうが、入浴中だろうが、おかまいなしでね」

クニが混ぜ返した。

「おまえが女の子とデートするときは、おれがつきそうよ。キスの方法を教えてやってもいいな」

デートの相手などいなかったが、タツオはいった。

「ふざけるなよ。クニなんかに教えてもらわなくても、ぼくだってキスくらい上手にできる」

タツオは生まれて初めてのキスを思いだしていた。あれは小学校低学年のときだった。一日に二度のファーストキスを経験したのだ。相手は瑠子さまと東園寺彩子。どちらの順番が先だったのか、タツオは覚えていない。

そのとき、こつこつとドアをノックする音がした。

「逆島、菱川、いるか」

月岡教官のざらざらとした声だった。

タツオは立ちあがると直立不動で返事をした。

「はい、先生」

36

月岡教官に連れていかれたのは、貴賓用の会議室だった。楕円形のテーブルは長径が一五メートルほどあり、ぐるりと囲むのは黒革張りの贅沢《ぜいたく》な椅子《いす》三〇脚だった。

「入りなさい」

白の制服の男が立っていた。背が高く、ひどくやせている。とがった鼻は剃刀《かみそり》のようにに鋭かった。肩にも胸にも階級章がない。一般人だろうか。

タツオとジョージと同じように席につこうとした月岡教官に男が声をかけた。

「あなたは席をはずしてください」

左手の義手の先の指で、こつこつと軽くテーブルを叩きながら教官はいった。

「狩野校長から生徒の事情聴取に立ち会い、話をきいてくるように命令を受けている。この子たちを守るためにも、この部屋を出るわけにはいかない」

白の制服の男が気の毒そうにうっすらと笑った。

「狩野永山校長は確か少将クラスの階級だったな。わたしはそのさらに上からの命令を受けている」

携帯電話を抜くと、月岡教官にむけた。

「嘘だと思うなら、この番号にかけるといい」

月岡教官と剃刀の鼻をした男が静かににらみあった。教官は義手を鳴らしながら立ちあがるといった。

「これからきみたちが話すことはすべて記録される。十分気をつけて口をきくように」

教官は後ろも見ずに、豪華な会議室を出ていった。ドアが閉まると男がいった。

「現在、この会議室には電磁的なシールドをかけている。強力なジャマー電波でいっぱいだ。盗聴も不可能だし、携帯電話も実は使えない」

男はポケットにちいさな電子機器を落とすと、一度だけ手を叩いていった。

「わたしは進駐軍情報保全部・柳瀬《やなせ》波光《はこう》中尉。保全部は、疑わしい者は、相手が将軍でも、士官でも、一兵卒でも関係なく尋問逮捕をおこなう」

情報保全部ときいて、タツオの背中に冷たい震えが走った。進駐軍内部にある超法規の警察組織で、兵士の思想信条を調査し、敵スパイを発見するのが業務の中心だった。残忍な拷問《ごうもん》や薬剤を使用した自白の強要、二重スパイの育成など、血が凍るような噂を耳にしたことがあった。

「情報保全部ににらまれたら、進駐官としての未来どころか、生命まで危ない」

死んだ父・逆島靖雄中将も、あの部署とだけはもめるなといっていた。男は理由のない上機嫌でいう。

「月岡教官のいったことも、半分は正しい。これからきみたちが話すことは、すべて録音され、文章化され、軍事法廷での証拠となる。といっても、わたしがきみたちに期待するのは、包み隠さずに真実をすべて正直に語ることだ。もちろん真実というのは、人の数だけ無限に存在するものだがね」

なにを話し、なにを話すべきでないか。タツオは黙って階級をもたない保全部員にうなずき返しながら、猛烈な勢いで考え始めた。

37

「今回の銃撃事件について、お尋ねしたいことがあるんですが」

ジョージが背筋を伸ばしたまま質問を開始した。こいつは情報保全部の恐ろしさを知らないのだろうか。タツオは目くばせをして止めようとしたが、あっさりと無視されてしまう。柳瀬部員が目を細めていった。

「菱川浄児、きみはなかなかおもしろいな。質問を許そう」

「由緒《ゆいしょ》ある進駐官養成高校で、死者一名と重傷者一名を出したのに、なぜ事件はまったく全国に報道されていないのですか」

東島の事件はテレビだけでなく、ネットでさえ一行もニュースになっていなかった。養成高校の生徒や関係者は堅く口止めされ、ネットへの接続もしばらく禁止された。この事件を外部に漏らした者は一ヵ月間独居房に送られるという噂だ。

柳瀬は表情を変えなかった。

「ありふれたことだからな。きみは訓練中の進駐官が一年間でどれくらい死ぬと思う？」

「情報が公開されていないので、わかりません」

タツオは隣りに立つ少年に驚いていた。すくなくともジョージは、訓練中の死者数について調べたことがあるのだ。戦争の勝敗と作戦の成否、犠牲者や負傷者の数については、進駐軍作戦部が完全に情報を統制していて、民間には官製の都合のいい情報しか流されていなかった。多くの皇民は戦勝続きの威勢のいい報道に拍手喝采している。

「年平均で二〇〇人ほどだ。五十嵐高紀についてはたいへんに残念だったが、その二〇〇人の殉職者《じゅんしょくしゃ》のひとりに過ぎない」

タツオはそのいい方に腹が立った。あの小柄な少年の勇敢な行為の価値が二〇〇分の一におとしめられた気がする。五十嵐は自分を守るために二度も命を投げだした。その結果ひとつしかない尊い命を犠牲にしたのだ。できるだけ黙っていようと決心していたのに、タツオは口を開いてしまう。

「それは違うのではありませんか、二〇〇人のほとんどは通常の訓練中の事故で殉職したはずです。五十嵐高紀とは状況が異なる。ぼくのクラスメイトは何者かの陰謀によって、違法に銃撃され死亡した。事故ではなく犯罪です」

保全部員がとがった鼻先をタツオのほうに向けた。身体が震えるほど怖かったが、なんとか恐怖に耐えた。

「先ほどもいったように、真実は人それぞれで無限に存在する。きみにとってはそうかもしれないが、進駐官全体にとってはそうではない。五十嵐は訓練中の殉職だ」

ゼリーを滑らかに切るナイフのように、ジョージの声が鋭く滑りこんでくる。

「軍全体としては事故で処理する。ですが、情報保全部はそう考えていない。真実は別にある。だから柳瀬さんがここに送りこまれてきたのではありませんか。あなたは運動会には出席していなかった」

柳瀬はジョージに興味を引かれたようだった。

「なぜ、わかる？」

「貴賓席でお顔を見かけませんでした」

細い顎の先を撫でながら、情報保全部員は目を細めた。ネズミを見つけた猫のようだ。タツオはまたもジョージに感嘆していた。貴賓席には三百人近い軍人や政治家が招待されていた。そのなかに柳瀬がいなかったことを指摘したのだ。ジョージはすべての来賓の顔を覚えてしまったのだろうか。

「そのとおりだ。わたしは事件現場とその情報を管理するために着任した。事件の捜査については別の者が動いている。保全部が動きだしたということは、敵対勢力のスパイの疑いがあると考えられる」

スパイという単語が恐ろしかった。世界中どこでもスパイは捕らえ次第殺害されるか、残酷な拷問の末、情報を搾りとられた。国際法はそれを容認している。タツオはまだスパイの実物を見たことがなかった。その部下が進駐官養成高校にいるかもしれないのだ。恐ろしさと同時にわくわくするような胸の弾みも感じる。

「決勝戦とそこまでの予選の模擬戦の記録をすべて見せてもらった。菱川と逆島、きみたちふたりが一学年全体のツートップだ。どうだ、将来ただの軍人になるのではなく、情報保全部にきてみないか。うちは作戦部の直属だし、機密費として単独で年に数十億円を自由に使える。派手な勲章や階級章こそつけていないが、やりがいのある仕事だぞ」

タツオは剃刀のようにとがった鼻先を見つめていた。この保全部員は何人くらいのスパイを逮捕したのだろうか。敵国のスパイとして捕らえられた者のほとんどは、軍事法廷の簡単な裁判で極刑か終身刑だ。本物のスパイならまだいいが、そうでなかった場合、疑いをかけられた本人と家族はどうなるのだろうか。たくさんの死者の怨念と悔しさが、保全部員の真夜中の地下室のような暗さを形づくっているような気がした。

ジョージが迷う間もなくいった。

「考えてみます」

タツオはただうなずいただけだった。

「まあ、いいだろう。では、春の狙撃事件と深夜行軍の襲撃事件、それに今回の模擬戦銃撃事件について、きみたちの側から見た真実を語ってもらおう。まずは、逆島断雄、きみからだ」

タツオとジョージはそれから四時間半情報を搾りとられた。一度話したことを情報自体が固まるまで、何度でも繰り返させられるのだ。模擬戦の銃撃時の大混乱については、ふたりとも二〇回は話したのではないだろうか。終わりの頃にはタツオはくたくたで頭痛がするほどだった。情報を人から得るというのは、これほど徹底した尋問を必要とするのか。情報保全部に対する敬意と同時に、同じだけの分量の忌避感が強まってくる。

まったく着崩れを見せない白の制服姿で、最後に柳瀬がいった。

「菱川、先に帰ってよろしい」

タツオはあわてた。

「あの、ぼくは？」

手帳から顔を上げずに情報保全部員がいった。

「逆島は残れ」

ひとりきりで恐ろしく執拗《しつよう》で頭の切れる柳瀬と会議室に残されるのは不安だった。

「わたしが怖いかね」

肯定したほうがいいのか、否定したほうがいいのかわからなかった。この男が自分をスパイだと断定すれば、明日には拷問が待っている。情報保全部が洗練させた、口にするのも忌まわしい残虐な拷問方法については養成高校でも噂になっていた。釘やペンチ、電池や電球、新聞紙や切った髪など、身の周りにあるあらゆるものを使用し、方法は無限だ。

タツオは黙って柳瀬の目を見つめ返した。巣穴の中で肉食獣に見つかった幼い草食獣の気分だった。自分が生きるか死ぬかは、相手の気分次第なのだ。柳瀬保全部員がぽつりと漏らした。四時間半の事情聴取にも声はかすれもしない。

「恐怖だよ」

「…………」

返事ができなかった。相手の意図が読めない。

「人をもっともよくコントロールするものは、恐怖なのだ。昨日までいばり腐って将軍の勲章をぶら下げていた男が目に涙をためて、わたしの靴をなめるようになる。恐怖を適切にコントロールできれば簡単なことだ」

柳瀬の目で暗い愉《たの》しみが光っていた。こんな人間にだけはなってはいけない。タツオはそう思いながらうなずいた。

「わかりました。大切なのは恐怖」

「そうだ。わたしからきみに仕事をひとつ依頼したい」

自分が情報保全部のスパイになる?

タツオは驚きのあまり返事もできなかった。

「きみに頼みたいのは、菱川浄児についてだ。彼についてなにか変ったことがあれば、必ずわたしに報告してもらいたい」

ジョージを監視対象として、情報を柳瀬に上げる。考えただけで胸が悪くなりそうだ。

「これはわたしの個人的な捜査だが、同時に情報保全部全体の意思でもあると考えてもらいたい。報酬はきみが想像している以上のものを用意する。だが……」

情報保全部員は効果を狙って、十分な間をとった。タツオはその間のいやらしさを理解はしていたが、悔しいけれど心拍が上昇するのを止められなかった。

「もし、われわれを裏切るなら、きみの今後の進駐官としての人生をこれ以上はないほど不愉快で不名誉なものにすると、今ここで断言しよう。逆島断雄、よろしく頼む。情報保全部の目と耳として、精一杯働いてくれ」

同じクラスで同じ班の友をスパイする。断ることができたら、どれほど楽だろうか。タツオはなにもいわなかった。柳瀬の目を見て無言で敬礼し、会議室を退出したのが、ただひとつの反抗だった。

ドアを開けると、そこに白い礼服姿の東園寺崋山が立っていた。

「お先に」

声をかけてすれ違おうとしたところで、カザンがちいさく叫んだ。

「裏切り者」

カザンが唾を吐きかけてくる。ちいさな飛沫《しぶき》がカーキの制服の襟とタツオの頬に散った。タツオは拳を握り締めたが、かろうじて耐えた。

「東園寺崋山、入室を許可する」

「はい、失礼します」

電磁シールドで盗聴を不可能にした会議室に幼馴染みが入っていく。タツオは静かに閉められたドアを、頰を拭《ふ》きながらいつまでも見つめていた。

38

進駐官養成高校は期末試験と夏季総合運動会を終了し、夏休みまで二週間となった。いつもの年なら、この期間は試験勉強も競技の練習もなく夏空をゆったりと滑走するように爽快なのだが、今年は空気がまるで異なっていた。

何者かの銃撃により自分たちの仲間がひとり殺され、ひとり重傷者が出てしまった。校内ではあちこちで黒い噂が乱れ飛び、生徒同士で疑いをかけあうようになった。エウロペ連合や氾帝国、アメリア民主国に秘密結社トリニティといった敵対勢力のスパイの侵入がまことしやかに確度の高い情報として流された。この世界ではスパイの存在を疑うような非皇民はいない。敵のスパイは悪魔のように恐れられている。新たな襲撃を恐れ、単独行動をとる生徒はいなくなった。養成高校も食事や洗面所にいくときさえ二人以上で連携して動くようにという緊急の軍令を張りだしている。

タツオは菱川浄児といっしょに動くことが多かった。この生徒はずば抜けて優秀だが、謎が深い。それでも同世代の友人として奇妙にウマがあうのだ。同じように戦闘中に父を失くしているという事情が連帯感を生んでいるのかもしれない。

情報保全部の柳瀬に依頼された仕事はきちんと果たしていた。数日おきにジョージの日常の行動を報告する。ただし、それはともに過ごした時間の表面的な事実を精密になぞっただけで、友人を売り渡すような報告ではなかった。ジョージは他の生徒のように熱烈に日乃元皇国への愛国心や進駐官としての夢を語るような生徒ではない。思想や信条については報告のしようもなかった。

タツオは後ろめたい気分を引きずりながら、報告を続けていた。理由のひとつは柳瀬波光が恐ろしかったから、もうひとつは保全部とつなぎをつけておくことで、この事件についての新たな情報が得られるかもしれないからだ。タツオは五十嵐を殺害した犯人をなんとしても捕らえるつもりだった。そうでなければ中学生のように小柄だが勇気のある少年が浮かばれない。タツオは、自分を守るために命を投げ出した五十嵐のデスマスクを決して忘れてはいなかった。

大食堂は昼休みを迎えて混雑していた。座学の勉強だけでなく、進駐官としての体力育成も求められる養成高校のランチは、品数も多く高カロリーだった。大男の靴底のようなビーフカツにスープ代わりのけんちんうどん、どっさりとゆで卵がかかったミモザサラダに丼山盛りの白飯といったメニューが連日続いた。食が細かったタツオも、この高校にきてから、きちんと三食を残さずたべるようになっていた。また、そうしなければ頭と身体がもたないのだ。

東園寺彩子の班の四人がトレイをもってやってきたのは、タツオたちが食事を始めたばかりのときだった。

「ここ空いてるよね」

タツオの三組一班は運動会の惨劇以来、ほかの生徒に避けられるようになっている。大テーブルに四人だけ座っていた。がしゃんと音を立ててアルミのトレイをおくと、サイコがいった。

「タツオ、なんでそんなに暗い顔してるの。ちょっとは笑いなさいよ。おいしくないランチがもっとまずくなるじゃない」

「サイコのいうとおり。男は愛嬌《あいきよう》だろ。ほら、クニ、あんたなんかそれ以外取り柄がないんだから、愛想笑いしな」

サイコのとなりにドスンと巨大な尻をおろしたのは、七五キロ超級の柔道ジュニアチャンピオンの曾我清子だった。クニが後ろで束ねた長髪を揺らしていった。

「うるせえな。こっちはクラスの友達を殺されたうえ、情報保全部ににらまれてんだよ。へらへら笑っていられるか」

「負け戦になりそうだとすぐに下をむくのは、無能な将校の証拠ね」

細身で少年のようなショートカットの歌川亜紀が冷たい目で指摘する。この目で狙撃用スコープをのぞいて、獲物をしとめるのだ。アキはサイコのクラスでは一番のシューターだった。

「なんだと」

クニとテルが腰を浮かせかけた。さんざん鬱憤《うっぷん》が溜まっているのに、女子生徒に馬鹿にされ、腹を立てたのだろう。五王龍起に学年二番の座を奪われた黒縁メガネの幸野丸美が顔を赤くして手を振った。

「けんかは止めて。一班のみんな、ごめんね。暗い顔してたから、なんとか元気づけようと思ったんだけど、うちの三人は素直じゃなくて」

タツオは苦笑していた。腹を立てるだけの元気が、クニとテルには残っていたようだ。ジョージはいつもと変わらぬ微笑を浮かべ、女子たちをめずらしい動物でも観察するように眺めている。タツオはいった。

「わかってる。気をつかってもらってすまない。だけど、ぼくたちはだいじょうぶだ」

サイコが目を光らせた。

「犯人の捜査は進んでいるの？　春の狙撃事件だって、あのままだよね」

「いや、手がかりがまったくないんだ。難航してる」

養成高校のスケジュールは授業と軍事訓練でびっしりと埋められていた。生徒が捜査をするのは容易なことではない。タツオの班ではじりじりと真相究明を図っていたが、進展は思わしくなかった。気のやさしい幸野丸美が眉をひそめた。

「そうだよね。生徒に捜査なんて、むずかしいものね」

サイコは胸をそらしていった。

「あんたたちに名探偵になれなんていうつもりはないから、まあ、いいや。そんなことより夏休み、うちの夏の別荘に遊びにきなさい。四人とも招待してあげる。どうせ庶民は暇なんでしょ」

「ふざけんなよ」

クニとテルの声がそろった。タツオは苦笑していた。サイコは幼いころから不安になると、強気を装う癖がある。名門に生まれたせいか、自分の弱みを素直に見せられないのだ。

タツオはいった。

「考えておくよ。みんなの都合もあるから」

サイコの目の光が揺れて真剣な表情になった。

「きてもらわなくちゃダメだよ。すくなくともタツオとジョージはね。内緒だけど、瑠子さまがうちの別荘で過ごすんだ。あんたたちを呼ぶのは、瑠子さまの依頼でもあるんだからね。第二皇女のお願いを断るような不敬で無粋で臆病な進駐官候補生じゃないわよね、あんたたち」

病弱で気鬱の病がある第一皇女の璃子さまを廃し、活発で学業優秀な瑠子さまを皇位につけようという陰謀について、タツオは相談を受けていた。ラルク公国のテロもその一環かもしれない。タツオは顔を引き締めた。もう冗談では済まされない。

「わかった。全員でいくよ」

クニがふざけていった。

「そっちが四人でこっちが四人。おまけに瑠子さまと護衛係がどっさり。ものすごい大所帯になるぞ。別荘っていうけど、だいじょうぶなのか」

タツオはまたも苦笑した。クニは庶民なので、近衛四家のかつての第二席、東園寺家の財力を知らないのだ。サイコが肩をすくめていった。

「部屋数なら四〇くらいあるよ。あとは講堂と宴会場と作戦指揮室もね。うちの別荘はいざというとき進駐軍作戦部が指揮をとれるように設備を整えてあるの」

クニが箸の先のビーフカツを落していった。

「部屋数四〇って、でかい旅館じゃないか。おまけに作戦指揮室かよ。周辺に地雷まいたり、地対空ミサイル配備してないよな」

サイコは余裕の笑みを見せた。やわらかな笑顔になると近衛四家一の美貌とうたわれた東園寺彩子の魅力が輝き渡るようだ。周囲のテーブルにいる男子生徒がうっとりと魂を奪われている。

「配備なんて、そんな激しいことはしてないわよ。対人地雷も、ミサイルも、侵入防止用の銃撃ロボットも準備はしてあるけどね」

テルがあきれていった。

「そういうのは別荘じゃなくて、普通要塞っていうんじゃないか」

「あら、プールやテニスコートだって、ちゃんとあるもの」

クニの目の色が変わった。

「そうか、じゃあ、瑠子さまとサイコの水着姿も拝めるんだな。おれ、絶対にいくわ」

キヨコが腕組みをしていった。

「柔道場とジムもあるよ。あんたの性根を鍛えるために、稽古つけてあげるよ」

黙っていたジョージが口を開いた。

「遠隔操作の銃撃ロボットもあるのか。メンテナンスの係もいるはずだよね。ちょっと話を聞かせてもらっていいかな。気になっていることがあるんだ」

急にサイコが女の子の顔になった。かすかに頬が赤い。

「ジョージのお願いなら、よろこんで」

クニがぼやいた。

「なんなんだよ、みんな。ジョージとタツオだけ特別扱いか」

腕のいい狙撃手・歌川亜紀が冷たくいい放つ。

「あんたは脇役なんだから、目立たないように引っこんでればいいの」

「ひでえなー、おれ、ぐれてトリニティに入ってやるぞ」

キヨコが細い目をさらに細めていった。

「あんたなんか秘密結社のほうでお断りだよ」

タツオのテーブルで爆笑が沸き起った。悲劇の決勝戦以来、久しぶりの笑いだった。タツオはひそかにサイコに感謝した。こんなふうに気をつかって、元気づけてくれたのだ。口は悪いし、素直ではないが、サイコには優しいところがある。タツオはサイコを見直していた。

「お楽しみ中のところを失礼する」

39

蛇の巣穴から響くような冷たく湿った声は五王龍起だった。タツオキの班四人に、なぜかサイコの兄・東園寺崋山までいる。クニが虚勢を張っていった。

「なんだよ。うるさいな。こっちは女子生徒と楽しいランチの最中なんだぞ」

タツオキは愉快そうに歪《ゆが》んだ笑みを浮かべている。

「ああ、すまない。すぐに用事は済む。ちょっときみたちにいいニュースを教えてあげたくてね」

タツオは嫌な予感がした。タツオキは敵方にもっともダメージがおおきくなるように、情報をコントロールする技法に長けている。ジョージの父・アルンデル将軍の謎めいた従軍中の失踪も、ホールに集まった生徒たちの前で明かしていた。タツオの声が緊張をはらんで硬くなった。

「ニュースとはなんだ?」

カザンがにやにや笑っている。タツオキは効果を計ってたっぷりと間をおいた。

「きみたちにはいいニュースだ。情報保全部から聞いたんだが、夏季運動会の狙撃事件の犯人が判明したそうだ」

テルが叫んだ。

「なんだと！　それはどいつだ？」

決勝戦の最中、五十嵐にタツオを守れといったのはテルだった。テルがふさぎこんでいたのは、その負い目が重く心に沈んでいたからだ。タツオキは余裕だった。

「待っていろ。すぐにわかる」

そのとき、大食堂のダブルドアが勢いよく開いた。自動小銃をさげた情報保全部員が八名、生徒たちで満席のランチタイムの大食堂になだれこんでくる。窓際の隅にあるテーブルに殺到した。銃の安全装置は解除され、いつでも三点バーストで連射できる準備が整っていた。テーブルをとり囲んだ情報保全部員が叫んだ。

「全員、その場に伏せ！」

二百人を超える生徒がテーブルの下に隠れ、床に伏せた。別な保全部員が叫ぶ。

「三組七班、スリラン・コーデイム、リー・ソムラーク、カイ・チャッタニン、ジャン・ピエール・スクラポン。貴様たち四名を進駐官候補生殺害と第一級建造物破壊のテロ活動で逮捕する。抵抗するなら、この場で射殺許可が出ている。投降せよ」

40

大食堂にいた生徒たちが床に伏せるなか、五王龍起とタツオとジョージはその場に立ち尽くしていた。あまりにも突然の出来事に頭が回らない。

「嘘だろ。スリランは友達だ」

空っぽの声が漏れてしまう。情報保全部員がクラスメイトの四人をとり囲み、自動小銃を向けている。日常の学校生活のなかで見る銃は、凶悪な黒い兵器だった。タツオキは愉快でたまらないようだ。

「戦場でもお友達なら、見逃してくれるのか。第七班は全員ウルルク出身だ」

タツオはこの少年が嫌いだった。日乃元有数の巨大企業の御曹司ではあるが、嫉妬ではないと思う。理由はわからなかった。初めて顔を見たときから、この少年とだけはうまくいくはずがないとわかっていたのだ。いつかそう遠くない未来に手ごわい敵となる、考え方も感じ方も別次元の異質な相手。これまでそんな同世代と出会ったことはなかった。タツオはいい返した。

「だから、どうした？　みんな日乃元とともに戦ったウルルクの旧王族側だぞ。この国のために進駐官になろうというスリランたちが、あんな汚い手をつかうはずがない」

タツオキが薄く笑った。馬鹿にされた気がする。

「どうかな？　ウルルクに残された家族や親戚を人質にとられたらどうだろう。あの国は荒っぽいからな。敵となれば一族郎党、子どもから年寄りまで皆殺しだ」

そんなことが実際にあるだろうか。タツオは納得がいかなかった。タツオキは悠然と続ける。

「ウルルクの大使館にいる保全部員から情報が届いたそうだ。テロのターゲットは逆島断雄、きみと第一皇女の璃子さま、第二皇女の瑠子さま。命令したのはウルルクに駐在する氾帝国の高級武官だ。その男がウルルクの諜報機関を動かした。きみの父上は氾の軍隊にずいぶんと煮え湯を呑ませたようだな。まだ恨みをもっている人間がいる。腹いせにきみを狙ったんだろう」

何千キロも離れた南の国に自分を殺害しようとする人間がいる。めまいがしそうだ。ジョージが口をはさんだ。

「タツオはいい。璃子さまはなぜだ？」

「わからない。その場にいる最も価値あるターゲットだったからじゃないか。日乃元の皇室内のもめごとは氾にも聞こえているのだろう。璃子さまを亡き者にできれば、皇室は大混乱だ」

いや、おかしいとタツオは直感した。普通の戦争では王族や指導者を直接狙うことはまずありえない。警備が鉄壁だというだけの理由ではなかった。暗殺に手を出せば、限りない暗殺の報復合戦になる。そんなことになれば、交戦中のどの国の指導者も安心して眠ることもできなくなるだろう。踏み越えてはならない一線が国家同士の総力戦のなかにもあるのだ。氾帝国が裏で絵を描き、ウルルクの独裁政権が勝手に暴走したのだということでごまかせると考えたのだろうか。ずいぶんと杜撰《ずさん》な作戦だ。

タツオは猛烈に考え始めていた。ラルク公国の爆弾テロでは、長女の璃子さまが狙われた。進駐官養成高校では、次女の瑠子さままで銃撃された。連続した皇位継承者への暗殺未遂には、いったいどんな意味があるのだろう。裏で糸を引いているのは、どんな勢力なのか。

「各自、手を上に」

非情な情報保全部員の声が、無音の大食堂に響いた。

タツオは窓際のテーブルに立つ三組七班を見つめた。四人とも保全部員の命令に従って、両手を上にあげている。迷彩の戦闘服を着た保全部員がスリランたちの身体検査を手早くおこなっている。武器は出てこないようだ。

後ろ手に回した手首に手錠をはめる音が、銃声のように冷たく大食堂に響いた。スリランが屈辱で泣きそうな顔をした。

ひとりにつきふたりの保全部員がついて、三組七班を連行していく。タツオの目前を通るとき、スリランが歩みを遅くした。浅黒い肌をしたウルルクの少年が必死の表情でタツオの目をのぞきこんできた。

ひと言も口はきかない。スパイ容疑をかけられた自分の友人だと、情報保全部員に思わせたくないのだろう。

（……頼む）

なにを頼まれたのかわからないが、タツオはスリランの無言のメッセージをそう受けとった。これから厳しい尋問、あるいは拷問を受けるかもしれない友人からの頼みだった。なんとしても、この依頼をやり遂げなければならない。タツオは唇を強く噛んで、うなずき返した。スリランも浅くうなずいてくれる。

「のろのろするな。いくぞ」

ウルルクの少年たちの腕を抱えた保全部員が脇腹を自動小銃の尻で突いた。顔をしかめて南国生まれの生徒が去っていく。三人目のカイ・チャッタニンが叫んだ。

「ぼくたちはなにもやっていない。テロとは無関係だ。ウルルク万歳、日乃元万歳。ぼくたちは無実だ」

静まり返った大食堂に、返事をする者はひとりもいなかった。

「黙れ」

情報保全部員がカイの顔を殴りつけた。ひっと女子生徒が悲鳴をあげるほど強烈な殴打だ。それでもカイは歩きながら叫ぶのを止めなかった。

「ぼくたちは無実だ。ウルルク万歳、日乃元万歳」

大食堂の扉を通り抜けても、廊下の先から叫び声が流れてきた。床に伏せていた生徒たちがのろのろと起き上がってきた。やりきれないほど重苦しい空気が大食堂を満たす。同じ学校の生徒がテロリスト容疑で逮捕されたのだ。悪名高い情報保全部だ。肉を裂き、骨を削るような拷問に遭うかもしれない。クニがぼそりといった。

「あいつらが銃撃犯だなんて、とても信じらんねえ。なにかの間違いだろ」

カザンがいった。

「いい気味だ。あんなやつら、全身ぎたぎたにされてしまえばいい」

タツオは幼馴染みにきいた。

「浦上くんはだいじょうぶか」

ひょろりと背の高いカザンの部下の顔を思い浮かべた。決勝戦で右太腿に貫通銃創を受けている。カザンは悔しげにいった。

「あいつはクロスカントリーの選手だった。走るのが好きで、得意だったんだ。だが、もうユキヒコは走れない。戦場に出るのもむずかしいだろう。養成高校の生徒にとって、それがどれだけ悔しいことか、おまえにもわかるだろ。あいつはもう前線には立てないだろう」

言葉もなかった。タツオはなんとか絞りだした。

「気の毒に」

「おまえを狙った銃撃ロボットの狙いがそれたんだ。半分はおまえの責任だ」

五十嵐高紀の死と浦上幸彦の右脚、それにスリラン・コーデイム班の四人の逮捕。すべての責任が自分にのしかかってくる。タツオは胸が潰れそうな思いで椅子に腰を落とした。

目の前には食べかけのランチの皿が、無残に冷えていた。

42

「われわれもいこう」

タツオキがカザンに声をかけた。最後に一度タツオをにらみつけて、カザンが踵を返した。ジョージが妙にのんびりとした調子で、タツオキの背中に声をかけた。

「すまないがひとつだけ質問してもいいかな」

タツオキも学年一番のジョージには一目おいているようだった。足を止めて、振り向く。タツオに見せる表情とは異なる柔らかさがあった。五王重工の跡取りでも、こんな少年のような顔をすることがあるのだ。

「かまわない。なんでも聞いてくれ」

ジョージがうなずいた。

「ありがとう。あの遠隔操作の銃撃ロボットは五王重工の最新型だと聞いた。制御用のプログラムもずいぶんと進歩しているそうだね」

タツオキは自社の製品を賞賛されて満足そうである。

「ああ、もちろん。世界の三〇ヵ国以上に輸出されている傑作だからな」

ジョージが微妙な間をおいていった。

「ぼくはプログラムをいじるのが趣味なんだ。あのロボットの制御プログラムとマスターコードを提供してもらえないだろうか」

タツオキが驚いた顔を見るのは初めてだった。

「おいおい何億円もかけて開発したお宝のプログラムだぞ。どうしてきみに提供しなければならないんだ」

周囲のテーブルの生徒たちが学年一番と二番の生徒のやりとりに注目していた。ジョージは余裕があった。トレイの上のスクランブルエッグを食欲なさげにかきまぜていう。

「プログラムを提供してくれたら、いくつかの改善をきっと提案できるだろう。それに五十嵐くんを殺し、浦上くんから右脚を奪った真犯人に近づけるかもしれない。得られた情報はすべて、そちらにも伝える」

タツオキが眉をひそめて考えこんだ。

「ウルルクの四人は真犯人ではないのか」

「スリランたちにも銃撃ロボットの設置は可能だったかもしれないが、狙いをつけ発射のコマンドを出したのは、別なところにいた主犯だ。電波は学外から発信されていた」

タツオがジョージを応援しようとしたとき、東園寺崋山がいった。

「うちのほうで一〇〇体発注してもいい。ジョージにプログラムをやってくれ。おれを守って銃撃の盾になってくれたユキヒコに借りがあるんだ。頼む」

プライドの高い近衛四家出身のカザンが頭を下げていた。大食堂の生徒がどよめいた。タツオキが微笑していった。

「わかった。夜までに制御プログラムとソースコードを、きみのところに送らせよう」

蛇の腹のように色の白いタツオキが、ジョージからタツオに視線を移した。

「忘れていた。三組の優勝おめでとう。タツオの指揮とジョージの精密射撃の腕は素晴らしかった。だが、つぎの運動会ではあんな逆転は起こさせない。完膚なきまでに三組を叩き潰して、五組が優勝する。では、失礼」

タツオキをボディガードのように守る数名の生徒とカザンが大食堂を去っていく。

午後も激しい訓練と厳しい座学が待っているが、タツオはなにも食べられなかった。情報保全部に引き立てられていくスリランの絶望的な目の色が忘れられなかったのである。

「なんなんだ、この天国は！」

クニが両手を広げて叫んだ。目の前に広がるのは肝臓の形をしたプールだ。跳びこみ台からきれいな曲線を描いて、ビキニ姿の女子生徒が青い水面に頭から落ちていく。ほとんど水滴の跳ねない見事な着水だった。プールの水は夏の日ざしを浴びて、ゆらゆらと青い鏡のようにうねっていた。

「おいおい、あいつ二組の前島早苗じゃないか。制服着てるとやせて見えるけど、けっこう胸がでかいんだな」

進駐官養成高校では水泳の時間は男女別々なので、女子生徒の水着姿を目撃するのは初めてだった。タツオは自分の身体と同じ筋肉と脂肪からできているとは思えない完璧なふくらみから目をそらして、周囲を観察した。前日の夜、東園寺家の別荘に三組一班は到着していた。

背の高いヤシの木が本館をとり巻くように植樹されている。三階建ての建物は養成高校の校舎くらいのおおきさがあった。あちらはなんの工夫もない箱型で、こちらは巨大な貝が口を開けたような形をしている。きっと建築費は数十倍はかかっているのだろう。

遠くの山並みを望む山荘の正面は広大な芝の広場だった。テニスコートと大小のプール、フットサルのフィールド、アーチェリーの弓場、それに進駐官用だろうか屋外のウエイトリフティング施設まである。

「なんだよ、しけた顔してんな。せっかくの夏休みだし、こんな天国にきてるんだから、ちょっとは元気だせ」

アロハシャツを着たクニに背中を強くたたかれた。タツオは女子生徒の水着姿を楽しむどころではなかった。情報保全部に逮捕されたスリランたち三組七班のことが気になってしかたなかったのである。秘密主義の保全部のことで、その後の捜査の進展についてはひと言の情報も漏れ聞こえてはこなかった。スリランたちのウルク班は養成高校どころか、地上からもきれいに消え失せてしまったようだ。

ほかの生徒たちも自分とは別な民族のクラスメイトには冷たかった。初めから存在していなかったかのように、誰も口にさえしない。そんななかタツオは、逮捕されたときの絶望に満ちたスリランの目が忘れられなかった。あのとき無言のうちに自分はなにかを託されたのだ。なんとしても、あの依頼にはこたえなければならない。

「ここはいいところだな。タツオ、クニのいうとおりすこしリラックスしたほうがいい」

　ジョージはそういうとゆったりとあたりを眺め回した。一見豪華なリゾート施設のようだが、この別荘は東園寺家のものだ。進駐官の名門、近衛四家のひとつである。花咲く植栽のあちこちに監視装置や銃撃ロボットが隠されていた。Tシャツや短パン姿でぶらついている施設の男たちは、やけに胸板が厚く、ごつごつとした拳をしていた。腕のいい警備員なのだろう。

「だけど、スリランたちがなにをされてるかと想像すると、気分が悪くなるんだ」

　タツオの表情には内心があらわれていた。

「こんなところにきて、ずっと深刻な顔をしていたら、自分は重大な問題を抱えていますと叫ぶようなものだ。きみは文化進駐官志望だったな」

　タツオは戦闘が嫌いだった。軍事進駐官など論外である。金勘定が仕事の経済進駐官も、法で人を縛る法務進駐官も気がすすまなかった。残るは進駐官のなかでも最下層の軟弱者と馬鹿にされる文化進駐官だけである。

「そうだよ。悪かったな」

　ジョージはヤシの葉を揺らす風のように微笑んだ。

「だったら、なおさら腹のなかではなにを考えているかわからないタヌキになる訓練が必要だ。外交は厳しいぞ。文化進駐官の戦いが、軍事進駐官よりも易しいと思っているなら、勘違いだ」

クニがアロハシャツを脱いで、手近なデッキチェアに投げた。

「おれはむずかしいことはわかんないけど、こんなチャンスを逃すなんてもったいないからな。いっしょにプールに跳びこもうぜ。女たちが待っている」

テルが猛烈に僧帽筋の盛りあがった上半身を露わにした。わー、すごい。プールサイドの女子生徒から声があがる。

「おれもいく。タツオ、息を抜くときは抜け。嫌でもつぎの戦いはやってくるんだからな。そんなに始終ぴりぴりしてたら、身体がもたないぞ」

三人のいうとおりかもしれない。タツオもTシャツを脱ぎ、トランクス型の水着になった。あの青い水面に跳びこんだら、冷たくて気もちがいいことだろう。汗を流して、気分を変える。スリランのことはまた夜、考えよう。タツオが跳びこみ台に上がったときだった。時が止まったように周囲のざわめきが静まった。誰もしゃべらないし、水を跳ねたりもしない。その場にいる者の視線がひとつの方向に吸い寄せられた。タツオも誘われるように、視線の先を追った。

44

打ち寄せるさざなみのように囁き声が聞こえてくる。

「瑠子さまだ」

「あれが瑠子さまか」

「東園寺家の彩子姫もいっしょだ」

男女混合の半ダースほどのＳＰに囲まれて瑠子さまとサイコがやってきた。ふたりとも水着を着ている。瑠子さまは古典的な純白のワンピース。背が高くスレンダーなサイコはコーヒー色のビキニだ。

「おーい、サイコ。こっち、こっち」

プールのなかから声をかけたのはクニだった。テルが水面から木の根のようにふくらんだ僧帽筋をのぞかせていった。

「うちの班で最初に突撃して死ぬのは、クニに間違いないな」

ジョージはプールの縁に腰かけていつものように笑っているだけだ。タツオは跳びこみ台から戻って、瑠子さまとサイコを出迎えようとした。わざわざ東園寺家の別荘にきたのは、この二人と話をするためだ。

「やっほー、タツオ」

水着と同じ白いパーカーを脱ぎ落して、瑠子さまが駆けてくる。おつきのSPがあわてていた。SPの仕事は、いざというとき自分の命を盾にして、守護対象者を守ることだ。距離をおいてしまえば、身体を投げ出すこともできなかった。

「お待ちください」

瑠子さまに続いて、男女二名のSPが駆けてくる。タツオは跳びこみ台の上で硬直した。

瑠子さまの水着姿だけでも強烈なのに、血相を変えたSPが飛んでくるのだ。

「タツオ、久しぶりー」

「うわー、ちょっと待って」

ジャンピングボードの上で固まったタツオに瑠子さまが飛びついた。バランスを崩して水面に落ちていく幼馴染み二人のあとから、サングラスをかけたSPが二名続いてプールに跳びこんだ。

瑠子さまはタツオの身体を離さなかった。水中でなにかいいたげに顔を近づけてくる。形のいい少女の唇が水に歪《ゆが》んでいた。水泡とともに皇位継承者の顔が、ありえないほどの距離になった。頰にキスされたとき、タツオは息ができない水中で、なぜか口を開いて息を吸おうとした。爆発的に口中に水が浸入してきて溺れかかってしまう。

　タツオは手足を振り回して、なんとか肩の深さのプールで立ちあがろうとした。はずみで瑠子さまの身体をつかんでしまった。ひどく柔らかだったのは、腹なのか、胸なのか、尻なのかわからなかった。

　水面から顔をだしたときには顔を真っ赤にして叫んでいた。

「すみません、瑠子さま。変なところをさわってしまって」

「なんだよ、タツオだけずるいな」

　クニはこんなときでも軽口をはさんでくる。タツオは恐縮していた。瑠子さまは平然とずれた水着の肩ひもを直している。

「タツオならいいよ。わたしの胸さわったの、初めてじゃないもんね」

　クニが頭を抱えて叫んだ。

「ＳＰのみなさん、こいつを不敬罪で射殺してください。皇女さまのおっぱい、さわったんで……」

　クニがそれ以上おかしなことをいう前に、タツオは飛びついて水面下にクラスメイトを押しこんだ。ＳＰには冗談では済まないだろう。射殺はされないまでも、減給や停職の可能性はある。皇室関係のＳＰは最高の訓練を積んだ最優秀の人材ぞろいだという。こんなことでキャリアに傷をつけたくなかった。

タツオの腕のしたで、クニがもがいていた。息ができないのだ。いい気味だ。タツオはもう一度深くクニを水中に押しやって、クロールでその場を離れた。

「瑠子さま、こんなやつほっといて、いきましょう」

瑠子さまは小学生からスイミングスクールに通い、オリンピック選手の指導を受けている。鮮やかな抜き手でタツオのあとを追ってきた。

45

ビーチパラソルは直径三メートルほどある巨大なものだった。日陰にあるテーブルに三組一班の四人と、瑠子さま、サイコが顔をそろえている。注文したのはノンアルコールのフルーツカクテルだった。SPの女性がひとり、瑠子さまの分を毒見している。飲むのではなく携帯キットでジュースを検査するのだ。致死性の毒はほぼ判定できるという。

「おれたちの夏休みに、カンパーイ!」

発声はこんなことが生きがいのクニだった。タツオはグラスに口をつけた。フレッシュマンゴー主体のカクテルで、甘さが爽やかだ。

「つかまったウルルクの人たちのことはなにかわかったの」

瑠子さまが心配そうにいった。タツオはスリランの七班についてサイコを通じて瑠子さまにも報告している。

「いいや、まだなにもわかりません。サイコの兄貴のおかげで、銃撃ロボットの制御プログラムが手に入ったので、ジョージがあの事件の解析をすすめてくれてます」

「そう、よろしく頼みます」

ジョージが最敬礼でこたえた。

「できる限りのことは」

テルがぼそりといった。

「あの銃撃ロボットは通常の拳銃弾を撃つやつだよな」

タツオはテルの太い首に目をやった。緊張しているのだろうか、血管が浮いている。ジョージがこたえた。

「ああ、そうだ。あの銃撃ロボットの機関部は77式自動小銃と同じユニットを使っている。テルがいいたいことはわかるよ」

タツオも同じことを考えていた。テルがいった。

「璃子さまたちを守っていた貴賓席の防弾ガラスは三層構造の特殊なもので、とてもじゃないが拳銃弾では撃ち抜けない。機関銃でもむずかしいくらいだ。対戦車用の対物破壊ライフルでも持ちださなければ、狙撃は不可能だよな。でも、あのロボットは確かに璃子さまを狙っていた。弾は通常弾だけだったんだろ」

タツオはうなずいていった。

「ああ、炸裂弾はなかった」

銃弾の先に炸薬を仕こんだ特殊な弾丸はロボットから発見されていない。

「だったら、やつらはなぜ、あんな面倒なことをしたの」

サイコが裸の身体を両手で抱いて震えていた。ジョージが冷たい流水のようにあっさりといった。

「璃子さまたちを狙ったのはカモフラージュで、ほんとうの標的がタツオだった可能性は否定できないな。実際に五十嵐くんという犠牲者も生んでいるしね」

ジョージが真剣な顔で尋ねてくる。

「タツオ、命を狙われる理由に心あたりはないのか。やはり連続した事件で必ずターゲットになってるのは、きみなんだ。自分でも気づかないうちに敵の死命を制するような情報だとか、証拠だとかをもっているということはないのかな」

真夏の午後なのに、こんなに肌寒いのはなぜだろう。タツオはデッキチェアに座りながら、全身に鳥肌を立てていた。得体のしれない勢力が真剣に自分の生命を奪おうとしている。まだ一五歳で進駐官養成高校の一年生に過ぎないのに。タツオは絞りだすようにいうのがやっとだった。

「なにもわからない。ぼくは璃子さまたちみたいに地位ある人間ではないし、なんの情報も持っていない。怖くてたまらないよ」

震えているタツオの肩に、瑠子さまがそっと冷たい手をおいてくれた。ほんのすこしだけ気分が楽になった気がしたが、タツオの全身を覆う鳥肌と寒気はいっこうに変化しなかった。

46

「やあ、ご機嫌よう」

その男があらわれると、あたりの気温が数度ほど下がった気がした。タツオはデッキチェアから腰を浮かしそうになった。なぜ、東園寺家の別荘に情報保全部がいるのだろう。柳瀬波光が進駐官の白い礼服姿で軽く頭をさげた。

「瑠子さま、彩子さん、お招きありがとうございます」

気の強いサイコがぴしゃりといった。

「別にあなたを招待した覚えはありません。瑠子さまの御前ですし、この場は同世代の友人だけのプライベートなものです。早々にお引きとりください」

情報保全部員は焼けつくような夏の日ざしに打たれても、汗ひとつかいていない。

「野暮なお邪魔だとわかっているが、わたしもこれが仕事でね。お父上の東園寺貞伴《さだとも》将軍に、ここでの滞在と自由な捜査を許可されている。長くは時間をとらせない」

柳瀬波光が日陰に空いている椅子に腰をおろした。足を高々と組む。愉快そうにいった。

「ウルルク人たちが自白したよ」

「なんですって」

タツオは思わず叫んだ。

「スリランたちが犯人のはずがない。あいつはぼくの友達だし、ウルルクの独立を願っていた。日乃元の国だって愛していたんです」

鞭《むち》のように細い腕をあげ、柳瀬が使用人に注文した。

「わたしにもフルーツカクテルをひとつ。吐いたのはカイ・チャッタニンとジャン・ピエール・スクラポン。銃撃ロボットの搬入と設置を実行したのはその二名だ」

カイが必死に叫んでいた言葉を思いだす。ぼくたちは無実だ。ウルルク万歳。日乃元万歳。あのカイたちがほんとうに自分の命を狙ったのだろうか。タツオは混乱してなにも考えられなかった。ジョージがすかさず質問した。

「動機はなんですか」

「複数だ。報奨金。亡命した反政府勢力であるという記録の抹消。ウルルク軍への帰還。強制収容所から親族を解放する。いろいろだな。もっともおおきな理由は最後のものだそうだ」

柳瀬波光は届けられたカクテルをうまそうに飲んだ。

「確かマンゴーはウルルクの名産品だったな。あの国のもうひとつの名物は強制収容所だ。ウルルクの裁判制度はわが日乃元とは正反対だ。疑われた者は、すべて有罪。強制収容所送りになる」

なぜ、そんなことを楽しげに話せるのか。疑われた者をすべて有罪にするのは、情報保全部も同じではないか。タツオはなんとか口ごたえをこらえた。

「この春、カイとジャンの親族が収容所送りになった。あそこは入所半年後の生存率が三割を切るので有名だ。当然だな。炎天下でわずかな水と食料しか与えず、重労働をさせる。情報保全部について悪い噂が流れているようだが、あの効率的な野蛮さにはとてもかなわない」

サイコは嫌悪感を抑えているようだ。無表情にきく。

「ウルルクの生徒たちの尋問にはなにをつかったのですか」

柳瀬波光は第二皇女の前でもためらわなかった。あっさりという。

「わたしが直接担当したわけではないから、よくわからない。たぶん通常ならば、自動車用のバッテリー、電極を何本か。それにペンチくらいのものだろう」

真夏の風が一二月の北風のように冷えこんだようだ。タツオの全身に鳥肌が立つ。期末試験のために同じ部屋に集まって勉強していた三組七班に、過酷な運命が訪れたのだ。科学で学んだワットの法則を、実際に自分の身体で痛感するようになるとは。

サイコが不可解な顔をした。

「ペンチはなんに使うんですか」

焼いたペンチで柔らかな肉を潰し、引きちぎる。瑠子さまやサイコの耳に拷問法など入れたくなかった。タツオはなんとか話を変えようとした。

「柳瀬さんは今、実行犯は二名といいましたね。残る二名、スリランとリーはどうなるんですか」

「まだ継続して、取り調べ中だ。無実が確定すれば、また進駐官養成高校に帰ってくるだろう。だが、傷ものだな。一度疑いをかけられたら、一生保全部にマークされることになる」

自白したという二名がほんとうに有罪なのかもわからない。無実だという二名も、進駐官として生きる限り、一生監視から逃れられない。

総合運動会の狙撃事件は五十嵐高紀という死者だけでなく、つぎつぎと犠牲者を生んでいた。それもすべてタツオの命を狙った何者かのせいだ。タツオは叫びたかった。自分にはそれほどの価値はない。無力な東島の一年生に過ぎない。死にたくはないけれど、こんな形で周囲の人間が傷ついていくのを見ているのは、身を切られるようにつらかった。

だが、そんな甘いことはいっていられないのだろう。バッテリーから伸びる電極を乳首に張られ、ぴくぴくと釣りあげられた魚のように跳ねる四人の少年を想像し、タツオは血が出るほど唇を嚙み締めた。

クニが呆然として口を開いた。

「おれにはどうしてもスリランたちが犯人だなんて信じられない。おれたち、学習室でいっしょに微積分とか勉強したよな。カイのやつ、おれより数学が苦手で、ジョージが何度教えても弾道曲線の問題が解けなかった」

タツオも覚えていた。シャープペンシルで頭をかきながら、困ったようにウルルクの少年は笑っていた。昔から数字が大嫌いなんだよ。こんなもの戦場ではコンピュータにまかせればいいじゃないか。そうだろ、タツオ。カイとジャンが自分の命を狙う事件を起こすとは、とうてい信じられない。

ジョージが低い声で柳瀬波光に質問した。

「自白がとれた以上、ふたりの有罪は間違いないですね」

進駐官を裁く軍事法廷は、ほぼ一〇〇パーセントに近い確率で被告が敗訴する。裁判になれば必ず敗れるのだ。情報保全部員はあたりまえのようにいった。

「ああ、有罪はすでに確定済みだ」

悲鳴が出そうだったが、タツオはなんとかこらえた。あのふたりの運命を、しっかりときいておかなければならない。

「罪名はなんですか」

「海外の不穏な勢力に手を貸し、前途有望な進駐官を殺害した。さらに逆島断雄と皇族への殺人未遂と二件ある。国家反逆罪が妥当だろう」

東園寺家のお嬢さまがぽつりと漏らした。水着姿の腕に鳥肌が立っている。

「……国家反逆罪」

最高刑は死刑だった。豪華な別荘のプールサイドが暗転した。青く揺れる水面《みなも》、水を跳ね散らして遊ぶ若者たち、青空に湧きあがる積乱雲、白いリゾートホテルのような贅を尽くした建物。すべてが書き割りのように存在感を失っていく。

クラスメイトの死刑の可能性に愕然《がくぜん》とするタツオたちの反応がおもしろかったようだ。柳瀬波光はひとりくつくつと無機的に笑ってから、人さし指を伸ばした。指揮棒のように振って、注意を集める。

「カイとジャンの両名は、まだ未成年だ。狙撃事件については従犯で、親族を人質にとられているという事情もある。ウルルクと氾帝国のスパイ組織についてはすべてを話し、われわれの捜査に全面協力すると約束してくれた。きみたちにとって喜ばしいことに、死刑はなんとか回避できるだろう」

テルは肩の筋肉を盛りあがらせ質問した。首まわりの筋が浮かんでは消えた。

「柳瀬さん、ふたりはどれくらいの量刑になりそうなんですか」

情報保全部員はビーチパラソルの下から真夏の太陽を見あげ目を細めた。こんなときでも日乃元の日ざしは強烈で輝かしい。温室効果ガスによる温暖化で、この国はほぼ全域で亜熱帯化していた。

「ひとつの事件を解決するには、申し分のない天気だな。たぶん無期懲役になるんじゃないかと、わたしは予想する。その場合、ざっと三〇年弱、軍の刑務所で囚われの身になるだろう」

タツオは三〇年という歳月を想像した。カイとジャンが自由の身になるころ、ふたりはすっかり中年だ。青春の盛りをすべて塀のなかで送るのだ。もしこの事件が冤罪《えんざい》だとしたら、決して許されることではない。ほっとした空気が流れ始めたテーブルの様子を観察して、柳瀬は皮肉にいった。

「もっとも判決は軍事法廷の裁判官の心証によるからな。ことによると、裁判長ががちがちの皇道派で、璃子さまへの不敬に怒り、やはり極刑という目もある」

人の命の定めなさ、はかなさを痛感せずにはいられなかった。権力をもつ誰かの思想信条や機嫌によって、人の命は簡単に奪われ、消し去られていく。資本主義の未来といわれた高度植民地時代は、人の命が羽根のように軽い時代だ。国家がつねに戦時体制にある国特有の残酷さかもしれない。

柳瀬波光がカクテルを飲み干すと、デッキチェアから立ち上がった。ぴしりと決まった敬礼を瑠子さまに送る。

「あなたは将来、日乃元皇国の女皇になられる可能性もあります。おつきあいになるご友人は慎重に選ばれたほうがいい」

瑠子さまは困ったように微笑《ほほえ》むだけだが、サイコが厳しい顔で返した。

「わたしたちが瑠子さまにふさわしくないといいたいんですか。ことしだいによっては、東園寺家はあなたの無礼に、それ相応の返礼をしなければなりませんよ、柳瀬波光さん」

さすがに近衛四家のお嬢さまだった。開き直ったサイコには気高さと威厳がある。情報保全部としても、東園寺家とことを構える気はないようだ。柳瀬波光は会釈していった。

「失礼、わたしが申し上げたかったのは、あなたのことではなく、こちらの三組一班の問題児たちについてです。情報保全部だけでなく、進駐官養成高校でも、軍の上層部でも、なにかと悪い噂が流れていましてね」

タツオはその言葉をきいて、背筋が冷たくなった。進駐軍の上層部ならば、一介の士官見習い程度なら、どんな罪でもなすりつけられるだろう。明日、検挙され被告になってもおかしくないのだ。タツオは権力を素直に信じることはできなかった。

「逆島断雄、きみへの狙撃事件に関する報告は、それくらいだ。このあとで、すこし顔を貸しなさい」

柳瀬波光がプールサイドをゆったりと歩き去っていった。自分の背中を意識した役者のような退場だ。あの男はどうしても好きになれない。あの冷酷な目で何人の進駐官の破滅を眺めてきたのだろうか。

「あーあ、おれたちはなぜ軍の上層部にまでにらまれてるのか。ぜんぜん理解できないぜ」

クニはそういうと、後ろで結んだポニーテールを解き、頭を振った。サイコがいう。

「落武者みたい」

「うるせー」

ジョージがふたりを無視していった。

「カイとジャンについては、もう心配はいらない」

タツオは驚いていた。

「なぜ」

「あの狙撃事件はニュースとして、養成高校の外には流れていない。情報統制が厳しいんだ。いくら軍事裁判が厳しくとも、起きていない事件をもとに一〇代の進駐官候補生をふたりも極刑には処せない。そんなことをすれば世間やマスコミが放っておかないからな。情報保全部よりも刑務所のほうが、まだましだろう。だとすれば、あのふたりの疑いを晴らせば、自由の身にしてやれる可能性はある」

テルが驚いていった。

「ほんとか。そんなことがほんとに、おれたちにできるのか」

ジョージはうなずいていった。

「できる。春から続いた事件の真犯人を、ぼくたちが見つけられるなら、あのふたりを救いだせる」

クニが髪をかきむしっている。

「そんなの絶対無理だろ。おれたちは警察でもないし、情報保全部でもない。だいたい裁判で一件落着した事件を調べて回ったら、つぎはこっちが逮捕されるぞ。お上に逆らっても日乃元じゃ、ろくなことにならない」

タツオもクニの言葉にうなずきそうになった。戦時体制の日乃元皇国では、お上を恐れるのがあたりまえのメンタリティだ。植民地をさらに増やして、資源と市場を確保し、国力を維持発展させる。すべての皇民はそのために一身を投げ打つように教育されている。ジョージはいう。

「じゃあ、自分の身が危ないから、友達を見捨てるのか。ウルルク人なら、無罪でもどんな目に遭《あ》ってもかまわないのか。進駐軍や情報保全部は決して間違いを犯さないのか」

テルがぎりぎりと歯を嚙み締め、首を回している。額の血管を浮きあがらせていう。

「おまえはいつも危険なことを口にするな。戦闘の最中に命令を疑ったり、作戦の目的が間違っているというのは、進駐官の仕事じゃない。命令には全力で従う。この国を守る。それがおれたちの仕事じゃないのか」

「いいえ」

そのとき凜と澄んだ声がプールサイドに響き渡った。第二皇位継承者、白い水着を着た瑠子さまだった。肩ひもがずれて、日焼け跡の白い肌がのぞいていた。タツオは視線をそらした。瑠子さまは続けた。

「ただ皇国を守るのが、進駐官の仕事ではありません。進駐官は進駐官である前に、この国の国民です。この国をよりよくするために働く義務があると、わたしは考えます。無実の人がいるなら、救わなければならない。罪を犯して逃れている者がいるなら、捕らえて罰しなければならない。たとえ異邦から来た人でも、友人は大切にする。人としてあたりまえのことができなくて、なにが日乃元皇国でしょうか。二七〇〇年を超える歴史に傷がつきます」

これが皇族の権威だろうか。瑠子さまの言葉は、その場にいる全員の心に火をつけた。サイコがちいさく叫んだ。

「きゃー、瑠子さま、カッコいい」

タツオは感動していた。戦って勝つことだけが進駐官の仕事ではない。進駐官はこの国をよりよくできるのだ。ジョージが感心したようにいった。

「権力の渦のほんとうの中心にいる人は、往々にして開明的なものだ。瑠子さま、ぼくは先ほどの情報保全部員とは逆の意味で申し上げます。そばにおくご友人を正しくお選びになってください。タツオや彩子さんは、きっとあなたのお力になるでしょう」

「なんだよ、おれやテルはどうなんだ」

クニがそうあいの手をいれたが、ジョージはあっさりと無視した。瑠子さまが不思議そうに問う。

「あなたはどうなんですか、菱川浄児」

まっすぐに見つめてくる第二皇女の視線をそっとはずすと、ジョージはいった。

「ぼくは……陰ながら、お力添えをさせていただきますが、ぼくは瑠子さまにふさわしいような高貴な人間ではありません」

頭脳でも体育でも戦闘訓練でも、歴代進駐官養成高校中トップにあげられるジョージだった。なぜこの少年がこれほど自分を卑下するのか、タツオには理解できなかった。瑠子さまはそれでもなにかを感じとったようだ。にっこりと微笑んで、ジョージに手をさしだした。

「わかりました。あなたなりのやりかたで、わたしたちを助けてください。期待します」

ジョージは瑠子さまの手をとると、片方のひざをつき、手の甲に額を触れてからキスをした。

「この命に代えましても」

それは不思議な光景だった。あとあとまでタツオはそのときの空気や光の感覚を、おりにふれて思いだすことになる。サイコもクニもテルも息をのんで見つめていた。瑠子さまとこの混血の少年が強い力で結ばれたのではないか。そんなことを感じさせる場面だった。

ジョージは瑠子さまの手を離すと、タツオに向き直っていった。

「タツオ、今度はこちらが攻める番だ。柳瀬が食いつきそうな餌をやろう。ウルルクからメールがきたというのは、どうかな。差出人は不明。近く大切なものが届くとね。敵に陽動をかけて、なるべく多くの情報を搾りとるんだ」

アイディアとしては悪くないかもしれない。だが、それは情報保全部に嘘をつくことになる。考えただけでも恐ろしかった。

「すぐにぼくのパソコンに調べが入る。どうするつもりだ」

ジョージは肩をすくめた。

「一五分時間がほしい。そうしたら、世界の二〇ヵ国を経由した謎のメールをタツオのところに送るよ。内容はそのまま柳瀬に渡していい」

この断トツの優等生にはなにか秘策があるようだった。タツオは黙ってうなずいた。その作戦がうまくいくにせよ、失敗するにせよ、情報保全部の裏をかくと考えただけで、闘志が湧いてくる。

ひどく喉が渇いたタツオは砕いた氷でいっぱいのグラスの水を一気に飲み干した。

情報保全部、柳瀬波光の部屋は通常なら将官クラスが使用するという最上階のスイートルームだった。タツオはケヤキの一枚板のドアをノックすると直立不動で待った。

保全部員はドアの隙間から剃刀のような鼻をのぞかせて命じた。

「入りなさい」

「失礼します」

敬礼をして腹の底から声を出す。まだ卵とはいえタツオも進駐官である。

二十畳はありそうな広々とした応接間だった。バルコニーのむこうにはヤシの木のシルエットが見える。階下からプールサイドの歓声が聞こえてきた。なぜ、女子はプールではあんなに高い声をあげるのだろうか。柳瀬波光は白い軍服姿で籐のソファに腰かけ、高々と足を組んだ。タツオは勧められて正面に座った。この男の前にいると、ひどく落ち着かない。

「先ほどは邪魔をしたようだな。瑠子さまときみはどういう関係なのだ？」

柳瀬には慎重に話さなければいけない。保全部ににらまれている自分はともかく、瑠子さまは将来女皇に即位されるかもしれないのだ。傷をつけるわけにはいかなかった。

「関係というような関係はありません。うちの一族が近衛四家だったので、ちいさな頃からいっしょに遊んでいただけです」

柳瀬が目を細めていった。

「近衛四家と皇族のお子さまたちは、兄弟のように育つと聞いたことがある。ともに遊ばせて、結束力を高めるそうだな」

タツオは父・逆島靖雄中将からいい聞かされた言葉を思いだした。

「ぼくは三歳のときに父から教わりました。璃子さま、瑠子さまといっしょにままごとをしていたのですが、なぜか父に呼ばれたんです。父はぼくの肩に手をおいていいました。いいか、タツオ、おまえはあのおふた方をお守りするために、命をかけるのだぞ。皇族に危険が迫ったときには、自分の命を捨てて盾になる。それが近衛四家の使命だ、と」

その父は日乃元の皇族でなく、ウルルクの旧王族を守るために、南の異邦で死んでいった。父の人生とはいったいなんだったのだろう。タツオはときどき進駐官という存在が疑わしくなる。

「なるほど。近衛四家が皇室にあれほどの影響力をもつ理由がすこしわかった。きみたち側近は命をかけて皇室を守り、皇室もきみたちの献身に応える。日乃元らしいうるわしい思いやりじゃないか」

柳瀬にそんなことをいわれると、近衛四家と皇室が汚されたような気がした。柳瀬は調子に乗っていう。

「それならば、わが情報保全部はますますきみが欲しいな。どうだ、養成高校卒業後、うちにこないか。瑠子さまと親しく口がきける人間なら、ぜひとも必要だ」

自分の価値でなく、第二皇女への影響力を評価されるのは、タツオのプライドを傷つけた。腹立ちを押し殺していう。

「父のせいで、うちの一族は近衛四家からはずされました。ぼくにはもう瑠子さまへの影響力などありません。さっきは東園寺彩子に呼ばれただけで、自分から瑠子さまにお声をかけたりすることはもう不可能です」

柳瀬波光がにやにやと笑っていた。

「そうかな、先ほどの瑠子さまは案外きみを頼りにしていたようだが。まあ、それは先の話だ。それより最近、菱川浄児についての報告が遅れがちだぞ」

タツオに与えられていたのは、天才児の学内における活動報告だった。簡単にいえばクラスメイトをスパイしろという指令である。

「菱川にとくに変わった様子はありません。夏休みは実家に帰らず、学内に留まるそうです」

「そうか、ならばきみも養成高校の寮に残れ」

「はい」

いわれるまでもなくそうするつもりだった。父のいない家に帰ってもしかたない。逆島家の広大な家屋敷は売りに出され、今では母だけが東京の下町に住んでいる。兄もたまに母に顔を見せる以外は、実家に寄りつかなかった。近衛四家の栄光の時代を思いだすのがつらいのかもしれない。

「菱川についてですが、どうして情報保全部がマークしているんですか」

以前から気になっていたことだった。柳瀬がむずかしい顔をした。

「菱川浄児は東島進駐官養成高校と同時に、エウロペにある最高学府・エレンブルグ軍学校高等科を受験している。父親のアルンデル将軍が卒業した名門だ。そちらも首位で合格したそうだ。どちらの学校に入学するか、水面下で外交上の争いになった。あれだけの才能だからな。だが、同時に問題が生じた」

柳瀬が目を細めた。獲物を見つけた猛禽類《もうきんるい》のようだ。とがった鼻筋が鷹のくちばしを思わせる。

「エウロペ連合軍に対する父親の反逆と失踪《しっそう》以来、どうやら禁じられた平和思想に染まっているという報告が、現地の保全部員から伝わった。世界を恒久的に平和にする。そのためには国家を超えた強力な常設軍が必要だ。きみにならこれがどれほど危険な思想か理解できるだろう。すべての国の軍は解体されるのだ」

うなずくしかなかった。恒久平和は秘密結社トリニティの根本的な思想だ。

「菱川浄児は父の反逆のせいで、エウロペで苦労を重ねたらしい。母親は敵国の日乃元出身でもあったしな。軍への敵対心は容易に平和思想へと染まりやすい精神的土壌となる。トリニティが唱える恒久平和はわが皇国の皇室や伝統への否定につながる」

白目がちな冷たい視線で、柳瀬波光がじっとタツオの目を見つめていた。

「きみの父上の逆島靖雄中将とアルンデル将軍は似ているな。逆島断雄、きみも気をつけたほうがいい」

「わかりました」

タツオはそうこたえることしかできなかった。自分はトリニティになどはまってはいない。けれど、永遠に植民地を奪いあう弱肉強食の現代が永遠に続くとも思えなかった。人類はつぎの時代を求めている。そのとき一国の政府や皇室や伝統文化はどうなるのだろうか。

そのときタツオの胸ポケットでメールの着信音が鳴った。タツオは前世紀の有線電話のベル音を使用している。

「すみません」

「いや、夏休みだ。かまわない」

タツオは指先を滑らせて、メールの受信画面を開いた。いよいよジョージからの偽メールが届いたのだ。内容は一切教えられていない。そこまで詳しく知らされていれば、タツオにはとても柳瀬波光の目をあざむくことはできないだろうというジョージの配慮だった。

「差出人不明のメールが届いています。迷惑メールではないみたいですが」

柳瀬の唇の端がわずかに下がった。興味を引かれたようだ。

「メールの題名は？」

タツオはそのまま読みあげた。意味はわからない。

「ウルルクを忘れるな」

「なんだと！」

情報保全部員がソファから立ちあがっていた。素早くテーブルを回り、タツオの元にやってくる。

「中を見せなさい」

タツオの手から携帯端末を奪い、画面をにらみつけた。タツオもいっしょになってさし出し人の名のない短いメールを読んだ。

逆島断雄さま

東島進駐官養成高校では、勉学と軍事訓練に励まれているとのこと、心強く思っています。わたしはお父上の逆島靖雄中将のもとでウルルクの首都攻防戦を戦いました。

お父上は決して、軍令に違反しておりません。逆に自殺的な軍令に忠実に従ったために五万人の部下とともに討死なさったのです。近々その証拠をあなた宛《あて》にお送りします。

お父上の名誉回復と逆島家再興にお役立てください。ご武運を祈ります。

「ついにきたか！」

柳瀬波光が拳を握り締めて叫んだ。蒼白だった顔色に血の赤がさしている。タツオは呆然としていた。この文章を書いたのは、ほんとうにクラスメイトなのか。ジョージはウルルク首都攻防戦と逆島靖雄中将についてなにかを知っているのではないか。

この情報保全部員の興奮も異常だった。タツオをマークしているのも、銃撃事件が主な目的でなく、このメールの内容の件に関心が高いようだ。

「これでようやく敵の尻尾がつかめる。逆島断雄、これがうまくいけば、わたしは情報保全部のトップを狙える立場になる。そのときにはきみをちゃんと引き立ててやろう。今日からきみとわたしは一心同体だ。父親にでも甘えるつもりで、わたしにはなんでも話し、相談しなさい。経済的な援助だって、気後れすることはない。きみの実家の財政状況についても調べはついている」

刃物のようにとがった鼻の男がタツオの両肩に手をおき、興奮で目を充血させていた。この情報保全部員が父親代わりだって。タツオは胸の奥で吐き気を催したが、顔色はまったく変えなかった。

「わかりました。柳瀬さんに全面的に協力させてもらいます」

「よろしい。では、これを借り受ける。夜までには戻すから、心配はいらない」

携帯端末をタツオの手から奪うと、柳瀬波光は自分のポケットに落し、上機嫌でいった。

「もういきなさい。ただし、今のメールについては養成高校の教官や友人、家族にも絶対に秘密だ。これは軍事機密だから、きみが誰かに話せば軍事裁判にかけられることになる。きみはウルルクの友人のように一生を塀《へい》の中で過ごしたくはないだろう」

柳瀬波光がとがった鼻筋を上下に振って、うなずきかけてくる。タツオはただうなずいた。このメールが偽物であると判明するだけで、ジョージも自分も軍の刑務所に数十年も監禁されるのだ。あわててうなずく。

「はいっ」

タツオの震えは本物の恐怖によるものだった。

48

その夜、タツオはジョージを誘って、ジムにいった。別に身体を鍛えたかったわけではないが、一時間みっちりとストレッチングとウエイトトレーニングをおこなう。東園寺家の別荘にあるジムは最新鋭の機器と優秀なトレーナーがそろっていた。

ランニングマシンは３Ｄで背景を描きだし、道の勾配《こうばい》や風の吹き方まで制御されている。タツオは海辺の遊歩道を選び、ヤシの木がまだらに影を落とす砂の浮いた道を四キロほど走った。運動が嫌いだったタツオも進駐官養成高校に入学してから、二日間も身体を動かさないと気もちが悪くなるようになった。

トレーニングのあとで、ジョージがふざけてサンドバッグの前に立った。オープンハンドのグローブをはめている。

「ちょっとぼくのコンビネーションを見てくれないか」

そういうと同時に左のジャブ二発が一連の音となって耳に届いた。続いて切れのある右のストレート。ダッキングして、相手の主な武器である右腕の外に身体をはずし重い左のボディフック、伸びあがるように重心が浮いたところで、逆に右の打ち下ろしのストレート。

五発のパンチがわずか一秒半ほどの瞬時に正確に放たれた。最後にジョージはサンドバッグを突き放し、敵の拳が届く危険な圏外から跳び離れた。ぎしぎしとサンドバッグが苦しげに揺れたが、ジョージは息を乱してもいなかった。

ダンベルのラックで見ていたトレーナーの若い男がやってくると声をかけてきた。

「いや、きみはすごいな。養成高校の生徒だろ。ここでおふざけでサンドバッグを叩くやつは多いけど、きみみたいな本格派はめったにいない。ジュニアライト級で世界を狙えるよ。本気だ。知りあいのジムに紹介してもいい」

ジョージは笑ってグローブから手を抜いた。

「いやいや、ぼくのはおふざけですから」

トレーナーは残念そうにラックの整理に戻っていった。ジョージがちいさな声でいう。

「タツオ、どうだった?」

どうもこうもなかった。目の前にした遠い稲妻のようなコンビネーションを急所に受けて、立っていられる相手が地上に存在するとは思えなかった。

「トレーナーのいう通りだ。ジョージはきちんとボクシングジムで鍛えれば、世界ランカーになれると思う」

チャンピオンは特別な存在だ。そこまでいくには才能だけでなく、運や強烈な信念といったもっと別ななにかが必要なのだろう。

「だけど、ジョージはどこでボクシングを習ったんだ？」

クラスメイトは肩をすくめていった。

「裏切り者の父からだよ。アルンデル将軍は若い頃、エウロペのウエルター級チャンピオンだった。ほら、今度はきみの番だ」

赤い革製の柔らかなグローブが宙を飛んでくる。タツオが受けとるとジョージはいった。

「夜間の行軍訓練で襲撃されたとき、タツオは不思議な技を使ったよね」

ジョージはそこまで口にすると、ジムのなかを見渡した。夕食後の館内は閑散としている。サンドバッグがつるされた格闘場の一角には、ジョージとタツオのほか誰もいなかった。

「今なら、だいじょうぶだ。きみの技を見てみたいんだ。頼む」

「わかった。一度だけ」

タツオはグローブをはめた。静かに呼吸を整える。サンドバッグの前に立った。あの時間に入るのは、タツオにとってプールに跳びこむように簡単なことだった。この技の習得は三歳から始めている。

気がつくと、周囲にあるものがすべてスローモーションのようにゆっくりと動いていた。耳に届く音さえ速度を落とし、低く響くようだ。タツオは先ほどのジョージの電光のようなコンビネーションを思いだした。

ゆったりと流れる時間のなかを、自分だけが普通の速さで動く。サンドバッグに二発の左ジャブ。右のストレートにはジョージのような威力はなかった。左にステップアウトして、身体を沈めボディフックを斜め上方に突き刺す。これはうまく打てた。苦痛で身体をくの字に曲げた敵の左側頭部に打ち下ろしの右ストレート。

自分で打ってみて初めてわかった。この五発のコンビネーションは相手を戦闘不能にするだけでなく、必殺のパンチだった。とくに最後の一撃が危険だ。体重がたっぷりと乗っているし、敵はボディフックに悶絶《もんぜつ》して、完全に防御不能の状態に陥っている。拳を守るために金属やカーボンの薄板を入れたグローブなら、簡単に人を殴り殺せるだろう。

ジョージの拍手が低い周波数で耳に届いた。タツオは技を解き、肩で息をした。

「あー、しんどい」

トレーナーが口笛を吹いた。

「きみのほうもすごいな。パンチは軽いが、さっきの彼よりさらに速いよ。ふたりとも養成高校のボクシング部なんだろ。あそこにはオリンピック強化選手が何人かいると聞いたことがある」

タツオはグローブを脱ぎながら、手を振ってやった。自分がなにをしたのか、若いトレーナーにはわからなかったようだ。

ジョージは腕を組んで考えこんでいる。

「やっとわかった。タツオのは時間を操作する技なんだな」

二度見ただけで、この技の本質を見抜いている。さすがに天才児だった。

「逆島流秘技、『止水』という。戦国時代から武人だったうちの一族に伝えられた技で、気の流れを制御して、体内時計を速め、外の時間の流れを遅くするんだ。身体というより、脳のなかを変性させる技なんだ。うちの兄弟では、運動神経のないぼくが一番達者だった」

タツオはジョージに笑いかけたが、足元がふらついてしまった。

「問題なのは、一度にせいぜい三分ほどしか使えないのと、『止水』の後ではひどく疲れちゃうことなんだ。もうぼくはふらふらだ。シャワーを浴びにいこう」

柔らかなグローブが石でできているように重かった。タツオがグローブをラックの上に置くと、ジョージが独り言のように口にした。

「もし、ぼくとタツオが闘うことになったら、どっちが勝つのかな」

タツオはそんなことを考えるのも嫌だったが、気がつくと返事をしていた。

「『止水』があるからスピードでは、ぼく。威力ならジョージだと思う」

ジョージは笑いながら、うなずいた。

「どちらにしても勝負は一瞬だな」

49

シャワーブースは隣同士を使用した。仕切り板は身体の中央部にあるだけで、肩から上と膝から下がオープンになっている。

タツオは最大にコックを開き、ぬるい湯に打たれた。ジョージも同じようにする。これならば盗聴器があっても、話の内容を聞きとられることはないだろう。

タツオは声を殺していった。

「ジョージ、さっきのメールはやばかった。ものすごい勢いで情報保全部がくいついてきたよ」

泡まみれになったジョージの身体が目に入ってしまった。細く華奢《きゃしゃ》に見えるが、つくべきところには、柔らかそうな筋肉がしっかりとついた身体だった。一〇代のしなやかさと、二〇代の逞《たくま》しさのちょうどいいブレンドだ。肌がきれいで思わず触れてみたくなる。タツオは視線をはずし、頬を赤らめていった。

「なぜ、ウルルクの首都攻防戦だったんだ。ジョージにはなにか極秘の情報でもあったのか？」

スポンジを泡立てて、細い肩を洗いながらジョージがいった。

「柳瀬さんはぼくと話しているとき、いつもタツオになにか届いていないかと質問してきた。どこからの荷物かときくと返事はなかったけど、南の方からのようだった。タツオと南の国といえば、ウルルクしか思い浮かばなかった。それで、あんなメールをでっちあげたんだ」

「ふーん、そうなんだ」

タツオは顔色を変えずに、そういった。目を閉じ顔をあげて、ぬるいシャワーに打たれる。タツオの胸が早鐘のように鳴り響いていた。ジョージはなにかを隠している。天才児もクラスメイトに嘘をつくのだけは、上手《じょうず》ではないようだった。

ジョージが隠しているのは、どんな秘密なのだろう。この友人はウルルクの首都攻防戦についてなにを知っているのだろうか。

タツオは硬く泡立てて髪を洗いながら、ジョージと情報保全部の暗闘について考え始めた。

「ウルクのことが気になるかい」

盗聴防止のシャワー音を背景にジョージが低くいう。この天才児はでたらめに敏感だ。タツオが不信感を抱いていることを察知したようだ。

あのメールは情報保全部の関心の核を射抜きすぎている。いくら優秀とはいえ、ただの一生徒にそんなことが可能だろうか。タツオは気にもかけない演技をしたつもりだった。

「いや、そんなことはないよ」

じっと薄い茶色の目が見つめ返してくる。ジョージはエウロペとの混血のせいか、中性的だった。ひょっとすると養成高校一の美女と噂される東園寺彩子よりも美しいかもしれない。

外国人のように肩をすくめると、ジョージはいった。

「わかったよ。白状する」

シャワーブースの仕切りを越えて、手を伸ばしてきた。タツオの肩に手をおいた。

「ただし、絶対に人には話さないでくれ。極秘の情報だ」

冗談だろうといおうとしたが、ジョージは真剣だった。

「わかった」

うなずくことしかできない。

「タツオは暁島会《ぎょうとうかい》を知っているな」

落ちぶれたとはいえ、タツオが育った逆島家は伝統ある近衛四家の一角だった。かつては隠然とした勢力を皇国の政界、軍部で誇っていた。暁島会は降格や追放の憂き目にあった逆島家旗下の家臣、軍人たちがひそかに力をあわせ、主家の再興を図る水面下の組織だった。逆島家とその一党に再び暁《あかつき》の光を浴びせる。失われた名誉を回復し、正当な地位を占める。暁島会は軍の内部では正規の派閥として認められていない。いわば逆賊の組織である。

「その動きがあることは聞いている。ぼくとはあまり関係ないけど。うちの兄は熱心みたいだ」

同じ進駐官でも文化進駐官を目指すタツオは最初からメンバーには呼ばれていないが、暁島会の若手と兄・継雄はたびたび会合を開いているようだった。ジョージはシャワーを頭から浴びながらおおきな声をあげた。

「トレーニングのあとの熱いシャワーは、ほんとに気もちいいな」

数人の東島高生徒がふざけながら、ブースの前を通り過ぎていく。東園寺派の子息たちだろう。見送るとジョージは声のボリュームを下げた。

「組織のメンバーがうちの養成高校にもいる。それもきみのすぐ近くに」

タツオはあっけにとられていた。意外な告白である。

「ジョージがそうなのか」

混血児は白い腹を押さえて笑いだした。

「いや、ぼくのはずがないだろ。数年前までエウロペにいたんだぞ。日乃元のお家騒動なんて関係ないよ」

ますます話がわからなくなる。ジョージは愉快そうにいった。

「うちの班だよ」

長髪のナンパ師・クニとは思えなかった。あいつの夢は進駐官を早期退職して、地方の閑職《かんしょく》につくことだ。がっしりとした体型の沈着冷静なもうひとりを思いだす。

「テルがそうなのか？」

ジョージはうなずいた。

「ああ、そうだ。テルのお父上・谷輝元《てるもと》少佐は逆島靖雄中将の指揮下で闘い、ウルルクで戦死している。テルは暁島会が養成高校に送りこんできたタツオのボディガードだ」

「なぜ、そんなことを知っている？」

「協力を依頼された。気はいいけどぼんやりしたクニより、ぼくのほうが役に立つと読んだんじゃないか。ひとりでは二四時間、タツオの身辺を警護はできないからな」

急にシャワーの水温が変わった気がした。先ほどまでの心地よいぬるさが、冷水にでもなったようだ。タツオの全身に鳥肌が立った。進駐軍の幹部はほぼ近衛四家の派閥で占められている。今は近衛家を追われたとはいえ、逆島派が力をあわせれば、逆島家再興、近衛家昇格も可能だろう。自分は気づかぬうちに、悲願の中心にいたのだ。

「ついでだからいっておくが、決勝戦でタツオをかばって亡くなった五十嵐高紀も、暁島会のメンバーだったようだ。クンコウの上陸作戦で片足を失った父親は死亡時の状況を聞いて、涙を流して喜んでいたそうだ。逆島家のお坊ちゃんをお守りして、見事に散っていった。よくやったとね」

タツオは小柄な五十嵐少年の笑顔を鮮やかに思いだした。五組との決勝戦の直前、父が逆島靖雄中将の世話になったといっていた。自分は近くにいて身を守ってくれと、その後の危険などなにも考えずに口にしたのだ。

「くそっ、どうしてなんだ。ぼくなんかにはなんの価値もない。なにもできない高校生に過ぎないのに」

ジョージの右手が先ほどのジャブのように素早く動いた。ぴしりと頬に熱と衝撃が残る。タツオは呆然《ぼうぜん》としていた。いきなり平手打ちされたのだ。

「きみはそんなことを二度というべきじゃない。それなら五十嵐くんは無価値なもののために命を捨てたのか。テルはなにもできない高校生を毎日命がけで警護しているのか」

タツオは頬を押さえ、熱いシャワーに打たれていた。ジョージの言葉に胸の奥に火をつけられた気がする。

「瑠子さまもいっていたじゃないか。タツオは近衛四家の一〇〇人近い子女のなかでも最優秀だったと。きみがいつか逆島家を近衛四家の第一位に押し上げる。そう噂されたこともあったんだろう」

昔のことだが、そんな評判を聞いたこともあった。こんなふうに引っこみ思案で、自分を無価値無内容の人間だと思うようになったのは、父・逆島靖雄中将が軍令違反で国賊とされてからだった。父はタツオの誇りで、生きる目標だった。

「きみにはあの『止水』もある。頭脳だって東園寺崋山など足元にも及ばないほど優秀だ。もう芝居の幕は上がっているのに、いつまで舞台袖で震えているんだ。タツオ、きみが主役なんだぞ。人は誰でもいつか自分の人生の主役になる日がくる。タツオ、今からきみは変われ」

武者震いが止まらなくなった。すくなくとも命を捨てて自分の身を守ってくれた五十嵐少年の分まで、生きなければならない。瑠子さまの信頼に応え、皇族をめぐる陰謀だって阻止しなければならない。自分になにができるかではなかった。やらなければならないのだ。それが逆島家に生まれた人間の使命だった。

ジョージがにやりと笑った。

「目が覚めたみたいだな。じゃあ、もうひとついい情報をやるよ」

タツオの声は高揚感にかすれてしまった。

「まだあるんだ」

「ああ、暁島会が新しい事実を探り始めている。タツオのお父上・逆島靖雄中将は軍令違反をしていないし、国賊でもない可能性がある。ウルルクの首都攻防戦には、歴史には描かれていない隠された真実があるようだ。その真実をめぐって、進駐軍は半分に割れて争っている。影のなかで暗闘が続いている。きみはその鍵を握る存在だ。どういう意味かわかるかい？」

タツオはあまりの衝撃に返事もできなかった。シャワーブースに裸で立ち尽くしているが、下半身の感覚がなくなっている。

「……………」

「タツオが逆島靖雄中将の無実の罪を晴らし、逆島家を再興できるんだ。ぼくは先にあがる。ゆっくりと考えてみてくれ。きみが本気で動かなければ、この事態は変わらない。今のきみには無風に見えるだろうが、嵐の中心にいるんだぞ」

ジョージはタオルを細い腰に巻き、シャワールームを出ていった。タツオは逆三角形の背中を見送り、水栓に手を伸ばした。水を冷水に替えて、頭から浴びる。両手を壁に突き、今知らされたばかりの衝撃について考え続けた。身体が冷え切ると、熱いシャワーに再び切り替える。冷水と熱水を交互に浴びながら、タツオはひとつの覚悟が自分のなかで育っていくのを、ゆっくりと待った。

50

翌日から朝と夕に柳瀬波光から確認のメールが送られてくるようになった。

マンゴーは届いたか？

いつも一行だけのメールだった。ウルルク名産の果実にかけているのは、かの地から送られてくるはずの案件であるからだ。それがいったいなんであるのか、タツオはしらない。この話をでっちあげたジョージもしらないだろう。ただ情報保全部と進駐軍の反逆島派は、必死になってそのなにかを求めている。けれど、その秘密のなにかがタツオの元に届くことはなかった。

二日後、タツオたち三組一班はピクニックにでかけた。瑠子さまとサイコもいっしょだ。別荘の敷地は広大で一〇〇〇メートルを超える高さのトレッキングに最適な山まである。

早朝に別荘を出発して、山の頂にある山小屋というには贅沢《ぜいたく》すぎる山荘を目指すことになった。男子はキャンプのための荷物の数々、女子はお手製の弁当をもってくる手はずである。

瑠子さまとサイコには通常身辺警護のＳＰがつくが、半ダースほどの男たちは特例として、数十メートル離れたところを目立たないようについてくることになった。瑠子さまのようにやんごとない身分の皇族にも、人としての青春は必要だ。皇族への崇拝の篤《あつ》い日乃元皇国でも、そのくらいの常識はある。

七合目まで登り切ったところで、サイコが命令した。

「ここで休息をとります。お昼の準備をしなさい」

クニがうんざりした声をだした。テニスコートほどある緑の平地が広がっている。

「はいはい、お姫さま。すぐにブランケットをだしますだ」

タツオもバックパックをおろした。重さは二〇キロを超えるが、養成高校で鍛えた身体にはそれほどの重さでもない。ジョージが一段低い斜面を見るといった。

「むこうも休息をとるみたいだ」

腕時計を確認する。まだ一一時前だが、今朝は六時に別荘を出たので、昼食にはちょうどいいだろう。瑠子さまがデイパックから、三段重ねの漆《うるし》の重箱をとりだした。橘の御紋が金箔《きんぱく》で押してある。クニが目を丸くした。

「それって、皇族専用の弁当箱なのかな」

瑠子さまは別にめずらしくもなさそうにいう。

「よくわからないけど、お弁当箱って、みんなこんなものなのじゃないの？」

テルが周囲を警戒しているのがわかった。気がついてみると、このクラスメイトはつねに危険に備え、あたりに注意を払っている。逆島家の再興を目指す暁島会。この若さでテルはその秘密組織のメンバーで、タツオの身を守るという任務についている。

重箱が開かれた。昆布《こんぶ》の煮物、アワビの酒蒸し、伊勢エビの姿焼、根菜の炊きあわせに卵焼き。どれも日乃元の伝統料理だった。

「これ、全部、瑠子さまがつくったんですか」

ついタツオも口にしてしまった。見事なものだ。瑠子さまは恥じらいを浮かべ、うつむいてしまった。

「あんまり見ないで。みなさんの口にあうといいんだけど」

「うおー！　やった」

男子のあいだから獣のような声が聞こえる。サイコが口をとがらせていった。

「わたしはおにぎりの当番だから。文句はいっさいいわないように。いえば、殴るからね」

デイパックから地味な風呂敷に包んだ塊をとりだした。結び目を解くと、アルミ箔に包まれた三角ではなく丸いおにぎりの山があらわれた。ひとつひとつのおおきさはソフトボールほどあった。

「懐かしいな、サイコのおにぎりだ。あい変わらずでかいなあ」

小学生の頃からたべなれているタツオは手榴弾《しゅりゅうだん》よりおおきなおにぎりに手を伸ばした。ヨーグルトのカップが宙を飛んでくる。

「うるさい、わたしは手がおおきいの。普通ににぎると、そのサイズになるんだからね」

サイコの手先が不器用なことは黙っていた。タツオはヨーグルトを避けると、ひとつつかんだ。先にたべていたジョージがいう。

「うわー、おかかと梅干しと焼き鮭が全部入ってる。東園寺さん、これ、すごくおいしいよ。ひとつあれば、おかずがいらないくらいだ」

進駐官養成高校歴代一位の天才に褒《ほ》められると、気の強いサイコが顔を赤くした。

「無理して褒める必要なんてないから」

山の半分ほどを風呂敷に包み直すと、サイコは立ちあがった。

「ちょっと待ってて。これ、瑠子さまのSPの人たちに差し入れしてくるから」

「あっ、じゃあ、こちらのちいさなほうもお願いね」

瑠子さまが開いていない小型の重箱をサイコに手渡した。瑠子さまは紙皿の上に形よく、重箱の中身を盛りつけ、男子の前においてくれる。クニが叫んだ。

「皇女さまにおかずをとり分けてもらうの、おれはもう一生ないだろうな。いただきまーす」

高価なアワビや伊勢エビをダストシュートに生ゴミでも投げ入れるように平らげていく。タツオは瑠子さまの手料理をゆっくりと味わった。アワビは噛まずに千切れるほどやわらかい。

ジョージが頂の向こうの空を見あげた。まぶしい雲が広がっている。

「なにか、聞こえないか」

テルが箸をおき、即座に警戒体勢に入った。

「聞こえる、この音は……」

「なんだよ、なにも聞こえないよ。それよりこの焼きタケノコうまいですね、瑠子さま」

テルが叫んで、クニの口を押さえた。

「おまえは静かにしてろ」

ジョージが耳を澄ませている。タツオにも空の彼方《かなた》から届く波打つような響きが聞こえ始めた。

「これはローター音だね」

ジョージは素早く立ちあがると叫んだ。

「みんな、むこうの林のなかに走れ。ヘリがこちらにやってくる。敵か味方かわからないが、ここにいたら簡単にやられるぞ」

タツオは雑草が生《お》い茂る平地を見渡した。林の端まで三〇メートルほどある。山の頂を見あげると、ようやくヘリコプターの機影が確認できた。軍事用の大型ヘリが二機、まっすぐにこちらを目指し、空をよぎってくる。

エンジンとローターの回転音はもう稲妻のように激しかった。ジョージが前髪をかき分けて叫んだ。

「走れ」

ほぼ同時に胴体の両サイドに突きでたロケットランチャーから空対地ミサイルが発射された。数百メートル上空で白煙があがる。

タツオは瑠子さまの手を引いて、山の斜面の暗い森を目指し、全力で駆け始めた。

のどかな夏山の斜面が戦場になった。

軍用ヘリコプターが発射したミサイルは、先ほどまでタツオたちが昼食をたべていたブランケットに着弾する。瑠子さまお手製の料理が詰まった重箱が宙を飛んだ。サイコのお握りもアルミ箔を夏の陽にきらめかせながら飛び散っていく。

「あー、おれたちの昼めしが！」

クニが振り向いて叫んだ。テルがいう。

「昼めしより自分の命を心配しろ。全力で駆けて、林に逃げこむんだ」

タツオは瑠子さまの手を引いていた。いつの間にか思い切り握ってしまったようだ。

「タツオ、痛い」

「すみません」

タツオはそういったが、今度は細い手首をつかんで走り続けた。女の子の手首は男子の手首よりも細くて華奢《きゃしゃ》なんだな。ミサイルによる空爆の白煙のなかを突っ走りながら、おかしな印象をもつ。

タツオは冷静にミサイルの着弾を数えていた。これまでに計四発、どれもすこし離れた場所に落ちている。あまり照準の精度は高くないようだ。

「こっちだ」

ブナやニレなど密生した落葉高木の林に突入する。ひときわ緑の濃い陰からジョージが声をかけてきた。

「上空から見えないように伏せろ」

サイコの鮮やかなレモンイエローのフィールドパーカに気づくといった。

「それは脱いで、すぐに捨てるんだ。目立ちすぎる」

サイコは無言で脱ぐと裏返しにして着直した。

「これ、リバーシブルなの」

裏面は進駐官にふさわしいジャングル迷彩だった。斜面の下のほうから男たちの叫び声が聞こえてくる。ジョージがいった。

「テル、むこうでSPはなにをしてる？」

テルはシダの葉の下で腹ばいになり、双眼鏡を使っていた。

「ヘリコプターが二手に分かれた。一機はSP、もう一機がこちらを狙ってる。SPのおっさんたちは、さっきの草原から抜けられないみたいだ。林を遠回りしてこちらに向かってくる」

タツオはブナの巨木のしたにしゃがみこみながら、まだ瑠子さまの手首を握り締めていた。サイコが切れ気味にいう。

「いつまで皇女さまの手を握ってるのよ。タツオ、あんた、不敬よ」

「あっ、すみません、瑠子さま」

火のついたティッシュペーパーでも投げるように、あわてて手を放した。瑠子さまが顔を赤らめていった。

「いいえ、だいじょうぶよ。安全な場所まで誘導してくれて、どうもありがとう」

戦闘状態のなかで聞くていねいなお礼は優雅だが、ひどく場違いな気がした。なんとしても、この人を傷つけるわけにはいかない。瑠子さまはいつか日乃元の女皇になるかもしれない人だ。ジョージがテルにきいた。

「こちらを狙ってるヘリはどうなってる？」

テルはシダの下ばえを折りとると、砂色のマウンテンパーカのあちこちに挿していく。顔には湿った土を塗りたくった。

「カモフラージュだ。ないよりは増しというくらいだがな」

緑の陰からゆっくりと匍匐で進み、日の当たる場所に顔だけ覗かせた。軍の小型双眼鏡は日乃元の先進の光学技術を応用し、一二倍の倍率と夜でも偵察可能な暗視性能を誇る。

「まずい」

「なにがだ？」

ジョージが低く質問する。タツオも顔に土をなすりつけた。テルの横に這っていく。

「あいつを見ろ」

仰向《あおむ》けになって、抜けるように澄んだ夏の青空を見上げた。禍々《まがまが》しいローターを回転させ、軍用のヘリコプターがふわりと静止している。三人でヘリコプターを観察する。ジョージがいった。

「あれは五王重工の軍用無人ヘリだな。あの型は去年の改造で、新兵器を積んでいたはずだ。テル、覚えているか」

「ああ、ほんとに最新型なら最悪だ」

タツオはヘリコプターの腹がふたつに割れるのを呆然と見つめていた。そこからばらばらと六機の小型のドローンが羽虫のようにばら撒かれた。テルが双眼鏡を投げ捨てながら叫んだ。

「あいつも自動操縦だ。林の中に下りてきて、子機でおれたちの位置を確認するつもりだ」

クニが情けない声できいた。

「見つかったら、おれたち、どうなるんだ？」

テルはもう返事をしなかった。バックパックから自動小銃をとりだし、本体に銃身と銃把《じゅうは》をはめこんでいく。流れるような手つきで、十数秒でスコープまで装着した。

返事をしたのはジョージだ。こちらもテルに負けない見事さで、自動小銃を組み立てている。

「位置情報が知られたら、それでぼくたちはアウトだ。上空から空対地ミサイル、あれは五王のだから『烈龍《れつりゅう》』でドカン！　一発でやられる。各自散開せよ。自分の武器で、あのドローンを撃ち落せ」

こちらは三組一班の男子が四名、それに瑠子さまとサイコの女子が二名。あわせて六名で各自が一機ずつドローンを撃ち落せば、なんとかこの場をしのげるはずだった。

タツオは舌打ちした。照準の正確な長ものの自動小銃をもってきていなかった。タツオがバックパックに突っこんできたのは、拳銃と一二発入りの予備弾倉がふたつだけ。スコープもレーザーダットサイトも進駐官養成高校の寮においてきてしまった。有効射程がせいぜい二〇メートルほどのハンドガンで、スコープもなしに、あのドローンが落とせるのだろうか。

「瑠子さま、ぼくといっしょにきてください」

散開命令がジョージから出されていた。固まっていたら一発のミサイルで全滅してしまう。タツオは再び瑠子さまの細い手首をつかむと、林のさらに奥にむかって中腰のまま駆けだした。

「待って」

迷彩パーカ姿になったサイコが、タツオと瑠子さまの後を追ってきた。タツオはブナの巨木にもたれかかって叫んだ。

「散開命令が出ているだろ。サイコは誰か別なやつと組んだほうがいい。ジョージなら、ぼくとくるより安全だ」

足元に滑りこんでくると、東園寺家のお嬢さまがいった。

「逃げるためにきたんじゃないわよ。瑠子さまをハイキングに誘ったの、わたしでしょう。タツオだけだと頼りないから、瑠子さまをお守りしにきたの」

サイコがバックパックから、スティック状の道具を抜いた。この緊急事態に口紅だろうか？　くるくると回転させて、自分の顔にぬりたくる。戦闘に向かう未開の部族のように顔にまだらの影ができた。

「肌荒れしない自然素材だけでできたシャドーなんだ。瑠子さま、目をつぶって」

サイコは森のなかで白い顔が目立たないように瑠子さまにもシャドーを塗っていく。

「これでよし。タツオ、武器はある？」

九ミリ口径のハンドガンを顔の高さにあげた。黒い銃身がひどく頼りなく見える。

「あんた、それだけしかもってきてないの」

「そういうサイコはどうなんだ」

瑠子さまは目を丸くして、戦場に変わった夏山で怒鳴りあうタツオとサイコを見つめていた。

「重たい銃なんて、女子がもってくる訳ないでしょ。わたしにはこれがあるのよ」

サイコの手には最新型の情報端末があった。

「ピンクは特注のカラーなんだからね」

林の頭上では大型の無人ヘリが不気味に羽ばたき、林の内部ではそこから放たれたドローンがタツオたちを捜索していた。人間の逃げ足とヘリコプターの速度では比較にならない。ここで迎え撃つしかなかった。

サイコが端末で電話をかけながらいった。

「あと五分だけ耐えて。そうしたら、あのヘリは東園寺がなんとかする」

「どういうことだ？」

「この別荘には垂直離着陸ができる支援戦闘機があるの。スクランブルをかければ、五分でここまでやってくる。軽装備だけど、五王のあんな無人ヘリくらい一撃よ」

オペレーターが電話に出たようだ。サイコは的確に状況説明を行い、出撃依頼を出した。タツオはいった。

「瑠子さまはサイコとここに隠れていてください。枝や草でカモフラージュするのを忘れないように。あのタイプのドローンはまだカメラが旧式で、林のなかでは目が利かないはずです」

瑠子さまが必死の目で見あげてきた。

「タツオはどうするの？」

タツオはなんとか余裕があるような笑顔をつくれた。胸の奥で心臓が破裂しそうな勢いで脈打っている。

「ここを離れて、おとりになります。ぼくにはこれがある」

拳銃を顔の高さにあげる。タツオは射撃があまり得意ではなかった。

「ご武運を」

「ありがとう。サイコ、瑠子さまを頼むぞ」

瑠子さまのフィールドジャケットの無数にあるポケットに、サイコがつぎつぎと木枝や草を挿していく。人間生け花のようだ。カモフラージュの名人の手にかかれば、敵の足元でさえ気づかれずに隠密行動が可能だ。

タツオはブナの巨木の位置を記憶にとどめ、足音を殺して林のなかを駆けだした。

51

山の斜面から乾いた銃撃音が響いた。あの音はジョージとテルの74式突撃銃だろう。ぱんぱんと軽い発射音は、クニの77式自動拳銃だ。タツオが手にするものと同じ進駐官制式拳銃だった。

タツオは叫んだ。

「五分ねばってくれ。サイコがスクランブルを依頼した」

クニの叫び声が林の奥から届く。

「こんな山奥のどこに基地があるんだ」

タツオは叫び返した。

「山荘にVTOLがあるらしい」

「すげえな、どんだけ金持ちなんだよ。垂直離着陸機か」

タツオも林のなかに向かおうとした。斜め右上空から、羽虫のようなかん高いローター音が聞こえた。同時に目の前にドローンがあらわれる。横跳びに身体を投げ出し、一回転するとタツオは伏射の姿勢をとった。77式の照準に丸い機影を捉える。二発ずつ二度射撃した。銃弾は見事に本体に当たり花火が散ったが、ドローンは何事もなかったかのように上空に戻っていった。

走ったら撃つ。敵に位置を知られたら、とにかく走る。タツオは進駐官養成高校の訓練どおりに駆け出していた。

内心の焦りは激しかった。ただひとつの武器である自動拳銃は効果がない。

「ジョージ」

草むらのなかに跳びこんで叫んだ。

「ジョージ、いるか？　あのドローンはどうやって落とせばいい」

「中央のアンテナと制御部を狙え」

その声が耳元から優しく聞こえて、タツオは鳥肌が立った。いつの間にかこのクラスメイトは自分の背中をとっている。必殺の間合いに入られたのに、自分は気がつきさえしなかった。これが本物の戦場で、ジョージが敵ならもう死体になっている。もっともジョージほど優秀な兵士は、エウロペでもアメリアでも氾でも数えるほどしかいないだろうが。

「驚かせるなよ」

タツオは冷や汗をかいて振り向いた。土で汚したジョージの顔がすぐ近くにある。目はいれたての紅茶のような明るい茶色だった。

「本体は拳銃弾に対しては防弾仕様になっている。だけどむきだしのローターとポールは別だ。テルとぼくで三機落した」

「武器は積んでる？」

「あのおおきさだし、銃器や銃弾の重さを考えると、搭載はむずかしいだろう。ただ爆弾なら考えられる。敵のそばで爆発させるだけだ。精密射撃のコントロールも必要ない」

一連の発射音が連続した。タツオはその音のリズムだけで、何発の銃弾が発射されたのか聞き分けられるようになっている。今のは二連射だ。煙を噴きながら、ドローンが林から滑り出て、山の斜面に激突した。ちいさな火球が生じるが、大爆発にはならない。タツオは質問した。

「どう思う？」

「爆弾は積んでいないようだな。だけど信管が不発なだけかもしれない。気をつけたほうがいい」

林の奥からテルが74式を左右に振り、周囲を警戒しながらあらわれた。

「残りは二機だ。お姫さまたちはどうしてる？」

「林の奥においてきた」

腰を低くして小走りにテルが近づいてきた。タツオの様子を見て、顔をしかめる。

「おまえ、拳銃しかもってこなかったのか。クニとタツオは失格だな」

スコープを装着した74式突撃銃はプラスチックの部品を多用していても、四キロ弱はある。替えのマガジンを加えれば五キロを超すだろう。それを女子生徒とのピクニックにもってくる。おかしいのは、テルとジョージのほうだった。

そのとき、ローター音と女子の叫び声が同時に響いた。顔を振りあげると、高高度からドローンがまっすぐに降下してくる。テルはすぐにひざをついて空に銃口を向けた。

「クソ、制御部には装甲があるぞ」

スコープを覗きこんでいる。爆弾を非搭載なら、ドローンなど怖くはなかった。心配なのは、サイコと瑠子さまだ。あのふたりを傷つけるわけにはいかない。

「タツオ、きてくれ」

ジョージが青い顔をしていった。

「さっき木の根につまずいた。足首を捻挫《ねんざ》したようだ。ぼくは走れない。タツオが先に彼女たちのほうにいってくれ」

タツオは風のように走りだしながら、叫び返した。

「わかった。あとできてくれ」

52

深い林のなかの一五〇メートルは、四〇〇メートル走ほどの距離感だった。足元は斜面で、草が生い茂っている。ひどく走りにくい。運動神経抜群のジョージが捻挫するくらいなのだ。タツオは悲鳴の方角へ細心の注意を払いながら駆けた。

「サイコ、だいじょうぶか」

東園寺家の気の強いお嬢さまの返事が即座にきこえる。

「ドローンがきてる。タツオ、早く」

林の奥に入った。ブナの巨木が見える。そこだけ頭上が抜けて、空からまっすぐに光がさしていた。ふたりはちいさな家ほどある巨木の幹にもたれていた。サイコは瑠子さまをかばうように、両足を踏ん張って立ち尽くしている。

ふたりから一〇メートルほど離れてホバリングしているのは、五王重工の偵察用小型ドローンだった。この場所の位置情報が今にも親機に流され、空対地ミサイル「烈龍」が撃ちこまれるかもしれない。高性能の成型炸薬一一〇キロが爆発すれば、あの巨木の幹ごとふたりは跡形もなくなるだろう。

「伏せろ、サイコ、瑠子さま」

　距離は三〇メートル近くあった。だが、もう時間がない。タツオは片膝をついて、両手で教科書どおりに拳銃をかまえた。右手で銃把《じゅうは》を軽く握り、マガジンの下に左手を添える。息は止めない。77式自動拳銃は銃身の先の照星に白いマル印が刻まれている。77式の有名な白星だった。

　タツオはその先にドローンを捉えた。こちらに気がついたようだ。遠隔操作なのか、自動操縦なのかわからないが、生きものを相手にしているような錯覚が起こる。ドローンがゆっくりとホバリングしながら、タツオに向かって回頭した。ドローンのカメラがこちらを向く。

　ドローンがぐんと斜めに沈みこんだ。タツオに向かって速度をあげ、接近してくる。狙いをサイコと瑠子さまから切り替えたようだ。タツオはもうなにも考えなかった。静かに息を吐きながら、二発ずつそっと引金を絞る。

　一度目、二度目ははずした。焦りはない。こちらに向かってくる限り、サイコと瑠子さまは安全なのだ。まだマガジンもふたつある。三度目の連射でアンテナを支える基部を銃弾がかすめた。ドローンは姿勢制御が不安定になったようだ。ふらふらと左右に揺れながら、こちらにむかってくる。

　そのとき、ドローンの胴体底部が左右に割れた。爆弾でも投下するつもりだろうか。中から銀色に輝く円筒形の物体が射出された。ロケットではないようだ。煙は噴いていない。だがラグビーボールほどの未知の物体が空中を飛んで、こちらに向かってくる。もう逃げることは不可能だった。

あのふたりの身代わりになるのなら、そう悪くない最期かもしれない。

タツオは目を閉じ、死を覚悟した。

53

頭上で轟音《ごうおん》が鳴り響いた。一〇〇の雷鳴をあわせたよりも強烈だ。

サイコが約束した五分が過ぎたようだ。謎の戦闘ヘリコプターを迎撃するために、スクランブル発進したＶＴＯＬがようやく飛来したところだった。

直下で聞く垂直離着陸戦闘機のジェットエンジン音は、耳だけでなく身体全体を殴りつけられるようだった。サイコと瑠子さまがこちらに向かって、なにか叫んでいた。口の動きが見えるだけで、なにも言葉はわからない。

ジェット噴射が巻き起こす奔流《ほんりゅう》のような突風が地上を揺さぶっていた。背の低い野草が嵐の海のように荒れ狂っている。タツオは不思議な時間のなかにいた。自分でも気づかぬうちに逆島流時間操作技「止水」を発動していたのかもしれない。すべての光景がスローモーションで動いている。

　数メートル先の空中で揺れているドローンは、二つに割れたフラップを胴体から下げている。名手のパスのように空中をふわりとこちらに飛んでくるのは、楕円形の金属球だった。たぶん炸薬《さくやく》の詰まった爆弾なのだろう。自分は東園寺家のお嬢さまと第二位の皇位継承者を守って、ここで死ぬのだ。名誉の爆死だ。

　戦闘中とはいえ、東園寺家の敷地内だった。進駐官養成高校で亡くなった五十嵐高紀のように二階級特進はあるのだろうか。死ぬ前に階級のことを考えるなど、偉そうなことをいっても、自分だって欲深いものだ。母親に送られる遺族年金の額が違うのだから、当たり前ではあるのだが。

　頭上で東園寺家のＶＴＯＬから空対空ミサイルが放たれた。夏空に白いリボンのような煙を引いて、まっすぐに親機の無人ヘリコプターにむかっていく。

「伏せろ！」

　この叫び声はきっとジョージだ。あいつなら、あとをまかせられる。タツオは77式自動拳銃を投げ捨て、地面に倒れこんだ。青臭い夏草の匂いで胸が染まりそうだ。

　頭上でミサイルの爆発する音が響いた。タツオはひどく汗をかきながら、自分の死を連れてくる小型爆弾が破裂するのを待った。銀色の楕円形の金属が伏せたタツオの顔の横に落ちた。銀の腹に夏の光を跳ね散らしながら、こちらに転がってくる。

過呼吸と発汗が止まらない。こんな至近距離で爆弾が破裂したら、自分の顔は親にも見せられないほどずたずたにされてしまうだろう。最悪のデスマスクだ。なんて嫌な死にかたなんだ。

逆島断雄はぎゅっと目を閉じて、死までの数瞬に備えた。草の匂い、夏の日ざし、ジェット戦闘機の轟音、高性能火薬の鼻を刺す刺激臭。狂おしいほどの感覚が流れこんでくる。

74式突撃銃の連射音が軽快に鳴った。タツオは恐るおそる顔をあげた。ジョージが最後に残ったドローンを銃撃したところだった。ドローンはバランスを失い、斜めに空を滑ると林のなかに墜落した。爆発音はしない。

「いつまで寝てるんだ」

ジョージの編あげの軍靴《ぐんか》が目の前にやってきて止まった。

「こいつはいったいなんだろう」

タツオが上半身を起こすと、ジョージが手を貸してくれた。死を覚悟していたとはいえずに、汗だくのタツオはクラスメイトの前で顔を赤くした。不気味な楕円形の金属を見つめていう。

「不発弾かな」

ジョージが目を細めていった。

「いや、こんなタイプの爆弾を五王重工のカタログで見た覚えはない。空中で撃ちだすなら、姿勢制御のためにちいさなフィンでもつけてるはずだ。ラグビーボールに似た小型爆弾なんて、きいたことがない」

そういえばふらふらとおかしな回転をしながら、この金属は飛んできた。ジョージが手を伸ばして、楕円球を拾いあげた。

「ひどく軽いな」

こちらに差しだしてくる。タツオもあまりの軽さに驚いた。

「なんだ、これ。炸薬が詰まってるどころか空っぽみたいだ」

アルミ合金を磨いて造った楕円球の中央には、髪の毛ほどの筋が一本走っている。タツオは無意識のうちに金属の殻を上下にひねっていた。ぬるりと濡れたような感触ののちに、アルミの半球が回った。

「なにか入ってるみたいだ」

正確に三回転半後、楕円の金属球が開いた。中はグレイの発泡ウレタンで満たされている。開いたすき間に三センチ角の透明なクリスタル板がはいっていた。タツオはそれを抜きだした。

「わけがわからない。これはいったい……」

ジョージが興奮して叫んだ。

「アクセスカードだ」

「なんにアクセスするんだよ」

遠くから男たちの叫び声が届いた。

「瑠子さまー、ご無事ですかー」

謎のヘリコプターが撃墜され、瑠子さまのSPたちがこちらに向かっている。ジョージは楕円の金属ケースを、林の下ばえのなかに蹴りこんだ。

「話はあとだ。どこの誰かはわからないが、タツオにそのカードを届けたいやつがいるみたいだ」

まるで意味がわからなかった。こんな手間をかけるなんて信じられない。

「それなら普通に手で渡すとか、郵便ででも送ればいいのに」

ジョージがやれやれという顔をした。

「きみは知らないのか。養成高校の生徒に送られてくる手紙や荷物は、柳瀬の部下の手で全部中身を調べられている。ほんとうのことなど手紙には書けないし、大切なものは郵便なんかじゃ送らない。それが戦時体制だろ」

情報保全部はただの進駐官の卵にさえ、そこまでやるのだ。これからは決して手紙に本心を書くのは止めようとタツオは決心した。

「瑠子さまー」

SPが血相を変えて、サイコと瑠子さまのいるブナの巨木に駆け寄っていく。タツオやジョージなどきれいに無視していた。タツオは胸ポケットのボタンをはずし、クリスタルのカードをそっと落とした。

54

帰り道ではSPの男たちは、瑠子さまからかたときも離れなかった。サイコにも東園寺家の使用人がべたりと張りついている。

ふたりと話ができたのは、リゾートホテルのような東園寺家の山荘が見えてきたところである。ヤシの木の天辺《てっぺん》が午後の日ざしをのどかに浴びている。南国のようだ。とても迎撃用の戦闘機をひそかに装備しているようには見えなかった。

サイコが早口でいった。

「わたしはこれから一日中お説教だよ。瑠子さまを危険な目に遭わせたから、こってり絞られると思う。そっちも気をつけて」

タツオはうなずき返した。

「ああ、わかってる。全部済んだら、ちょっと話がある」

瑠子さまがていねいに会釈してくれた。第二皇女が立ち止まると、周囲をとりまく男たちもあたりを警戒しながら立ち止まる。タツオはこの男たちの仕事のほんとうの中身を知っていた。襲撃があったとき、自分の身体を盾にして、瑠子さまを守るのだ。SPは進駐官とは異なるが、命がけの厳しい仕事である。

「お昼もゆっくりたべられなくて、残念だったわね。でも、タツオがわたしを守ってくれたことは忘れない。これでひとつ借りができた。いつか必ずお返しします。では、ごきげんよう。わたしは明日、ここを発ちます」

「もったいないお言葉、ありがとうございます」

タツオは最敬礼で応えた。自分が瑠子さまの身を守ったとはとても思えない。最後のドローンを撃ち落したのはジョージだ。けれど同じ年の愛らしい第二皇女から、謝意を伝えられて、うれしくないはずがなかった。この言葉ひとつを賜《たまわ》るためなら、命を捨ててもかまわないという皇室マニアは、日乃元にはいくらでもいる。

瑠子さまとサイコが賓客用の控室に連れていかれると、男子だけが残った。柳瀬波光は乗馬中だったようだ。山荘の豪華なロビーに、乗馬服姿で、右手に鞭を提げ立っている。青白い額に血管を浮きあがらせ、情報保全部員はいった。

「つくづくおまえたちは災難を呼ぶな。呪われた三組一班か。話は順番に聞かせてもらう。まず最初に逆島断雄、こい」

貴賓用スイートルームで、この鷲のような男との時間が待っている。タツオは胸ポケットのクリスタルカードを意識しながら、情報保全部のエリートの後をついていった。

取り調べは九〇分弱だった。

無人ヘリコプターによる襲撃について、四度繰り返して証言を求められた。いい間違いや記憶のミスを、柳瀬波光は許さなかった。徹底して問い詰められるのだ。尋問の方法をタツオは身をもって学んだ。いつかこうした陰湿な技が自分の身に役立つことがあるのだろうか。皮肉な思いは止められない。

一連の出来事のなかで、タツオが一切ふれなかったのは、あの謎の金属球とクリスタルカードについてだった。すくなくともこの件については、ジョージときちんと話をするまでは、ほかの誰にも漏らすつもりはなかった。それが進駐官養成高校でも、情報保全部でも、東園寺家でも変わらない。今のタツオには誰が敵で、誰が味方かわからないのだ。信用できるのは、三組一班とせいぜいサイコくらいのものだ。

尋問が終了して、スイートルームを離れる直前、柳瀬波光が鋭く目を光らせていった。

「あのメール以来、なにも貴様のところに届けられていないいな」

じっと目を見つめてくる。いつもの人を信じない目だった。

「はい。なにも」

タツオは幼い頃から、胸のうちを隠すのが得意だった。近衛家の名門に生まれたが、進駐官にはなりたくない。父の友人から将来なにになりたいかと質問され、いつも嘘をついていた。「父のような立派な進駐官になりたい」と心にもないことをいっていた。

タツオは低姿勢になった。こういう男は相手が下手に出ることに慣れているはずだ。プライドを捨てていう。

「なにかあれば、いつでも柳瀬さんにご報告します。ご心配なく。それより以前、経済的に困ったときは自分を頼れと、おっしゃってくださいましたよね。仕送りが厳しいので、いくらか小遣いを貸していただけないでしょうか」

柳瀬は意外そうな顔をした。

「ほう、わたしを頼りにするとはいい心がけだ」

男は乗馬服のポケットからマネークリップで留めた紙幣を抜きだした。数もかぞえず適当につかんで差しだす。

「返そうと思う必要などない。情報保全部員の機密費は天井知らずだからな。すべて日乃元の税金だ。せいぜいうまいものでもたべて、身体をつくりなさい」

「ありがとうございます」

タツオは敬礼をして、ドアを閉めた。手のなかにある金をかぞえる。大卒者の初任給二ヵ月分を超える大金だった。柳瀬波光のいうとおり、三組一班に最高級のステーキでもおごってやることにしよう。

タツオはその汚れた金をすこしでも早く手放したくてたまらなかった。

55

「問題はこいつがどこのデータベースへのアクセスカードなのかだ」

ジョージの手には薄いクリスタルのカードがあった。てのひらに楽に隠れてしまうような薄片は、虹色にプールサイドの明かりを反射していた。

ジョージとタツオは夜のデッキチェアに寝そべっていた。自分たちが泊まっている部屋では、情報保全部の盗聴が心配だった。

サイドテーブルには情報端末が置いてある。ふたり分の端末は同期され、同じ音楽を流していた。夏の夜にふさわしい気だるいリズムのボサノバだ。

ここは野外なので盗聴は困難だろうが、一応警戒し、ノイズ代わりに流しておく。

高感度マイクと集音機をつけたライフル銃のような形をした指向性の遠距離盗聴器も存在する。用心に越したことはないだろう。

「ひとつわからないことがある」

タツオは夢のように青いソラマメ形のプールを眺《なが》めていた。昼の襲撃が幻のようだ。

「なんだい？」

ジョージは手のなかのアクセスカードをていねいに観察している。そこには製造番号も、メーカー名も、国名もなかった。

「あの謎のヘリコプターのことだ。確かにぼくたちはなんとか偵察用のドローンを撃ち落すことができた」

ジョージがデッキチェアで身体を起こした。胸の筋肉がゆっくりと引き締まる。

「ああ、そうだ。落したのはぼくとテルだけどね」

ハンドガンしかもっていなかったタツオとクニは一機も撃墜できなかった。サイコには散々あとで皮肉をいわれそうだ。

「つぎからは必ず突撃銃をもっていく。それよりも、こっちが気になってるのは最後の一機のことなんだ」

ジョージはじっとタツオの目をのぞきこんできた。興味を示したようだ。

「どういう意味」

「あのとき、林の奥から悲鳴が聞こえた。サイコと瑠子さまだ。ぼくは駆けていったけれど、たっぷりと一分はかかっていたと思う。どう思う？」

「そういえばそうだな」

電子戦が発達した現代では、六〇秒は果てしないほど長い時間だった。タツオは頭のなかで戦闘を再現しながら、ゆっくりと確認するように話した。

「ぼくが駆けつけたときには、ドローンはサイコと瑠子さまをすでに発見していた。普通なら発見直後に上空の親機に位置情報を知らせる。『烈龍』の威力ならそれほど正確である必要さえないだろう。即座に高高度から空対地ミサイルを発射して、すべて片がつく」

ジョージが静かにうなずいた。

「ミサイルの着弾まで、距離にもよるが五、六秒というところかな」

「そうだ。それなのにあのドローンは大好きな花を見つけた蜂のように、サイコたちのまわりを飛びまわっていた。いくらでも位置情報をしらせる時間があったのに」

混血の同級生はふうと息を吐いた。

「確かにおかしいな」

「ぼくがふたりの名前を叫ぶと、今度はまっすぐこちらに向かってきた。捜している相手がようやく見つかったたって感じだった。どうしてぼくなんかよりもずっとターゲットとして価値の高い瑠子さまを無視して、こちらに飛んできたのだろうか」

ジョージが長い前髪をかきあげた。頰が上気しているのは、興奮しているのだろう。なにかおおきな秘密に手がかかったような気が、タツオもしている。ジョージはいう。

「先に瑠子さまを見つけた段階で、ミサイルを一発。タツオにもう一発。五王重工の戦闘ヘリは『烈龍』を両サイドに二基ずつ下げている。余裕で瑠子さまとタツオを排除できた訳だな」

タツオは両手を頭の後ろで組んだ。緊張しているように見られたくなかった。自分たちは退屈だから、夜のプールに遊びにきている。話は戦闘ヘリによる襲撃ではなく、同世代の女の子についてだ。すくなくとも情報保全部にはそう見なされなければならない。

「ほんとうにターゲットの完全排除が目的なら、あの襲撃計画は完璧だったんだ。戦闘ヘリはたっぷりと時間的な余裕があったはずなのに、ミサイルを発射しなかった。その代わりに……」

ジョージがそのあとを続けた。

「あのアルミのラグビーボールみたいなやつを、タツオにパスして寄越した」

「どういう意味だと思う。目的は？」

敵か味方か分からない謎の相手は、今日の午後なにをしようとしていたのだろう。

ジョージは親指とひと指し指で、透明に夜を透かすカードを示した。

「最終的な目的まではわからない。でも、何十億もする戦闘ヘリコプターを二機撃墜されてもいいから、このカードをタツオに届けたかったんだろう。それもこの山荘内では嫌だった。あいつらに見つかるから」

ちょうどカップルがプールの向こう側にやってきた。甘い雰囲気など欠片《かけら》もない。男は柳瀬波光といっしょにいるところを見かけた気がした。

「カードを返してくれ」

ジョージからアクセスカードを受けとる。こんなものにどれほどの価値があるというのだろうか。有効な情報にアクセスできたとしても、自分にはなにをする力もないのに。いくら見つめても薄い透明なクリスタルは、変わらずに光を反射し、残る半分を透過させている。角度によって鏡にもクリスタルにもなるのだった。

ジョージは意味深にいう。

「あれだけの大芝居を仕組んで、そいつをタツオに届けたんだ。きっときみがそれを生かしてくれると、向こうは期待してるんだな。もしかしてブラックホール爆弾とか、核ミサイルの発射コードだったりしてね。世界が一瞬で滅亡するような」

茶色い髪を風になびかせて、ジョージが軽やかに笑った。タツオはまったく笑う気になれなかった。自分に託された責任が果てしなく重く感じられる。

「そんな極秘データなら、情報保全部じゃなく日乃元政府か進駐軍作戦部がやってきて、とっくにぼくたち四人を軍の重営倉にぶちこんでるよ。そんなもの、ぼくに渡すより、自分で勝手に使えばいいじゃないか」

だんだんと腹が立ってきた。戦いたくもないし、責任もとりたくないのに、誰だかわからない相手が、勝手に秘密を押しつけてくるのだ。訳がわからない。タツオはすべてを投げだしたくなった。逆島家の一員であることも、進駐官養成高校もやめてしまいたい。

「ジョージはこれを見たとき、すぐにアクセスカードだと気づいたよね。だいたいそいつはいったいなんなんだ」

ジョージがデッキチェアで伸びをした。手足が長い。身体のバランスは日乃元人というよりエウロペ人のようだ。いたずらっぽく笑みを浮かべていった。

「夜までたっぷり時間があった。もう調べてはいるんだろ。まさか自分の端末は使っていないと思うけど」

タツオはゆっくりとうなずいた。

「ああ、ひととおりはね。でも、ジョージの口から聞いておきたいんだ」

「わかった」

ジョージは真っ青なノンアルコールカクテルをひと口すると話し始めた。

56

「これは世界中どの軍でも同じだけれど、戦争の勝敗を左右するのは情報なんだ。それは国家対国家の総力戦でも、小隊同士の偶然の接近遭遇戦でも変わらない。戦場ではすべての兵士がウェアラブルのコンピュータ端末を装備している。ぼくたちがもっている突撃銃や自動拳銃にも電子認証がついていて、本人以外の発砲は困難だ。リアルタイムでの情報収集と解析、その共有というのが、この数十年来の戦闘テクノロジーの進化のハイライトだ」

「その話なら授業で聞いたよ」

タツオは冷静に返事をした。作戦部がこれほど絶大な権力を握るのも、情報戦こそ現代の戦争の核心だからだった。作戦部のエリートは地球の裏側で起きている戦闘を、帝都東京の地下深くにある本部から指揮する。進駐官は手足となって、命令通りに兵を動かすのだ。

「きみは父上の逆島靖雄中将から、アクセスカードを見せられたことはないのか」

「いいや、そんなものは見たことない」

夜風が冷たくなってきた。タツオの上半身に鳥肌が立つ。半袖のパーカを羽織《はお》った。

「ぼくは見せられたことがある。これみたいに無色透明なものではなかった。血液を固めてつくられたような赤いアクセスカードだ」

その名前を口にしてもいいのだろうか。エウロペでは裏切り者の代名詞である。

「……アルンデル将軍から？」

ふっとジョージが息を吐いた。

「タツオが気にすることはない。そうだよ。ぼくの父からだ。軍というのは完全なピラミッド型の組織だから、情報の共有といってもそれぞれに段階がある。こうしたアクセスカードは、各国とも中枢になる作戦部と将官かそれに準ずる者に与えられるものだ。きみは気づいていないかもしれないけど、そいつには値段がつけられないくらいの価値がある」

タツオは驚いて、薄いカードを見つめた。

「ダイヤモンドを削りだしてつくったのかな？」

「いや、それは人類が今までの歴史でつくりあげた最も複雑な鍵なのさ。微細加工の粋を尽くして刻んだ数百万行の暗号コードと生体認証を組みあわせた最先端のテクノロジーだ。生体認証もただの指紋なんかじゃない。血管造影と骨スキャン、汗腺から分子数モル単位の個体識別マーカーを読みとる。複製は不可能だし、持ち主以外にはただのクリスタルにすぎない」

よくわからないけれど、すごいもののようだ。これ一枚で家一軒か。

「アクセスカードでなにができる？」

「カードリーダーにつなげば、世界中どのパソコンからでも進駐軍の最重要な極秘データネットワークにアクセスできる。作戦部の二〇〇人と進駐軍の将軍七〇名だけがアクセスできるあらゆる軍事情報だ。魔法使いの杖《つえ》みたいなものかな。あれよりはずっと強力だけど」

タツオにもだんだんとわかってきた。これは戦闘ヘリコプター二機どころか、戦略爆撃機の数編隊に匹敵するほどの価値があるものだ。それが自分の手に託《たく》された。いったい謎の相手はなにを期待しているのだろうか。こんな危険なものを渡しておいて、なんの要求もしてこない。まるで意味がわからなかった。

ジョージが笑いかけてきた。グラスをこちらに向ける。

「とりあえず乾杯しないか。タツオがその気になれば、ぼくたちはふたりでエウロペでもアメリアでも氾でも、どこの国にでも亡命できる。アクセスカードとタツオがいれば、世界中どこにいっても王族のような暮らしができるんだ。どうだい、タツオ？いっしょに国を売ってみないか」

タツオはもうなにも考えられなかった。ある種の恐怖と非現実的な違和感をもって、てのひらのアクセスカードを見つめるだけだった。カードは夜の明かりを跳ねて、羽根のように軽く薄い。進駐軍の極秘情報につうじる扉は、これほど透明なのだ。あまりの落差にタツオは気が遠くなりそうだった。

57

翌日から、なぜかタツオたちは東園寺家の別荘でも周囲から浮くようになった。リゾートホテルのような建物には、進駐官養成高校の生徒だけでなく、近衛四家の子女も大勢避暑にきていた。いっしょに育ったも同然なので、タツオの顔見知りも何人もいる。その誰もがタツオと目をあわせなくなったのだ。

朝のダイニングルームで、バイキングの料理が山盛りになったトレイをもって空席に座る。すると同席していた者がすっと静かにテーブルを離れ、タツオがひとりになってしまう。三組一班の三名と東園寺彩子、それに残念なことだが情報保全部の柳瀬波光くらいしか話をできる人間がいなくなってしまった。

　タツオはいつも誰かといっしょにいることを好まない。ひとりで本を読んだり、音楽を聴いたりするほうが性にあっている。生まれつき孤独を愛する性格だ。それでも意識的にまわりの人間から忌避されるのは、じわじわと胸にこたえた。

　あのヘリコプターによる襲撃以来、サイコと初めて顔をあわせたのは、中一日をおいた朝だった。誰もいないテーブルでヤシの木が植わった中庭を見ながら、トーストをかじっているとがしゃんとトレイが目の前に降ってきた。驚いて顔を上げるとサイコがなぜか怒り顔で立っている。

「タツオ、ここ空いてる？」

　返事を聞く前に椅子を引き、お嬢さまは座ってしまった。

「……空いてる」

「どうして、そんなに暗い顔で、ひとりぼっちで朝ごはんなんてたべてるのよ。あんた、ずっと下向いてたよ」

　自分では普通にしているつもりだった。

「そうか。ごめん。気をつける」

　サイコはニンジンジュースのコップをもつと、生ビールでも飲むようにぐいぐいと傾けた。白い喉がうねって、搾《しぼ》り立てのジュースを流しこんでいく。

「あー、うまい。朝はやっぱり野菜ジュースだよね」

そういうサイコの繊細な唇の上には赤いニンジンの泡が残っていた。

「サイコ、ひげが生えてる」

「わかってるわよ」

紙ナプキンで口をぬぐうと、サイコは丸めたナプキンをタツオに放り投げた。そういえば近衛四家専属の幼稚園のときから、こんなふうにサイコにはいじめられていた気がする。

サイコはクロワッサンをカフェオレに浸し、突然いった。

「タツオ、悔しくないの」

「なにが？」

美少女の目がきっと見開かれた。鋭い視線は東園寺家代々の遺伝だ。サイコは両手を開いて、周囲を示した。

「こういう全部のことがだよ。タツオの周りではなぜか、たくさんの事件や襲撃が起こる。みんながあんたと三組一班のこと、陰でなんて呼んでるか知ってる？　疫病神《やくびょうがみ》とか、呪われた一班だよ」

どうりで誰も自分と同じテーブルで食事をしたがらない訳だった。朝のコーヒーを飲んでいるところを襲われるのは、誰だって嫌だろう。

「そうか。ぼくのせいで、うちの班のメンバーまで……」

あとは言葉が続かなかった。班の構成は成績順で適当に割り振られたと聞いている。ジョージやクニやテルが、自分と同じ班になったのはただの偶然にすぎない。テルの場合、逆島家再興を目指す組織の一員だから、なんらかのコネクションが動いた可能性もあるが、それでも自分さえいなければ、こんな面倒に巻きこまれることはなかっただろう。やはり兄や母のいうことを無視して、普通の大学の付属高校にでもいけばよかった。だいたい自分は軍人に向いていないのだ。

「男は簡単に謝ったりしないもんだよ。タツオは本気ですまないなんて思ってないよね」

心外だった。襲撃事件に巻きこまれた被害者、関係者には申し訳ないと思っている。

「いや、本気だよ。亡くなった人もいるし」

強気のサイコもすこしひるんだようだ。

「五十嵐くんのことだよね。でも、あれはタツオが悪いんじゃなく、敵が悪い。高校の校庭で銃を乱射するなんて、クレージーだもん。あのさ、わたしたちは進駐官養成高校を卒業すると、なんになるの」

ずいぶん当たり前の質問を急に振ってきた。

夏は暑いか、雲は白いか。東島の卒業生は一〇〇パーセント進駐官になる。

「進駐軍の下士官に決まってるだろ」

「そうなれば当然、部下をもつ」

不機嫌にタツオは返した。

「ああ」

「戦闘が起きて、指揮がうまくいっても、いかなくても、ときに部下が死ぬこともある。もちろん自分だって、死んじゃうかもしれないけど」

「わかってる」

サイコがタツオをにらみつけた。

「わかってなんかいない。誰にもそんなこと、実際に経験しなくちゃわからない。でも、ひとつだけ確かなことがある。人の死を乗り越えて、進駐官は一人前になっていくんだ。タツオは五十嵐くんのことで、自分を責めているかもしれない。でも、あの事件はタツオがほかのどの生徒よりも早く成長するきっかけになったはずだよ」

驚いた。このお嬢さまはこちらを励ましにやってきたのだ。

「五十嵐くんだって、タツオがいつまでも下を向いているのを見たくはないはずだよ。ちゃんとしなさいよ、逆島断雄」

サイコの目を見つめた。瞳の奥で揺らめく気配がある。自分に恋でもしているのではないかと錯覚させるような熱を帯びた揺らめきだった。サイコにならば、あのアクセスカードのことを話してもいいかもしれない。東園寺家の力を借りれば、カードの力を何十倍にして引きだせるだろう。

「誰がちゃんとするんだって」

皮肉な声が自分の肩越しに響いた。東園寺崋山、サイコの双子の兄だった。

58

腕組みをしてカザンがタツオを見おろしていた。背後にはとり巻きの生徒たちが五、六名。これも冷たい視線で刺すようにタツオをにらんでいる。

「サイコ、おまえもいつまで、こんな負け犬の相手をするつもりだ。逆島家になど、もう未来はないんだぞ」

サイコはそっぽを向いて、口のなかでつぶやいた。

「バカ兄貴め」

カザンはサイコのことなど気にもかけなかった。タツオを見おろしたままいう。

「だいたいわが東園寺家が、逆島家にどれだけ迷惑をかけられたと思ってるんだ。近衛四家第二席だったのに、タツオの親父をかばって東園寺家までとばっちりをくった。近衛四家第二席が今じゃ、末席の第四席だ。おまえたちだって、近衛四家の席次の重みはわかっているだろう」

タツオは静かにうなずいた。父の逆島靖雄中将から、さんざん聞かされている。

「普通なら席次をひとつあげるのに、二世代も三世代もかかるんだぞ。よほどの国家的貢献か、軍事的な大成功を収めなければ、自分一代で席次をあげることなどできない」

近衛四家は現在、不動の第一席、皇室との関係の深い天童《てんどう》家、第二席が繰り上げになった軍事テクノロジーに強い萬《よろず》家、第三席は日本最大の軍需企業・五王重工をバックにもつ池神家、そして最近は落ち目といわれる東園寺家の四家だった。逆島家は元第三席である。

カザンの口と頭に火がついたようだ。胸を叩いていった。

「いいか、サイコ、ぼくたちは力をあわせて、東園寺家の席次を元の第二位まで押し上げなきゃならない。近衛四家から転げ落ちた没落名家などにかまっている暇はないんだぞ」

はっきりといいにくいことをいうやつだった。カザンは幼稚園の頃、いつもサイコの陰に隠れていたいじめられっ子だったのだが、その子がいまや近衛四家の席次をあげるという。席外となった逆島家の自分には、もう近衛四家の力関係などどうでもいいことだった。

サイコがちいさく叫んだ。

「タツオだって、あきらめた訳じゃない。ちゃんと逆島家の再興を狙ってるんだから。そうでなきゃ、こんなに謎の敵に襲撃されたり、情報保全部に目をつけられたりしてないもん」

おーっと低い声がカザンの背後にいるとり巻きたちから漏れた。サイコの兄が疑わしげにいった。

「本気なのか、タツオ。おまえは本気で逆島家を近衛四家に復帰させようというのか」

口のなかでぶつぶついっている。カザンには目の前にある進駐官の職務より、近衛四家のほうが遥《はる》かに重要なようだった。カザンの目には近衛四家以外の進駐官など、ただの持ち駒に過ぎないのだろう。

「もし、おまえが逆島家再興を目指すのなら、手を貸してやらない訳じゃない。もちろん東園寺家と昔のような関係を結ぶというならな。どのみち東園寺家は上位にある池神家と萬家は追い抜かなきゃいけない。逆島家が上がってくるなら、そのときはどこかの家がひとつ抜けるのが順番だ。そうでなければ近衛四家で収まらない。そうだろ、みんな。五引く一で四だ」

タツオはめまいがしそうだった。ただの「引く一」で、逆島家の人間と縁者たちがどれほどの苦痛と屈辱に耐えなければならなかったか。カザンにはあの苦しみは想像もできないだろう。

タツオは歯をくいしばっていった。

「もしそうなら、ぼくに東園寺家の力を貸してくれるのか」

カザンは胸を張り、腕を組んでいい放った。

「いいだろう。東園寺家の力、すべてを使わせてやる。ただし、逆島家はつねに近衛四家では東園寺の下位席次という約束ができるならな。それができれば、タツオ、おまえとサイコを結婚させてやってもいいぞ」

サイコが真っ赤になって叫んだ。

「ちょっとバカ兄貴、なにいってくれてるのよ」

タツオは考えこんでしまった。逆島家がほんとうに再興可能で、近衛四家に復活できるなら、父の汚名を晴らし、母や兄の屈辱を洗い流せるかもしれない。

あの謎のアクセスカードもある。ジョージという天才的な友もできた。自分さえ本気になれば、逆島家の輝ける黄金時代をとり戻せるかもしれないのだ。

タツオは学園一の美少女を見あげた。サイコがいう。

「なに見てるの、タツオ。あんたまで、バカ兄貴のいうこと本気にしてるんじゃないでしょうね」

タツオは首を横に振った。サイコは確かに美人だが、おまけに過ぎない。すべては自分のこれからの進駐官人生にかかっている。逆島家再興は可能か。タツオは容易に答えのだせない疑問を考え続けていた。

59

「こんな変装でいいのかな」

タツオはジャングル柄のアロハシャツの胸をつまんで引っ張った。野球帽をかぶり、涙滴形のサングラスは鏡のように周囲を反射している。自分の腕をつまんだ。

「それにこのタトゥのプリント。なんだか妙にかゆいんだよね」

両腕にはびっしりと紺色のチェーンのタトゥが入っていた。パンツはだぶだぶのジーンズで、どう見ても地方の不良少年のようだった。

「それでいいのよ」

そういうジョージは長い金髪のウイッグをつけて、ぴちぴちのTシャツを着ている。問題なのは胸のふくらみがあることだった。パッド入りのブラジャーをつけているのだ。下半身はパンツではなくミニスカートだった。元々細身でスタイルのいいジョージが、そんな格好をするとファッションモデルのようだ。

ジョージが腕を組んできた。いい匂いがする。この天才児はきちんとメイクをしているのだ。どこでそんなものを習ったのだろう。なにをしてくるのか予測のつかない生徒だった。

ふたりが歩いているのは、東園寺の山荘からバイクで一五分ほど離れたこの地方の県庁所在地だった。人口は五〇万と少々。日乃元では地方でも中心都市ならば電気街があった。この街では新アキハバラ通りというらしい。県庁近くのビジネス街から、ほんの数分で辺りの看板がみなデジタルのアニメ絵に変わっている。

「今ごろ、向こうではちゃんとアリバイつくってくれてるかな」

「心配ないよ。ふたりとも進駐官の卵だ。なんとかごまかしてくれるだろう」

テルとクニは部屋にこもって、三組一班で夏休みの宿題をしていることになっていた。食事はルームサービスをとり、部屋のなかではタツオとジョージの会話の録音も流されている。夕食の時間までに戻ってくれれば、誰にも気づかれないはずだった。

ふたりは夜明けとともに山荘を抜けだし、バイクで街にきていた。ジョージが運転し、タツオが後ろのシートで、友人の腰につかまった。変装をしたのはハンバーガーショップの洗面所で、慣れないタツオは一時間近くかかってしまった。タトゥのシールがうまくはれなかったのだ。

「こっちだ」

ジョージがそういって狭い路地を示した。薄暗く湿った通りで、ジャンク品のコンピュータや盗撮や盗聴用の違法なパーツが店先で売られている。ミニスカートのメイド服のウエイトレスがビラを撒いていた。化粧が濃い。

「ご主人さま、ぜひいらしてくださーい。うわー、お連れのかたは美人さんですねー。女性のお客さまは半額ですから、どうぞー」

きんきんと響くアニメ声で、タツオの手に強引にチラシを押しこんでくる。

「わー、ありがとう。あなたこそ、かわいいね。そのメイド服いいなあ」

ジョージがふざけて、ウエイトレスの胸のフリルにさわった。なぜかタツオはヤンキー調に声が低くなってしまった。

「おい、さっさといくぞ」

ジョージが腕にしがみついていった。身長は向こうのほうが一〇センチは高いので、ぶらさがっているのは、ヤンキーのタツオのほうだ。

「はーい。あなたって、せっかち」

そのときタツオは暗い路地の突き当りで、虹色に輝く3Dホログラフの看板に気づいた。流行のデジタルサイネージだ。

「ネットカフェ　伊佐那美」

メイドカフェのウエイトレスが、あーそうなんだと明るくいった。

「それなら、うちよりあそこの店のほうがいいよね。ふたりで楽しんできてね。いい男といい女のカップルさん」

タツオは情けなくなった。ジョージは男だ。これからいくネットカフェは極秘情報を収集するためにいく。確かに潜りの店で身分証の提示の必要もないし、値段が張るのも客の半分がラブホテル代わりに使用しているせいだろう。だが、大切なのは足のつかないコンピュータがあることだった。

タツオが引きずるようにジョージを連れてネットカフェに向かうと、女装した天才が手を振った。

「あなた、いい子ねー。今度絶対指名するからー」

天才の心は凡人にはわからないのだろう。タツオはジョージの腕を解くと、下水の臭いがする路地をさっさと歩いていった。

60

ふたり用のブースは三畳ほどの広さだった。ラブソファがひとつ、デスクに向かっている。デスクのうえには大型のディスプレイとキーボードが載っていた。コンピュータ本体はデスクの足元にあるが、数年前の型でほこりをかぶっていた。気を利かせたつもりだろうか。ティッシュ箱も隅に置いてある。

「ふう、暑いな」

タツオがキャップを脱いだ。冷房が効いているはずだが、蒸し暑いブースだった。部屋を細かく仕切り過ぎて、冷気が回らないのかもしれない。

「タツオはいいなあ。ぼくのほうはウイッグが脱げないよ。どこに監視カメラがあるかわからないからね。まあ、ネットの書きこみでは、この店はなにをしても店員がこないらしいから、誰もモニタなんて見てないかもしれないけど」

タツオはうなずいた。格安ラブホの代わりのネットカフェでも我慢しなければならない。東園寺家の山荘から進駐軍の情報ネットワークに接続するのは危険だった。すぐにこちらの身元がばれてしまう。タツオがもつ最上位の進駐官アクセスカードは、その存在さえ知られていない。情報保全部の柳瀬波光をあざむくのは痛快だが、ばれれば進駐官としては一生激戦地を転戦させられるだろう。こちらも命がけだった。

「タツオ、出して」

ジョージがカードリーダーをバッグからとりだした。カーキ色の軍装備品だ。ひとつ一〇〇〇円もしないものだろう。コードをパソコンにつなぐ。タツオはアロハシャツの胸ポケットから、透明なクリスタルの薄片を抜いた。クレジットカード半分ほどの薄く透明な板だ。ジョージが受けとり、カードリーダーに挿した。なにも起こらない。タツオはいった。

「どうしたんだろう」

ゆっくりと三秒かぞえるほどの間が空いた。カードリーダーが青く光りだす。タツオが驚いてジョージに目をやると、薄化粧をしたクラスメイトの顔が暗いブースに青く浮きあがっていた。緊張しているのだろう。認めたくはないが真剣な顔つきがきれいだった。男でも女でもなく、ただのきれいな人だと、タツオは思った。

カードリーダーの上面にあるちいさなレンズから放射された青い光は、次第に空中に形をつくりだした。右手の手首から先である。ジョージが囁いた。

「そこに手をかざせってことじゃないか」

「なんだ、ジョージはお父さんに使いかたを教わってないのか」

ふたりは囁《ささや》き声でいい争った。どこか遠くのブースから、若い女のうめき声が聞こえる。

「カードを見せられたことはあるけど、使用法までは知らない。いいから、手をだして」

タツオは恐るおそる青い光に手を浸した。熱があるのではないかと思ったが、夜のプールのように冷たかった。同時にディスプレイが停電でもしたように暗転した。

「このカード、壊れてるんじゃないか」

悲鳴のような声が漏れてしまう。ぶーんという低いモーターのうなり音が聞こえた。ディスプレイが復活する。南の海の輝くような青を背景に皇室の紋章である橘が揺らめいていた。

『逆島断雄　認証　確認』

青いホログラフの画面は、恐ろしく繊細に揺らいでいた。海底で潮流になびく無数の海藻のようだ。

「これは……」

ジョージがデスクの下に手を伸ばした。コンピュータ本体に手を当てる。

「熱い。熱暴走を起こしてる。このアクセスカードはコンピュータの性能も極限まで引きだしてしまうみたいだ。こんなポンコツではたいしてもたないぞ」

そんなことをいわれても、タツオにもどうしようもなかった。アクセスカードというけれど、どこにどうアクセスすればいいのかわからない。ディスプレイでは見つめているとめまいを起こしそうな超高速演算による複雑怪奇な壁紙が揺れるだけだ。

「どうすればいい」

「わからない」

もうどうにでもなれ。タツオはエンターキーを叩きつけるように押した。腹に響く爆発音が狭いブースを揺らした。タツオは目を閉じた。アクセスカードではなく、新型の爆弾だったのではないか。ジョージも隣りで硬直している。

「おーい、戦争映画観るなら音下げろ」

向かいのブースから、男が叫んでいた。爆発音が再び聞こえた。タツオにもわかった。これはデスクの上にあるスピーカーから流れているのだ。映像は豪勢な宮殿の一室だった。壁には巨大な肖像画がかかっている。タツオも歴史の教科書で見たことのある顔だった。ウルルク王国の中興の祖、アクシパⅣ世だ。この宮殿はウルルクの首都にあったはずだ。この映像はいったいなんなのだろう。カメラがぐらりと傾いた。

「あっ……」

思わず声が漏れてしまった。そこで笑っていたのは、今は亡き父・逆島靖雄中将だった。宮殿をとりまく氾・エウロペ連合軍からの砲撃が絶え間なく響く。地を揺るがす爆発音のなかで、懐かしい父が歯を見せて笑っていた。

「断雄か。元気でやっているか。残念だが、もうウルルク王国は駄目なようだ。最後までがんばってみるが、父さんはここで長い進駐官生活を終えるかもしれない。これはおまえにだけ残す最後のメッセージだ」

カーキ色の将官の制服はアイロンをかけたてのようにぴしっとしている。逆島中将はいくつものの勲章と階級章のついた胸元をゆるめた。タツオはディスプレイを両手で抱くように抱え、つぶやいていた。

「父さん、うちの家族みんなを残して、なんで死んだんだ」

61

首都攻防の激戦の最中なのだろう。砲撃の音が連続して周囲を揺るがし、逆島中将の声はよく断絶した。衝撃でビデオカメラが揺れて、画面も船酔いしそうなくらい上下左右にぶれている。

「このメッセージを見るとき、断雄はいくつになっているのだろうな。おまえがなにをしてもいいが、進駐官にだけはなっては駄目だ。父さんみたいになるぞ」

父は笑って、うなずきかけてくる。

「父さんも若いころは、おじいちゃんに逆らって別な生きかたを探したものだ。冒険家もおもしろそうだな。旅が好きだから、旅行作家もいいなと思っていた。断雄と同じで、けっこうハンサムだったから、俳優になろうかと迷ったこともあった。学生時代に一度舞台を踏んだこともあったんだ」

早くそこから逃げてくれ！

タツオは薄暗いネットカフェのブースで叫びそうになった。なにをのんきに昔話などしているのだろうか。このあと父がどうなったかタツオは知っているのだ。

悲惨な攻防戦の結果、五万人の日乃元守備軍はほぼ全滅するだろう。最高指揮官の逆島靖雄中将とともに、歴史あるウルルクのアクシパ王家も滅亡するのだ。ウルルク王国は今、南北に分裂し、それぞれ氾帝国とエウロペにあやつられたいいなりの傀儡政権が統治している。

「この人がタツオのお父さんか……」

感慨深げにクラスメイトがそういった。ジョージは女装しているのでまったく説得力がない。

「伝説の二六人抜きで最年少で将官に出世した。近衛四家の序列を飛び越え、つぎの進駐軍のトップの座は間違いないといわれていたそうだね」

そんなふうに呼ばれていたのは、タツオもかすかに覚えている。逆島家の誰もが父を誇りに思っていた。進駐軍の最高司令官になり、いつか逆島家は近衛四家の筆頭になる。父が生きていたころは、正月がくるたびに一族が集まって、氏神さまに父の出世願いをしたものだ。

「だけど、おもしろいな。それほど優れた軍人が、自分では軍に入りたくなかったなんて。案外、向いていない人間のほうが進駐官にはいいのかもしれないね」

冗談ではない。それでは自分も進駐官に向いていることになってしまう。

「いや、ぼくは違うから。ぜんぜんこの仕事は向いてないよ。やる気だってないし」

ディスプレイでは逆島中将の話が続いていた。着弾が近かったようだ。窓の外に黒煙が流れている。

「炸薬の臭いは嫌なものだな。このメッセージをおまえに託すのは、お兄ちゃんはすでに進駐官養成高校に入学しているからだ。あそこは信頼できる場所ではない。あまりに近衛四家と作戦部の力が強すぎるからな」

父が渋い顔をした。他の近衛四家と進駐軍のエリート中のエリート、作戦部となにかあったのだろうか。

「断雄、なにをしてもいいから、おまえは生き抜いて、お母さんを守ってくれ。兄が進駐官になるというのなら、おまえは卑怯者といわれても、民間人として働き、逆島家の名前を残してもらいたい。軍人として生きるだけが、名誉ではない。素敵な人を見つけて、子を育て、波乱のない一生を送るというのも、とても勇敢で勇気がいることだぞ」

タツオは涙目でディスプレイにうなずきかけた。普通の人の人生ほど、波乱万丈なものはないと、タツオもようやくわかるようになっていた。だが、そんな大人っぽい感傷はつぎの父のひと言で、吹き飛ぶことになった。

「わたしは、このウルルクの首都と王家を死守するように、作戦部から命令を受けている。この国の都はとても美しい街で、高い壁に囲まれている。一二〇〇年も続くウルルクの王都だ。だが、今城壁をとり囲んで二四万の氾帝国とエウロペの連合軍が攻め立ててくる。こちらの守備隊は日乃元が五万に、ウルルク王家の親衛隊が一万七〇〇〇名。いつまでもつかわからないが、せいぜい手痛い打撃を敵に加えるつもりだ。まあ、父さんの獅子奮迅ぶりについては歴史の教科書でも読んでくれ」

タツオは狭いブースで立ちあがっていた。断じて、今の言葉はおかしい。

「ジョージ、聞いたか」

さすがに天才児で、ジョージはすでにタツオの衝撃の理由に気づいていた。

「ああ、驚きだ」

タツオは思い切り握った拳を震わせていた。そんなはずがなかった。父の逆島靖雄中将は作戦部の命令に逆らって、ウルルクの王家に同情し、軍令を破って自らの部下とともに玉砕した。近過去の歴史については、それで決着がついている。だからこそ、逆島家は責めを受け、近衛四家からはずされ、没落していったのではないか。あの首都攻防戦とその敗北が、進駐軍の正規の命令によるものであったなら、父は英雄と讃えられても、軍令違反の逆賊と罵られることはなかったはずだ。怒りで火がついたように全身が熱くなった。誰かに父ははめられたのだ。逆島家はどこかの勢力に、背後から刺されたのだ。真実が別にあるのなら、許されるはずがなかった。

「まあ、無茶な命令ではある。援軍を送るまで、あと一週間ももちこたえろなんてな。こちらの兵力はもう四割損耗している。弾薬も食料も残りわずかになってきた。なけなしの航空兵力は潰され、残っているのは王家のバカンス用の豪華ヘリ一機だけだ」

そこで父は歯を見せて、おおきく笑いかけてきた。

「すまんな、断雄。部下には愚痴はいえないから、おまえでガス抜きをさせてもらった。いいか、父は軍令を死守して、この都と王家を守り、見事に散って見せる。おまえともっと遊んでやれなかったのが、心残りだ。母さんにはすまないと伝えてくれ。

進駐官の妻として、とり乱さずに粛々と葬式をだすようにいって欲しい」

涙で目の前のディスプレイがかすんできた。この人はこれから死んでいくのだ。それだけがただただ悲しかった。ジョージが肩にそっと手をおいてくれる。タツオはその手を握り返した。

「断雄、人の一生は勝ち負けでも、出世や金でも、時間の長さでもない。最後の最後にどんなふうに戦い、なにを自分の死後に残せるかだ。父さんはこれから、生まれて初めての精魂こめた戦いをやるつもりだ。なあに、氾やエウロペのやつらに、そう簡単にこの都は落とさせないさ。断雄、元気で。おまえは戦いのないところで生きるんだ」

涙が湧いてきて止まらなかった。父の最後の願いは叶《かな》えられなかった。タツオはもう進駐官の卵である。だが、それも無理はないのだろう。この世界には避けようがなく戦いが充満しているのだ。逃げることも避けることも無視することもできない。高度植民地時代というのは、そういう世界なのだから。

画面の外から、男の声が聞こえてきた。

「逆島中将、作戦会議の時間です」

タツオの父は緩めていた襟元を締め直した。

「わかった。すぐにいく」

中将はビデオカメラに手を伸ばしてきた。

「さらばだ、断雄。父の仇を討とうなんて、思わなくていい。自分の幸福を追いなさい。父はいつもおまえのことを見ているぞ」

停止スイッチを押したのだろう。映像は突然、そこでブラックアウトした。タツオはつぶやいた。「全部が嘘だった……」

「だいじょうぶか、タツオ？」

ジョージの声は耳に入らなかった。

「嘘の軍令に、命がけで従って、父さんは死んだんだ……」

タツオはジョージの肩に両手をおいて、相手を揺さぶった。

「わかるか、父さんは誰かにはめられて、殺されたんだ。ぼくは絶対に許さない。父さんと逆島家をはめたやつらを絶対に許さない。復讐してやる、絶対に復讐してやる」

そのとき、バチンと音がして、デスクの下にあるパソコン本体から煙があがった。同時に火災警報が鳴り響く。

「パソコンが熱暴走して、焼き切れた。逃げよう、タツオ。すぐに人がくる」

ジョージとタツオは二人用のブースを飛びだした。薄暗い潜りのネットカフェのなかでは、あちこちで赤い回転光が灯っていた。ジョージに手を引かれ非常階段に向かう途中でも、タツオの胸の奥の怒りと衝撃は静まらなかった。父を殺し、五万人の守備隊を見殺しにし、逆島家を近衛四家から追放したやつらが、今ものうのうと生きている。

復讐の炎がタツオの胸を焼き尽くそうとしていた。

62

非常階段に出ると、ジョージが叫んだ。

「タツオ、ちょっと待ってくれ」

火災報知器のベルがやかましかった。ジョージは長髪のウイッグをとり、スカートを脱いだ。洗顔料をふくんだウェットティシュで顔をごしごしとぬぐう。胸からはパッドいりのブラジャーを抜いた。美少女は一瞬でTシャツと短パン姿のスリムな少年に変身する。

タツオもアロハシャツを脱ぎ、腕に張ったタトゥのシールをはがした。汗をかいていたので、腕がむずがゆい。ショルダーバッグに変身用具を押しこむと、ジョージがいった。

「きっとカウンターのやつは、男女のカップルがきたって、消防や警察に届けると思うからね。アクセスカードはだいじょぶ？」

タツオは胸ポケットの薄いカードにふれながら返事をした。

「ちゃんともってきてる。こんなところに長居は無用だ」

ジョージがにやりと笑った。

「ああ、さっさとトンズラしよう。これ、かぶって」

キャスケットを放ってよこす。タツオは野球帽をジョージに渡した。ふたりは帽子を目深にかぶると、錆《さ》びた鉄製の非常階段を足音を殺して駆けおりた。

バイクを停めた電気街の路地裏にむかう途中だった。ジョージが目を伏せていう。

「あれを見て」

タツオが軽く視線を流すと、進駐軍の装甲車が停止したところだった。後部のハッチが開き、見慣れた自動小銃をもった進駐官がわらわらとおりてくる。あのタイプの装甲車は乗車定員が運転手を含め一一人だ。

消防車がくるのなら、まだ理解できる。火災警報が鳴っているのだから。だが、消防より先に火災現場に進駐軍が到着しているのは、なぜだろうか。身体をこわばらせて歩きながら逃走現場を見つめていると、新たな装甲車が到着した。

潜りのネットカフェにつうじる道が完全武装した進駐官によって、封鎖された。規制線が張られる。

「いこう」

ジョージの足は止まらなかった。タツオもあとに続いた。交差点を渡る。周囲では野次馬が集まり始めていた。電気街のどのビルからも、人があふれている。

「逃げるには、好都合だね」

「ジョージ、あの装甲車はどういうことなんだ？」

タツオは帽子をさらに深くかぶった。この街には至るところに監視カメラが設置されている。ジョージはタツオのサングラスをかけている。

「わからない。きっとあのカードはどこで使用しても、アクセス地点が報告されるようなシステムになっているんだろう。念のためだけど、東園寺の山荘で試さなくてよかった。これからは注意しないといけないな」

路地を封鎖した進駐官のあいだに、緊張が走った。すべての進駐官が手首の情報端末を見ている。新たな情報が流されたようだ。タツオとジョージは交差点の対角から、進駐官の様子を人ごみに紛れて観察していた。

進駐官たちの顔色が変わった。ふたりひと組の兵士があちこちに散っていく。

タツオはささやいた。

「ジョージ、ここはやばい」

ジョージはにやにや笑っていたが、目は真剣だった。

「今は動かないほうがいい。あいつらがきて、急に逃げれば怪しまれるだけだ。ほら、ぼくたちは野次馬だろ。もっと楽しそうな顔して。事件も火事も、他人の不幸は愉快だろ。ハッピーに、ハッピーに」

交差点を渡った進駐官は肩から斜めに自動小銃をさげて、野次馬をさっと一瞥《いちべつ》した。指をさして叫んだ。

「そこのカップル、一歩前へ。それから、そっちのおまえらも」

ジョージの女装がこんなところで効いていた。タツオは内心安堵のため息をついた。野次馬のなかから、若いカップルを示して、進駐官は呼びだしていく。

「なんだよ、おれたち、なにもしてないぜ」

頭の悪そうなカップルの男が進駐官にくってかかった。間の悪いことに、男は腕に紺色のトライバル模様のタトゥをいれていた。

進駐官は一瞬で男の腕をねじりあげ、後ろ手にすると拘束コードで手首をぱちりと留めた。コードは特殊なグラスファイバー製で、二ミリの太さしかないが引っ張り強度は三トンを超える。人の力では決してちぎれない作りだった。

ブレーキの音を立てて、カーキ色の軍用トラックがやってきた。進駐官が男を引き立て、荷室に放りこむように乗せた。女が叫んでいる。

「うちらがなにをしたっていうんだよ。今日は午後からバイトがあるのに」

女も荷物のようにトラックに積みこまれた。ジョージが低くつぶやく。

「十分だ。ぼくたちもいこう」

野次馬の間を恐怖の感情が流れだしていた。進駐官の拘束を恐れて、人々が散り始めている。その流れにあわせて、タツオとジョージは危険な現場をそっと離脱した。

63

バイクは山荘の裏手、フェンスの外に乗り捨てた。夜になる前に、テルが手配したこの地域の仲間が回収してくれるはずだ。

フェンスのむこうの夕日がまぶしかった。昼間の熱気が残っている。温暖化は激しさを増して、最高気温が四〇度を超えることもめずらしくはない。日乃元はすでに亜熱帯の国だった。野鳥の鳴き声は南国のジャングルのようだ。

ジョージがフェンスの破れ目に手をかけていった。

「ぼくに考えがあるんだが、ちょっといいかな」

天才児が振り向いた。真剣な表情だ。

「いいけど」

「暁島会のことだ」

タツオも真剣にならざるを得なかった。逆島家再興を目指す影の組織。亡くなった五十嵐少年も、三組一班の仲間の谷照貞も、その秘密組織のメンバーだった。

「今日ぼくたちが見た映像は、あまりにも強烈すぎる。逆島中将が偽りの軍令によって、五万人の進駐官とともに玉砕した。そんな映像が公開されたら、暁島会の過激派がなにをするかわからない。一気に作戦部と近衛四家に対して、軍事的な反乱を起こす可能性がある。ぼくはそう思っている」

タツオは腕を組んで考えこんだ。確かにあの父の映像は、進駐軍上層部と逆島家の残党にとっては時限爆弾のようなものだろう。事実だとすれば、逆賊・逆島靖雄中将の再評価と現在の近衛四家の崩壊を招きかねない。

「そうかもしれないね。それにぼくたちは、この情報を誰が渡してくれたのか、その相手も知らない」

「ああ、おまけに偽の軍令を発令した黒幕が誰であるのかも、わかっていない。ぼくたちはキーになる情報を手渡されたけど、まだ誰がほんとうの味方で、誰が倒すべき敵かもわかっていないんだ」

タツオはめまいがしそうだった。全身の血液が冷えていくのがわかる。自分はまだ進駐官養成高校の一年生だった。一五歳で軍国・日乃元皇国の根幹を揺るがすような陰謀の核心に立たされている。それなのに敵も味方もわからないのだ。

猛暑日なのに、タツオは震えていた。思わず口にしていた。

「ジョージ、ぼくはなにがどうなっているのか、ぜんぜんわからない。この先もきっととんでもないことばかり起きるんだろう。敵だって必死だ。もしかしたら同級生や友達や家族が……」

考えるのも、口にだすのも恐ろしいことだった。タツオは覚悟を固めていう。

「……殺されたりすることがあるかもしれない。だけど、きみだけはぼくのそばにいて、いっしょに闘ってくれないか。ぼくを支えてくれないか」

破れたフェンスに掛けていた手を放し、ジョージがこちらにさしだした。

「ぼくが殺される可能性も当然あるけどね」

タツオはジョージの右手を握り締めた。冷たい手をした人の心はあたたかいというが、ジョージの手はひやりと冷たかった。

「でも、いいだろう。ぼくは生きている限り、タツオのことを守るよ。ぼくたちは今日から同志になろう。ふたりしかいない秘密結社の同志だ」

「わかった。菱川浄児同志。テルには今回の件はどう報告するんだ？」

ジョージは放した手で頭をかいた。

「それを相談しようと思っていたんだ。テルは味方だが、あの映像のことはまだ伏せておいたほうがいいしね」

タツオは机の下で煙をあげたコンピュータ本体を思いだした。

「だったら、普通のパソコンではアクセスカードを受けつけなくて、熱暴走して火を噴いたといえばどうかな？　結局、アクセスには失敗したって」

「それがいい。さあ、いこう。ルートは覚えているか」

「ああ、だいじょうぶ」

タツオはサイコから、門外不出のこの山荘の警備資料をもらっていた。パトロールの巡回時間、監視カメラや各種センサーの設置場所が克明に記されている。リゾートホテルのような宿泊棟に帰るには、一時間毎に数分しかない空白の時間と最適のルートを通過する必要があった。

タツオは腕時計を確認した。あと九〇秒でその空白の時間がめぐってくる。ひとつふたつ冗談をいうくらいの余裕はあった。

「ぼくたちは進駐官の卵というより、なんだかスパイみたいだな」

タツオがそう冗談をいうと、ジョージがなぜかすこしだけ淋しそうに笑った。タツオは親友の表情の変化に気づかなかった。

「ああ、そうだね。ほんものの腕の立つスパイみたいだ」

それからふたりはスパイに関する冗談をいい交わし、空白の時間になるとハリネズミのように警戒の厳しい東園寺家の山荘に潜入した。

64

「あるものが近くの街のネットカフェで使用された」

情報保全部の柳瀬波光がそういって、冷たい目でじっと見つめてきた。タツオは両手を後ろで組み、胸をそらし立っている。

「あるものとはなんでしょうか」

タツオは探りをいれてみた。ここは興味を示すのが自然だろう。柳瀬は無駄なことは口にしない。

「きみが知る必要がないものだ」

「はい、失礼しました」

柳瀬は籐《とう》のソファから立ち上がり、開け放したバルコニーにむかった。眼下にはヤシの木と青いプールが見える。遠くの山の稜線《りょうせん》に夕日が沈んでいた。もうほかのメンバーの審問は終了している。柳瀬と会うのは、タツオが最後だった。情報保全部員が背中越しにいった。

「この東園寺の山荘は人の出入りが厳しくチェックされている。昨日、外に出た人間は、全部で五七名。すべて面談し、得られた情報に基づき裏もとったが、ネットカフェにいった者は皆無だった」

柳瀬がさっと振りむいた。タツオの表情を読んでいるのかもしれない。

「きみたち三組一班も、東園寺のお嬢さまも、昨日は外出していない。記録ではね。きみたちはなにをしていた？」

この男と対面していると、嘘の名人になってしまいそうだ。タツオは迷うことなくこたえた。

「自分たちの部屋で、夏休みの宿題をしていました。そろそろエンジンをかけないと、厳しいので」

「東園寺彩子は、どうだね」

保全部はカップルの女のほうを探しているのだろうか。サイコもすらりと背が高い少女である。女装したジョージとサイコ、どちらのほうがきれいだろうか。タツオは頭のなかでちらりと考えた。

「サイコのことは知りません。昨日は顔を見ていないので」

柳瀬は細い身体をしならせて、さっとタツオに振りむくと、数十センチまで顔を近づけてきた。マウスウォッシュのペパーミントと煙草の臭いがする。

「逆島断雄、きみの周囲ではなぜか事件がよく起きる。保全部の上のほうでは、きみを徹底的にマークしろという強硬派もいるくらいだ」

だんだんと陰謀の形がおぼろげに見えてきたけれど、なぜ自分がその核心にいるのか、タツオ自身にもわからなかった。

「保全部の方々がそんなふうに考えるのは、遺憾《いかん》であります。ぼくにも訳がわかりません」

柳瀬の目にはこの状況を楽しんでいるような光があった。

「いったい誰なんだろうな。ネットカフェの個室のなかには、指紋も残されていなかった。犯人は変装していたようで、情報は混乱している。この地域一帯の道路を封鎖して、通行車輛をあたったが、それらしい者は発見できなかった」

タツオは冷や汗をかいていた。あのカフェにむかう前に、コンビニのトイレで手にスプレーをかけている。てのひらの表面で薄く発泡し、指紋を隠すものだという。帰路はオフロードバイクでしか通り抜けできない獣道のような林道を抜けた。あまりにもよく計画が練られ過ぎているのではないか。ジョージはいったいどんな男なのだろうか。テルが組織の一員だという暁島会には、どれほどの力があるのか。

「逆島、貴様とは長いつきあいになりそうだな。新学期も養成高校で待っているぞ」

「はい、またお目にかかるのを楽しみにしています」

「卒業後の進路は情報保全部も考えにいれておきなさい。ここはいつ発《た》つんだ」

「明後日の午前中です。実家に一度顔を出してくることにしました。予定変更をお願いします」

柳瀬が目を細めた。保全部に夏休みの予定表は提出してあった。そこには東京に帰るとは書いていない。

「わかった。滞在予定は？」

「二泊三日で。できましたら……」

「なんだ？」

「できましたら、菱川浄児も連れていってやりたいのですが。菱川は東島の寮に戻ると、ひとりきりになります。あいつはいくところがないんです」

父親のアルンデル将軍は失踪し行方不明。日乃元生まれの母はもう亡くなっていた。夏休みでがらんと空虚な寮の部屋に、ジョージをひとりで帰す訳にはいかなかった。

「いいだろう。東京での動静については、報告書をあげるように」

「ありがとうございます」

「いって、よろしい」

タツオは素早い身のこなしの三拍子で一八〇度回転し、柳瀬のスイートルームを退出した。

65

「ということで、ジョージはぼくといっしょに東京にいくことになったから」

夕食時のディナールームは満席の混雑だった。進駐官の服装にはTPOが求められる。夕食のたびに進駐官の礼服を着るのは面倒だが、タツオはきちんとした服装で食事をとるのは嫌いではなかった。さすがに東園寺家の山荘で、夕食はフルコースのディナーで、フレンチと和食から選ぶことができる。その晩の三組一班はフレンチだった。まだ未成年のタツオたちのテーブルには、赤ワインのように濃厚なグレープジュースのグラスが並んでいた。

「ぼくにはなにもきかなかったよね」

ジョージがすねているようだった。クニがいつもの調子で軽くいう。

「いいだろ、ひとりより楽しいし、タツオのところなら飯の心配もいらない。なによ
り東京にはかわいい子が多い。おれもいきたいくらいだよ」

テルが全粒粉《ぜんりゅうふん》のパンに一センチほどバターをのせてかぶりついた。

「おまえはいらない。このバター、エウロペ製かな。とんでもなくうまいぞ」

ジョージが笑った。

「そうだよ。むこうの家を思いだすな。パンとバターとチーズは、エウロペのほうが断然おいしかった。だけど、タツオ、いきなりお邪魔して、お母さまには迷惑じゃないかな」

タツオもバターのせパンを試してみた。メインの子羊のローストよりうまいくらいだ。

「だいじょうぶ。料理の腕が鳴るって、喜んでいた。ただし、うちは没落したんだから、こんな豪華なところに泊まれるなんて思わないでくれ。びっくりするくらいボロい家なんだから」

静かな下町の一軒家だった。部屋の数は四つしかない。父が元気だったころは、一周するのに一五分はかかる池のある庭に、離れを含めて部屋数が二〇を超える豪邸に住んでいた。タツオには母の住まいは屈辱だった。

「いや、それはぼくにもわかる。おたがい困り者の父親をもつと苦労するな」

テルがジョージをにらみつけた。

「逆島中将とおまえの親父をいっしょにするな。名誉の戦死を遂げておられるんだぞ」

暁島会か。あまりにも熱烈な支持は困ったものだ。テルは重ねていう。

「おれも実家に帰らなきゃならないから、タツオのことはおまえに頼んだぞ、ジョージ。こいつになにかあったら、許さないからな」

頼んでもいないボディガードが、ジョージを脅していた。テルの身体は分厚く、身長は低いが体重は九〇キロを超えている。ジョージのボクシングとテルの柔道なら対決すると、どちらに分があるのだろうか。いつか見せつけられた電光のコンビネーションを思いだすと、ジョージの勝利は揺るがないような気はする。

「はいはい。次期逆島家当主をしっかりとお守りしますよ」

タツオはあわてていった。

「やめてくれ。うちには兄貴がいる。そんな面倒なものは上にまかせるよ」

ジョージは笑っていった。

「どうかね。暁島会では割れているという話だよ。そうだよね、テル？ タツオと兄のどちらに、逆島家の再興をまかせるか」

テルが歯ぎしりしていう。

「それくらいで、やめておけ。逆島家は特別だ。タツオと継雄さんの誰が当主になっても、ちゃんと近衛四家に復活する。おれはタツオ派だがな」

こつこつとブーツの音が聞こえてきた。サイコの足音だ。サイコはこの音を立てるために特注の軍用ブーツのヒールに蹄鉄《ていてつ》のような金具を打ちこんでいる。

「ちょっといいかな」

白い進駐官の礼服がよく似あっていた。サイコはスカートの丈《たけ》をひどく短くしている。タイツも礼服と同じ純白だった。どこか花嫁でも思わせる雰囲気だ。

「ねえ、あんたたち、明後日に帰るんでしょう」

タツオはいった。

「ああ、ぼくとジョージは東京の実家にいく」

サイコが顔を輝かせた。

「比佐乃さんに会いにいくんだ。いいなあ。あんたたち、いつまで東京にいるの」

雲ゆきが怪しくなってきた。サイコは昔からタツオの母・比佐乃にあこがれていた。ジョージが愉快そうにいった。サイコはタツオの弱点だ。

「二泊三日で、タツオが東京下町を案内してくれるそうだ」

サイコが腕組みをして一瞬考えこんだ。

「そう、わかった。じゃあ、わたしもつきあってあげる。お母さまにもご挨拶したいしね」

タツオはあせった。

「ちょっと待って」

「いいじゃない。ジョージもいっしょなんでしょう。わたしもちょっとお邪魔するだけだから」

クニもテルもにやにやしている。

「その代わり、うちの自家用ヘリコプターで、近くの駅まで送ってあげる。四人とも全員ね。それで、どう？」

ここから最寄りの新幹線の駅までは、バスで一時間以上はかかる。ヘリコプターなら渋滞もない空の七分間だった。クニが歓声をあげた。

「やったー！　おれ、ヘリコプター乗るの初めてだ。いいだろ、タツオ」

家紋が入ったヘリコプターなら、以前の逆島家でも所有していた。あれにまた乗るのか。タツオの心中は複雑だった。だが、一度いいだしたらサイコは絶対にあきらめないだろう。お嬢さまなのだ。それも日乃元を代表する名門の。ため息をついていった。

「わかったよ。母さんにもいっておく」

クニが軽々しく口にした。

「サイコ姫、なんなら泊まっていけば？　浴衣《ゆかた》もっていけば、楽しいんじゃないか。なんだか、おれも自分の家よりタツオのところにいきたくなってきた」

「そうね、それもいいかも。ちょっと考えてみるわ。じゃあ、タツオ、比佐乃さんによろしくね」

こつこつこつ。サイコの足音がディナールームを去っていく。左右に揺れるちいさな尻を見送って、クニがいった。

「一生に一度でいいから、あんなお嬢さまとつきあってみたいぜ。そうだろ、タツオ」

「うーん」

タツオは考えこんでしまった。サイコは確かに美人だが、人格的に問題があり過ぎる。さらに東園寺の家を背負う女性進駐官だ。試しにつきあえるような気軽な存在ではなかった。

「ぼくはいい」

クニはいった。

「おまえって、ほんとに草食だな」

タツオは肩をすくめて、甘くないグレープジュースをのんだ。

66

東京・上野公園裏にタツオの母・比佐乃は古い日乃元風の住まいを借りていた。人が通り過ぎるのがやっとの路地には鉢植えが競うようにならび、野良猫がのんびりと昼寝する下町の住宅街だった。あたりには何代も同じ土地に住む職人や手堅い勤め人の家庭が多かった。

タツオは山の手にあった逆島家の豪邸育ちだったので、上野桜木《さくらぎ》の借家にはいつ訪ねても違和感があった。比佐乃は進駐官の民間研修先である一般企業で、父・靖雄と出会っている。軍閥や政治家や軍需企業とはまったく無縁の会社員の娘だった。結婚には猛烈に反対されたらしい。逆島家の政治力を高めるうえでは、無力な縁組みだったからだ。比佐乃はタツオとは逆に、庶民的なちいさな一軒家のほうが心安く、住みやすいという。

タツオはものめずらしそうについてくるジョージに背中越しにいった。

「うちはボロ家だけど、絶対に母にはそんなことというなよ」

ジョージはおもしろがるような表情でいった。

「うちも没落士族だってことを忘れてるんじゃないか。ぼくはただこの下町の風情《ふぜい》がおもしろいと思ってるだけだよ。ほら、あそこ」

夕顔のつるが背を伸ばす鉢植えのとなりには、黒塗りの甕《かめ》がおいてあった。鮮やかな緑の水草のあいだを、夢のように赤い金魚がすいすいと泳いでいる。

「こんな街並みはエウロペにはないから、逆にものすごく新鮮だしカッコいいよ。できるなら、ぼくもこんな純日乃元風の街に住んでみたいな」

長屋の軒先で風鈴が風に揺れ、涼しげに澄んだ音を響かせていた。打ち水が目にも冷ややかだ。

「ここだよ」

タツオは意を決してすりガラスと木製の格子戸を開けた。

「ただいま、母さん」

拭き清められた玄関には、夏の着物を身につけた比佐乃が正座して待っていた。薄手の紬《つむぎ》で、母の数少ない残された盛装だった。タツオは驚いて固まってしまったが、先にジョージがていねいに頭をさげた。

「菱川浄児と申します。進駐官養成高校では、同じ班でタツオくんにお世話になっています。急にお邪魔することになって、申し訳ありません。これ、つまらないものですが、お土産です」

紙包みをさしだす。そういえば上野駅前の商店街で、ジョージは手延べそうめんと藍染《あいぞめ》の手ぬぐいを買っていた。あれは比佐乃へのプレゼントだったのだ。タツオは明るい茶色の髪と淡い瞳をした友人にあきれていった。

「なんだかジョージは普通の日乃元人より、日乃元人らしいな」

比佐乃は手土産を受けとると、にこりと微笑《ほほえ》んだ。端正で美しい人は、年齢を重ねてもまっすぐだった。亡くなった逆島中将と子どもだったタツオの自慢の笑顔である。

「菱川さんは座学でも軍事教練でも、学年一番だそうですね。うちの断雄をよろしくご指導ください。この子は力はあるんですけど、引っこみ思案でなかなか本領を発揮できなくて」

親には子どもはいつもそんなふうに見えるものなのだろう。タツオは恥ずかしくてたまらない。

「いいえ、夏の総合運動会でも優勝しましたし、タツオくんは指揮官としては最優秀です。ぼくのほうこそ学ばせてもらうことが多いくらいですから」

嘘をつけ。全教科でタツオはジョージよりも点数が低かった。ジョージの運動能力やスタミナ、射撃成績はつねにトップクラスだ。玄関のたたきに立ちつくし、顔が火を噴きそうになる。なんなんだ。このぬるい会話は。当人をはさんで、ほめ殺しか。

タツオは憮然《ぶぜん》として進駐官のハーフブーツを脱いだ。

「腹にもないことはもうやめてくれ。勝手にあがるよ、母さん」

正座した比佐乃の脇を抜けて、奥の居間にすすんだ。比佐乃はもう一度ジョージに頭を下げてからやってくる。

「今、お茶をだすから、菱川さんとふたりで待っていてね」

台所にむかってしまう。ジョージは座卓で正座すると、タツオの脇腹を突いた。

「お母さん、美人だな。日乃元女性の理想像って感じだよ。タツオはさっきから、なぜつんつんしてるんだ」

「知るか」

タツオはいい捨てると、縁側の先の猫の額より狭い庭に目をやった。アジサイ、ヤツデ、ユキノシタ。白い花をつけているのは、テッポウユリだろうか。息子ふたりが養成高校へいってから、植物の世話が比佐乃の生きがいだった。庭の広さは以前の一〇〇分の一では済まないだろう。タツオは風に揺れる花を見ながら、生家が落ちぶれることの空《むな》しさに耐えていた。

67

薬缶《やかん》で煮出した麦茶と、井戸水で冷やしたスイカはさすがにうまかった。すこしだけ塩を振った赤い果肉にかぶりついたとたんに、子どもの頃の思い出がよみがえる。自分の両隣りにはまだ若い母と父がいたのだ。

比佐乃がいきなりいった。

「そういえば、彩子さんから連絡があった。今夜うちに遊びにくるそうよ」

「……ほんとに。なんなんだ、あいつ」

あきれてしまう。午前中に駅で別れたばかりだった。サイコは自家用ヘリの窓から手を振っていた。午後は家庭教師がくるから、残念だけど遊びにいけないといっていたはずだ。タツオは貧しい自宅を見られずに済むと、安堵していた。

「東園寺家のお嬢さまにそんな口を利《き》くものではありません。あなたも将来は進駐官になるんでしょう。彩子さんは菱川さんといっしょに、きっと断雄の力になってくれるわ」

想像しただけで、うんざりした。サイコの引き立てで、すこしばかり進駐官として出世したところで、その先になにがあるのだろうか。東園寺家のいいように使われて終わりだ。

「そんなことより、母さんのところにウルルクの父さんから、なにか連絡はなかったの」

比佐乃は目を伏せた。なぜか頬が赤らんでいる。

「お父さまは恥ずかしがり屋で、3Dのビデオレターは送ってくれなかったの。まあ、わたしも自分の映像を撮るのは嫌だったから、しかたないんだけれど。あの人はいつも直筆でサインいりの手紙を送ってくれたわ」

今どきめずらしい話だった。郵便料金は立体映像の電話より、はるかに高額になっている。ジョージがすこし強めの視線を送ってきた。かまわずにタツオはいう。

「その手紙あとで見せてもらいたいんだけど」

比佐乃はますます顔を赤くした。

「嫌だ、恥ずかしいもの」

「別に父さんのラブレターを読みたい訳じゃない。それ以外でいいんだ」

タツオの母は不思議そうな顔をした。

「いきなり帰ってきて、お父さまの手紙なんておかしなお願いねえ」

「ウルルクからの手紙になにか書いてないかと……」

ジョージがタツオの脇腹を突いた。

「すみません。タツオ、ちょっとお手洗いに案内してくれないか」

「なんだよ、トイレくらいわかるだろ。こんな狭い家だぞ」

ジョージがタツオの手をとって立ちあがった。

「いいから、いいから。日乃元式だと困るから、きみが教えてくれ」

タツオとジョージは連れだって、廊下に出た。

「この先、奥の左手がお手洗いだよ。ちゃんと洋式だから、心配ない」

タツオがそういうとジョージが囁いた。

「タツオは比佐乃さんを命の危機にさらしたいのか。ぼくたちが抱えてる秘密は知ってるだけで命を狙われるんだぞ。あんなに無防備にウルルクの話なんかして、不審に思われたらどうする？　夜になったら、ひと通り手紙は読ませてもらおう。でも、その理由は偽の軍令をあばくためではない」

「えー、じゃあ、どうすればいいんだよ」

「自分で考えろ」

ジョージは冷たい視線を残して、ほんとうに手洗いにいってしまった。確かにジョージのいう通りだった。父・逆島靖雄中将の軍令違反に発する陰謀によって、進駐官養成高校の内部でさえ、すでに死者が出ている。肉親の気安さで、つい安易な質問をしてしまったが、もっと慎重に言葉を選ぶべきだった。

　このあと二階にあがり、ジョージと作戦を練らなければならない。タツオは久しぶりに母の家を訪れても、心の休まる暇もなかった。

68

　夕ご飯ができたという比佐乃の声で、板張りの階段をおりようとしたときだった。玄関のガラス戸が勢いよく開く音がした。

「比佐乃おばさーん、こんばんは。すっかり遅くなっちゃった」

　薄暗がりの階段でタツオとジョージは顔を見あわせた。比佐乃の弾んだ声が聞こえる。

「あら、まあ彩子さん、おおきくなって、美人さんになったわねえ」

「もう比佐乃おばさんたら、正直なんだから」

　タツオはため息をついて階段をおりていった。いきなり質問した。

「なんでサイコがここにいるの？　夕方まで家庭教師と勉強してたら、新幹線でもこの時間には無理だろ」

ジョージがタツオの肩口から顔をのぞかせていった。

「もしかしたら、市谷の進駐軍本部まで、あの自家用ヘリで飛んできたんじゃないかな。その浴衣かわいいね。すごく似あってるよ」

サイコは濃紺の地に銀や朱の金魚が泳ぐ手染めの浴衣を着ていた。タツオには想像がつかないくらいの高級品なのだろう。

「さすがにジョージは違うわね。どうやってきたかより、先にいうことあるでしょう。こんなにかわいいおニューの浴衣できてあげたんだから」

タツオは狭い玄関でそっぽを向いていった。

「あーはいはい、浴衣はきれいですよ」

東園寺家のお嬢さまは口をとがらせていった。

「あんたのほうは平均点以下ね。でも、ジョージはよく似あってる。その浴衣、わたしの帯の色と同じだね」

銀鼠《ぎんねず》色というのだろうか。涼し気で、冴えた色の生地《きじ》だった。タツオは自分の浴衣を着ているが、ジョージのは兄の継雄のものを貸してやった。兄は背が高いので、ジョージにぴったりだった。明るい茶色の長髪と彫りの深いエウロペ風の顔立ちに、涼しげな浴衣がよく似あっていた。

「まあ、三人とも仲がいいのねえ。さあ、みなさん、晩ご飯よ。お母さん、このために二日間もかけたんだから、せいぜいたくさん召しあがれ」

　奥の居間にいこうとしたら、玄関を上がったサイコと肩がぶつかってしまった。サイコもタツオも道を譲らない。

「なによ。レディファーストでしょう」

「うるさい、ここはぼくんちで、日乃元だ」

「なに威張ってるの、ちいさな男ね」

「そっちこそ、なんで女装してるんだよ。背が高いだけの女男」

　子どもの頃からサイコが一番嫌がる言葉だった。小学校二年生のときには、それがきっかけでとっ組みあいのケンカをしたこともある。サイコの目がつりあがった。

「うわっ、ちっちゃい、女々しい、頭悪いだけでなく、心狭い、お父さんは立派だったのにねえ」

　タツオの一番嫌な言葉だった。幼馴染みで兄弟のように育ったので、お互いの弱点は嫌というほど知っている。ジョージがタツオの肩を抱いた。

「まあまあ、それくらいでいいじゃないか。うまくしたら、養成高校への帰り道もサイコの家のヘリに乗せてもらえるよ。タツオが大人にならないと」

　タツオを止めて、サイコを先に通した。ジョージは耳元で囁く。

「サイコと東園寺家の力は、あの陰謀を暴くのになくてはならないんだ。タツオ、きみは本物のスパイになったつもりで、もっと自分の心をコントロールしなければいけない」

冷たい水を耳に注ぎこまれたようだった。タツオは一瞬で冷静さをとり戻していった。

「すまない。サイコに落ちぶれた逆島家を見られるのが嫌だったのかもしれない。今後は気をつけるよ」

「いいんだ、タツオの気もちはよくわかる」

ジョージも先に短い廊下を進んでいく。タツオは炊き立てのご飯の匂いにつられるように、夕餉《ゆうげ》の支度のできた居間へむかった。

69

狭い路地のあちこちに色とりどりの夜店と植物の鉢植えが並んでいた。子どもたちはアンズ飴やカルメ焼きやかき氷にむらがっている。大人たちは朝顔や小ぶりなヒマワリ、ランやベンジャミンといった観葉植物をひやかしていた。

左手の中指に青い水風船をさげたサイコがいう。

「これってなんのお祭りなの。お神輿《みこし》もないし、お囃子《はやし》も聞こえないみたいけど」

タツオは水飴をまいた割りばしを口にしていた。よく練ったので、空気が混ざって真っ白になっている。こうすると口当たりが柔らかになってうまい。

「これはお祭りじゃないよ、植木市。下町を巡回してるんだ。夏の夜のお楽しみだよ」

下町にやってくるまでは、逆島家本家があった山の手の豪邸街には植木市などやってこなかった。ここにきてよかったと思う数すくないポイントのひとつだ。

「悪くないというより、ひどく興味深いね。この感じは日乃元独特だ。宗教のからみはなにもない。どんな聖人も神さまも関係なく、誰もが楽しんでいる。世界ではこういうのはめずらしいよ」

ジョージはエウロペ育ちなので、日乃元の風習には親しくないのかもしれない。浴衣姿の三人は街のちいさな神社にむかう石畳の参道をすすんでいく。

「この先にあるのも、まあ別にえらい神さまなんかじゃないからな。キツネをなんとなく地元の守り神として、適当におがんでるだけだ。日乃元には八百万を超える神さまがいて、たいしてめずらしくも、偉くもないんだ。だから、宗教が原因で人が殺しあったり差別したりすることはない」

タツオは平然とそう解説したが、心のなかではおおいに得意だった。情け容赦のない神や聖書の命令で、果てしなく戦争を続けてきたエウロペの歴史を思うと、日乃元に生まれてほんとうによかったと思う。神さまをただひとりの絶対神に祀《まつ》りあげてしまうから、あんなに無慈悲で残酷な命のとりあいになる。

「あの植物カッコいいな」

白いビニールシートのうえに放りだしてあるのは、普通の植物というより植物の化石のようなひねこびた葉の塊《かたまり》だった。和式の手ぬぐいを頭に巻いた売り子が声をかけてくる。

「お兄さん、お目が高いね。そいつは南米アンデスの山から採ってきたエアプランツだ。鉢も土もいらない。空中のほんのわずかな水分と日の光だけで生長する、ものすごく強い生命力をもった生きものだ」

中年男がスプレーをだして、二回ほど緑の化石に噴きかけた。

「これで十分。あと一週間は放っておけばいい。勝手に育つよ」

ジョージは露天の植木屋のまえにしゃがみこむと、てのひらにエアプランツをのせた。

「これで生きてるなんて、不思議だなあ。まるでぼくみたいだ」

タツオはジョージの背中に聞いてみる。

「そんな干物みたいな植物とジョージのどこが似てるんだ？」

ジョージはちらりと振りむくといった。

「故郷の土もなく、親も兄弟もなく、ひとりで生きてるところかな。宙ぶらりんのまま。タツオはお母さんと日乃元を大切にしたほうがいいよ。おじさん、これください」

小銭で代金を払うジョージが切なかった。進駐官養成高校という超エリート校でも断トツの成績トップなのに、胸のなかには孤独を抱えている。生活も決して余裕があるようには見えなかった。大人びて見えるが、まだ一五歳なのだ。

「東京に遊びにくることがあったら、うちを自分の家だと思ってつかってくれ。母さんもいつもひとりで淋しいといってるんだ」

タツオは恥ずかしがり屋なので、兄弟のように力をあわせてこの先も生きていこうとはいえなかった。サイコが目を赤くしている。

「ジョージ、なにか困ったことがあったら、わたしにいってね。うちのお父さまに頼んで特別奨学金制度をつくってもらってもいいから」

サイコのことだ。ほんとうにジョージひとりのために新制度を養成高校につくりかねなかった。最優秀な生徒にのみ、三年間一億円の返却不要の特別奨学金。東園寺家の財力なら痛くもかゆくもない金額だ。ジョージが笑っていった。

「待ってくれ。ぼくはぜんぜん淋しくなんてないよ。タツオやサイコみたいな友達もいるし、養成校は楽しいし。将来の夢もある」

エアプランツをいれたポリ袋をさげて、ジョージが参道を歩きだした。右手の扇子で浴衣の襟元に風を送っている。その手の動きは日乃元の人間のようにしか見えなかった。

ジョージの背を見送って、タツオはサイコにいった。

「さっきはごめん。うちは急に貧乏になったから、新しい家をサイコに見られるのが恥ずかしかったんだ」

サイコはぱんっと音が出るほどタツオの肩をたたいた。

「どんな家に住んでても、タツオはタツオでしょう。わたし、あんたにいってなかったけど、比佐乃さんと話がしたくて、泊めてもらったことあったんだよね」

タツオは呆然とした。

「それも部屋がないから、タツオの部屋に。あのさ、エッチな本とかはもうすこしちゃんと片づけておいたほうがいいんじゃない。お布団たたむとき、押しいれで見ちゃった。タツオって、セーラー服も年上のお姉さんも、どっちもいけるんだね」

「サイコっ！」

やっぱりやさしい声をかけたのが間違いだった。この幼馴染みは魔女である。

植木市の露店は稲荷神社本殿の境内《けいだい》までだった。ゆるやかな丘の上で、だいぶ人出はすくなくなっている。

三人はコルクを打ちだすエアライフルで射的のゲームを楽しんだ。一番腕がよかったのはやはりジョージで、携帯ゲーム機を二台ゲットした。ネットで転売してこづかい稼ぎをするという。二番手はサイコで、めずらしいキャラクターのぬいぐるみを正確に落とした。タツオの射撃の腕は養成高校では悪くないが、照準の狂ったエアライフルは勝手が違った。落とした景品はゼロ。逆島家の秘伝「止水」をつかえば呼吸や心拍までコントロールできるのだが、このような遊びでつかうべきものではなかった。

「ちょっと涼みに丘の天辺までいかないか」

神社の裏は鎮守の森になっている。数十メートルほど登ったところに空き地があり、下町の灯を見おろす展望台になっていた。

植木市のにぎわいをはずれて、しんと静まった境内特有の澄んだ空気が漂っていた。

　タツオは先に立って、歩いていった。進駐官養成高校に入ってからいろいろなことがあったけれど、いい出会いと解けない謎にかこまれて決して退屈することはない日々だった。ジョージという生涯の友と知りあえた。自分にしては悪くない半年だったのではないか。逆島家の没落で傷つき、引きこもりに近い心を閉ざした生活を送っていたのだ。上々じゃないか。

　そのとき耳元を音の塊が駆け抜けた。しびれるような衝撃が首筋に残る。着弾の音とジョージがタツオに飛びつくのは、ほぼ同時だった。

「サイコも伏せて」

　ジョージが叫んでいる。養成校では弾丸の衝撃で、どんな武器であるか判別できるよう訓練されていた。タツオはジョージと並んで、湿った土に身体を押しつけていた。草の匂いがした。顔を斜めに倒し、標的になりにくいように注意する。

「銃声はしなかったよね」

　ジョージに聞いてみる。

「ああ、サプレッサーをつけた狙撃用ライフルだ。銃声のちいさな亜音速弾だと思う」

　タツオの読みと同じだった。街中での銃撃なので、敵も気をつかっているのだろう。警察官が集まれば、自分も逃亡しにくくなる。タツオたちが自分から当局に助けを求めることはないと、こちらの動きを見切ってもいるのだろう。ぶすっぶすっとあたりに着弾の音だけが響いている。タツオは叫んだ。

「スナイパーの位置はわかるか」

半分は陽動だった。敵を焦らせるためならなんでも利用しなければならない。数メートル離れたスギの木の陰からサイコがいった。

「この先の展望台の上から。さっきなにかが光った気がする」

「ジョージは拳銃もってきたか」

「ああ、あるよ」

浴衣の腹から抜いたのは25口径の玩具のような小型拳銃だった。殺傷力は弱い。まとめて四、五発は人体に集弾させなければ、敵を止めることはできなかった。

タツオは覚悟を固めた。「止水」をつかうなら、今だ。

「ジョージ、拳銃を貸してくれ。予備のクリップも」

数発撃てば銃の癖はわかるだろう。当たらなくても近くに弾をばらまくだけで、敵の意思はくじけるかもしれない。

「このままでもうすこし待って」

ジョージは拳銃を握ったままで発射もしなかった。タツオは焦った。敵は高精度の暗視スコープをつけた狙撃銃である。今も自分たちは相手から丸見えかもしれない。

「どういうことだ」

「だから、待つんだ。こちらには手がある」

頭上遥かで、そのとき消音器をつけた銃声が鳴った。ライフルのように太い音ではなく、通常の拳銃のようだ。二発ずつ三回。

なにが起きたのだろうか。鎮守の森の展望台で、ちいさな懐中電灯が光った。ジョージが立ちあがった。

「どうやら、だいじょうぶみたいだね」

浴衣から土ぼこりを払っている。

「お兄さんの浴衣を汚してしまった。すまない」

サイコも太い幹の陰から顔を出す。

「ほんとうにもう安心なの」

「ああ、いってみよう」

左右にくねる坂道を登って、展望台に到着した。全身黒い格好をしたやけに肩幅の広い男がいる。目だし帽をつけているので、顔はわからなかった。足元には狙撃銃と男の死体があった。血だまりが雑草の生えた土に沁みこんでいく。ジョージが目だし帽に声をかけた。

「ご苦労さま。やはり護衛を頼んでおいてよかった」

「ああ、こっちはひやひやものだった。なにせ、タツオたちときたら、どんどん人けのないほうにいくんだからな。いい獲物だ」

目だし帽をとるとテルだった。同じ三組一班の仲間である。タツオは衝撃を受けていた。自分が狙われたことにではない。同じ年の生徒が人を殺したのだ。恐るおそるいった。

「テルはだいじょうぶか」

「ああ怪我はない」

「いや、そうじゃなく人を……その殺した……じゃないか」

テルは足の先で狙撃銃を死んだ狙撃手から放した。

「こいつはおれたちを殺そうとしていた。逆の立場なら、おれと同じことをやっただろう」

テルはまったく感情の読めない顔をタツオの正面にむけてくる。

「まあ、それにこれが初めてというわけじゃない。おまえたちは先にいけ。まだ人には気づかれていない。この死体は暁島会で処分しておく」

タツオはクラスメイトの殺人に、身体の震える思いだった。だが、進駐官として生きていくなら、いつかは自分も誰かを殺すことになるのかもしれない。タツオは改めて衝撃を受けていた。進駐官の仕事とは、侵略戦争を行い、敵を倒し、植民地を奪いとることなのだ。殺人はその過程で当然発生する事象のひとつに過ぎない。

眼下に広がる街の灯を眺めながら、タツオは自分に殺人の覚悟がほんとうにできるのか考えていた。友を守るためでも、自分を守るためでも、国家や親を守るためでもいい。自分にはほんとうに人を殺せるのか。

「タツオ、だいじょうぶ?」

サイコがハンカチで頬についた泥を落としてくれた。タツオは全身がしびれたようで、幼馴染みにさえ返事ができなかった。

〈つづく〉

本書は二〇一五年十二月、小社より刊行された『逆島断雄と進駐官養成高校の決闘』を改題し、二分冊したものです。

|著者| 石田衣良　1960年、東京都生まれ。'84年成蹊大学卒業後、広告制作会社勤務を経て、フリーのコピーライターとして活躍。'97年『池袋ウエストゲートパーク』で、第36回オール讀物推理小説新人賞を受賞し作家デビュー。2003年『4TEENフォーティーン』で第129回直木賞受賞。'06年『眠れぬ真珠』で第13回島清恋愛文学賞受賞。'13年『北斗　ある殺人者の回心』で第8回中央公論文芸賞受賞。

石田衣良のブックサロン「世界はフィクションでできている」主催
https://yakan-hiko.com/meeting/ishidaira/top.html

逆島断雄《さかしまたつお》　進駐官養成高校《しんちゅうかんようせいこうこう》の決闘編《けつとうへん》1

石田衣良《いしだいら》

講談社文庫

定価はカバーに
表示してあります

2017年8月9日第1刷発行

発行者――鈴木　哲
発行所――株式会社　講談社
東京都文京区音羽2-12-21　〒112-8001
電話　出版（03）5395-3510
　　　販売（03）5395-5817
　　　業務（03）5395-3615
Printed in Japan

デザイン―菊地信義
本文データ制作―講談社デジタル製作
印刷―――大日本印刷株式会社
製本―――大日本印刷株式会社

ISBN978-4-06-293708-5

講談社文庫刊行の辞

二十一世紀の到来を目睫に望みながら、われわれはいま、人類史上かつて例を見ない巨大な転換期をむかえようとしている。

世界も、日本も、激動の予兆に対する期待とおののきを内に蔵して、未知の時代に歩み入ろうとしている。このときにあたり、創業の人野間清治の「ナショナル・エデュケイター」への志を現代に甦らせようと意図して、われわれはここに古今の文芸作品はいうまでもなく、ひろく人文・社会・自然の諸科学から東西の名著を網羅する、新しい綜合文庫の発刊を決意した。

激動の転換期はまた断絶の時代である。われわれは戦後二十五年間の出版文化のありかたへの深い反省をこめて、この断絶の時代にあえて人間的な持続を求めようとする。いたずらに浮薄な商業主義のあだ花を追い求めることなく、長期にわたって良書に生命をあたえようとつとめるところにしか、今後の出版文化の真の繁栄はあり得ないと信じるからである。

同時にわれわれはこの綜合文庫の刊行を通じて、人文・社会・自然の諸科学が、結局人間の学にほかならないことを立証しようと願っている。かつて知識とは、「汝自身を知る」ことにつきていた。現代社会の瑣末な情報の氾濫のなかから、力強い知識の源泉を掘り起し、技術文明のただなかに、生きた人間の姿を復活させること。それこそわれわれの切なる希求である。

われわれは権威に盲従せず、俗流に媚びることなく、渾然一体となって日本の「草の根」をかたちづくる若く新しい世代の人々に、心をこめてこの新しい綜合文庫をおくり届けたい。それは知識の泉であるとともに感受性のふるさとであり、もっとも有機的に組織され、社会に開かれた万人のための大学をめざしている。大方の支援と協力を衷心より切望してやまない。

一九七一年七月

野間省一